中国当代
原创文学

青面鱼

陈再见 著

广西师范大学出版社
GUANGXI NORMAL UNIVERSITY PRESS
·桂林·

图书在版编目（CIP）数据

青面鱼 / 陈再见著．—桂林：广西师范大学出版社，2017.10

（中国当代原创文学）

ISBN 978-7-5598-0424-2

Ⅰ．①青… Ⅱ．①陈… Ⅲ．①中篇小说－小说集－中国－当代 Ⅳ．①I247.5

中国版本图书馆 CIP 数据核字（2017）第 252410 号

广西师范大学出版社出版发行

（广西桂林市中华路 22 号　邮政编码：541001
网址：http://www.bbtpress.com）

出版人：张艺兵

全国新华书店经销

桂林广大印务有限责任公司印刷

（桂林市临桂县秧塘工业园西城大道北侧广西师范大学出版社集团有限公司创意产业园　邮政编码：541100）

开本：880 mm ×1 240 mm　1/32

印张：8.25　　字数：180 千字

2017 年 10 月第 1 版　　2017 年 10 月第 1 次印刷

定价：38.00 元

目 录

蛇类 / 001

母辈 / 039

殊途 / 081

弃儿 / 117

鱼生 / 169

天桥 / 207

蛇类

最真切的答案唯有来自安睡的人。活着的人总是擅于欺骗。

一

白月很小就意识到，下身那个洞，用途不明。她问母亲，这里是干什么的。母亲瞪了她一眼，几近呵斥，“撒尿”。她不信，她相信它应该还有更好的用途，就像扫把可以是母亲打白月的工具，但它更大的功能则是扫地。白月等着答案的来临。她渴望长大。

她半夜看过父亲没穿衣服趴在同样没穿衣服的母亲身上，那场景诡异，甚至有点恐怖，她还是没往下身的洞去联想；她偷看过母亲洗澡，母亲变形的身段里让她最为惊讶的是两腿之间那撮黑毛，它们湿答答的，被水打成几小绺，像是溪石上黑绿色的水草。她差点惊叫起来，好长一段时间，她都觉得那是她看到的最为吓人的东西。她担心自己的下身有一天也会和母亲一样长出水草形状的毛出来。白月简直吓坏了。

她也试图偷看过父亲洗澡，但没得逞。父亲洗澡时模样很怪，他脸朝墙壁，蹲着，窸窸窣窣，不像是在洗澡，倒像是在偷吃东西。她从浴室门挂着的那块脏兮兮的颜色斑驳的还粘着倒潲水时溅上去的饭粒和菜叶子的门帘的边缝看见了光溜溜的父亲——具体说，是看到了父亲浑身黝黑唯有浑圆的屁股白花花。那场景同样让白月感慨不已：原来父亲的屁股可以那么的白。而且，父亲的屁股比母亲还要圆，还要大。

白月很长一段时间对父亲的身体极感兴趣，连吃饭端着碗也盯着父亲看。“怎么啦？”父亲问。“不认识你爸啦？”母亲也笑着跟她说。她便因为没被人看穿而沾沾自喜,甚至变本加厉,得寸进尺,似乎那样更不会引起父母的怀疑。她故意倚在父亲的两腿之间,踮起脚用小手指去摸父亲的胡须。父亲的胡须扎人,她咯咯笑。她的身体贴得父亲很紧,以至于都能感觉到父亲两腿之间的东西了——她坚信那东西同样让人吃惊。她有时还大着胆子,假装无知的样子,用手碰了碰父亲的胯下,笑着问:“这是什么呀?”父亲也没有推开她的意思,大笑着说:“是蛇,爸爸养着一窝蛇呢。”

父亲的话几乎彻底颠覆了白月的世界观,她对世界的那点自认聪明的理解,突然间轰然倒塌。父亲的身体里养着一窝蛇。她哪信。她说爸爸骗人。她问母亲,母亲说:“真的呀,你爸那里就是蛇,你就是你爸的蛇生的。”她差点被吓哭了。怎么可能?这下可好,父亲的身体不但长了蛇,蛇还和她扯上了关系。她终于弄明白了,父亲为何要背对着浴室门洗澡,为何窸窸窣窣,为何把洗澡弄得像偷吃。一切都是因为蛇,也就都解释得通了。

白月被如此严谨的逻辑征服,她从小就表现出对智力活动的热衷,自认那个小小的脑袋瓜里,装进去的事物远是那个空间的若干倍。

二

白月什么时候对蛇有了亲切感,她记不起来了,似乎是知晓父亲裤裆里的秘密之后,似乎还更早,或者干脆就是与生俱来。她见到蛇,如同见到喜欢的玩伴。事实上,她一个伙伴都没有,不是她不想,是她们玩的游戏不能吸引她，捉迷藏、过家家、针线刺绣，没有一样她喜欢的。她也不爱说话，同年龄的女孩都觉得她孤傲，让人不敢靠近。白月真不知道她什么时候能够长大，长得像邻居的彩芹，可以穿着长裙去潞城见笔友。

她那地方蛇多，各种各样，经常有男孩把打死的蛇提着满街跑，再把死蛇横到马路上，让来往的汽车碾压，压成薄薄的一张皮。那张皮贴着大地，完全没了蛇的模样，像条大人们用旧后遗弃的皮带。她每次见了，总会伤心。她讨厌那些肮脏的残忍的男孩，有时他们还抓着蛇去吓唬教室里的女孩，别的女孩都吓得尖叫逃跑，唯她，站着，一动不动，并伸手去摸蛇的头。奄奄一息的蛇，突然睁开眼睛，看了她一眼，然后缓缓闭上。她一把夺过死蛇，抱在怀里——这下可把那些抓蛇的男孩吓得够呛，脸色铁青，落荒而逃。她为死蛇找了个地方埋了，就在学校的后面。从此再没有男孩敢在她面前玩蛇。有一天，她自己玩起了蛇，她玩的不是死蛇，至少不是和男孩们那样半死不活的。她玩的是活的，活生生，活灵活现，能朝人吐芯子，能缠着人的胳膊绕几圈的，活蛇。这爱好的养成对她后来的命运产生了极大的影响。

她简直爱蛇如命。那些日子，她除了上学，就是到野地里找蛇。她们那地方很奇怪，野地里有时能出现几十条蛇。她看着，靠近它们，它们不咬她，也不跑。她伸手去摸蛇头，拎起其中一条，像母亲去菜市场拎起一尾鲻纹鱼。它扁着头，低俯在她眼前，身子一圈一圈缠上了她的手臂。她忍不住低下头，吻了蛇额头的位置，然后垂下手，蛇便缓开身子，滑下手臂，离开了。她多想把蛇带回家，养在院子里，像好多人家养狗养猫养兔子那样。可她不敢，她的父母不会同意，这样的错误她犯过多次。最近一次她带了一条小小的黄头蛇回家，放在天井里，不到几分钟，就被父亲的锄头砸成了两半。父亲提起只是连着一层皮如折断的连线木偶耷拉下来的小蛇，一甩手就扔到了门外。父亲教训她："别招惹蛇，知道吗？"她听着父亲的话，却不看父亲的脸，她死死地盯着父亲的裤裆。她知道，那里面，也有蛇。她不明白父亲为什么那么讨厌蛇，对蛇如此残忍。

记不清是哪一年的六月了，她们那地方发大水，门口不远一条几近干涸的河突然涨满了水，河水哗哗向东流。孩子们都出来看水，他们很少看到此情景，更多的时候，河里只剩及踝的浅水，他们在里面摸泥鳅和塘虱。他们看着惊呼起来，原来流动的河水里昂着无数个蛇头，如闹市里的人头攒动，顺着河水往下流。蛇的身子若隐若现，它们竟然五颜六色。大人们也来看了，他们摇头，看着天，说着让孩子们理解不了的话，"莫非是天年不好，有大灾难？"大人们纷纷拉着自家的孩子回家，闭门关窗，为祖先点香，祈求安宁。剩下白月，依然站在河边，看着群蛇奔腾。父母先把她的哥哥弟弟拉回了家，此刻正站在门口喊白月："你还不回来，你还想跳进去不成！"

白月真的跳进了河里。她蹚到河中央，脚步迈得有些费劲，几次差点被水冲倒。她扎开马步，稳站在河中央，河水时而在她的胸口时而到她的下巴，却从未到她的嘴巴——这让她感觉很幸运。当然，她更开心的是看到那么多的蛇像梦境里飘落的鲜花，朝她涌了过来，五颜六色，络绎不绝。她激动得浑身颤抖。她不敢伸手去挽留它们，打扰它们，仿佛它们正急着去履行一场神圣的仪式，容不得人类自作多情的惊扰。河面上漂着的蛇也视她而不见,它们在她眼前半米的地方岔开来,从她的两侧凫过去。它们呈九十度昂着头,眼珠子乌黑,如发亮的芝麻。她多么希望它们都能看她一眼。

白月聋了一般,听不见世间万物的声响。世界静止了,无声了,只剩眼前壮观的景象。多少年后,在嘈杂的酒桌上,她一次次把当时的场景复述给朋友听,他们哄然大笑。

三

水灾过后不久,一辆四个轮子的银光闪闪的车停在了白月的家门口。车里下来两个人,一男一女,都是中年人,男的穿西装打领带,女的碎花连衣裙,看起来比彩芹的裙子还好看。他们是从潞城来。他们一进门就笑,把带来的礼物,大大小小好几袋高高放在桌子上。白月还记得,那天他们还留下吃了一餐便饭。吃了饭,母亲给白月换上一套新衣服。母亲刚开始还好好的,后来就哭了。至此,白月还不知道,她已经被父母卖给眼前这对潞城来的没有子女的中年夫妇。

一直到白月长大嫁人,她仍不知道当年她卖了多少钱,值多少钱。父母越到后来越对白月失望,完全是受了身边人的影响,他们一个两个都过来说:你这女儿,不祥,命硬。白月后来知道,她的不祥便是源于对蛇的喜爱。

白月倒不觉得悲伤,她被中年女子拉在手里,走向街巷边上停靠的车子。一路颠簸,白月吐了一路,身边的女子很有耐心,打开一盒虎标油，一点点帮白月拭揉额头和太阳穴。白月意识到自己在远离一个地方，她唯一感觉失落的便是再也见不到那些野地里的蛇。刹那间，她对父亲母亲哥哥弟弟都面目模糊起来，她能记住的仅有母亲长满水草的胯部和父亲白花花的屁股。

似乎一切都从天而降，她住进了楼房，穿上了比彩芹还要好看的裙子。她去城市人的学校读书，尽管成绩很差，但发现那些城市的孩子都怕她，倒不是她经常和人打架，就打过一次，她把班里那个最高的男生一拳砸出了鼻血，就再也没人敢惹她了。她的养母苦口婆心地对她说："你现在是城里人了，要文明礼貌，不能打架。"白月真不是一个喜欢打架的人，之所以把人家打出血，问题也在于城里的孩子不经打。

放学回家的路上，有人守在街边收钱，其他同学都给了，唯独白月没给。白月身上有养母给的五块钱，但她不给别人，那是她拥有过的最大的一笔财富，她等着哪一天养父母不要她了她还可以坐车回湖村——她小小年纪就能把事情想得周全而长远。那些街边的青年给了白月一巴掌，这一巴掌实在重，鼻血都流了出来。白月没哭，她一边走路，一边擦血，她不能让养父母见到她那副模样。养母还是看见了她脸上的血迹，养母说："你又跟人打架了？看来我只能让你转校了。"

白月委屈，她本想反驳，说不是打架是她被人拦住了路要她给钱她不给别人都给结果挨了一巴掌她脸上的血就是被那一巴掌打出来的打她的都是高大的年轻人她不敢跟他们打架……她想到这么一反驳就要说好多话时，于是选择了沉默。她看着养母失望地别过头去，似乎还流露出悔恨的神情。白月心里十分难受,她感觉已经把养母伤害了。

养母是一个整天收拾得很干净说话举止都缓慢优雅的中年女人,这个女人一点不像白月的亲生母亲。养母的优雅大概得益于她没有儿女,两手干爽,不沾污水,至于白月的亲生母亲,也许曾经,也是一个优雅的女人。这么一想,白月对自己的未来便有了一个初步的打算:她绝不能生孩子。白月后来才知道,养父母曾经有过儿子,他们也只能生一个孩子,这个儿子却在十八岁生日那天遭遇了一场车祸。养父母从不和白月说起他们的儿子,白月是如何知道的,后来也忘了,似乎有些信息能凭空进入人的记忆。

四

一直到十岁,白月仍不明白,她下身那个洞,到底有何作用。当然,这个问题白月不是经常惦记,大多时候她是忘了的,只有在撒尿或者洗澡的时候,她的手伸下去触摸了,才突然意识到这还真是个问题,不弄清楚她这辈子都没法好好过了一样。她如法炮制,想过偷看养父养母洗澡,然而几乎不可能,他们家的浴室门是铝合金的,连个缝都不留。她有时候趴在桌上写作业,眼睛望着窗外小区树上摇摇欲坠的叶子,不知怎么,她就会想起了亲生父母,想起他们洗澡的样子——想起父亲裤裆里的蛇。一想起蛇,她的身体立马紧缩了一下,全身起了层鸡皮疙瘩。她并非怕,而是兴奋。她很久没见到蛇了,更别说触摸。当然,严格上她也是见着的,只是在电视上。她的养父没别的爱好，不像别的干部爱弄点笔墨，也不喜欢提个收音机去小区花园溜达，他就爱看《动物世界》，听赵忠祥朗诵诗文似的讲解两只大角斑羚如何交配。她偶尔也跟着看，她对其他动物不感兴趣，只想看到蛇，没蛇的时候，她就眼巴巴看着养父，仿佛养父成了一条盘踞在沙发上的网纹蟒。养父估计被看糊涂了，侧过脸问："怎么啦？"她慌忙把眼垂下。养父摸了摸她的头，继续看电视。她觉得养父真是一个无聊的男人，每天上班下班看电视，哪儿也不去。尽管如此，还是天天被养母骂。他从不回应。

转校后，白月就更不愿意说话了。她的沉默也仅限于学校里，回到家，她还得装出一副开朗的样子，好让家人放心。养父母可是花了钱的，是一种交易，白月表现不好，就证明他们的钱花得不值。白月恨亲生父母不要她了，如果在养父母这里也失去了价值，她的未来会很惨。往小了说，白月其实看不得任何人失落的神情。

一天晚上，养母突然进到房间里来，说是要找白月说说话。养母问："在这个家，你开心吗？"白月说："开心。"养母说："你可别骗我，我看得出来人的心事哦。"白月以为自己的表演被识破了，毕竟还是孩子，不知道如何把谎撒下去，她便埋下了头。养母这才说，是白月的老师打电话家访了，说白月在学校里非常不爱说话，怕孩子有自闭症倾向，养母说怎么会呢她在家挺活泼的啊，老师愕然，说你得多跟孩子说说话，试着和孩子交朋友，最好给她养个宠物，小猫小狗啊，可能会好些。养母准备给白月买条泰迪狗。白月不喜欢，说不要狗，她怕狗，还在老家时就怕。"那买只波斯猫。"白月也不要。"那你要什么？"养母问。白月说："我喜欢蛇。"养母吓一跳，又想，白月肯定是在跟她赌气了，女孩子怎么会喜欢蛇呢？

养母自作主张，买回了一条松狮狗。白月才不管是泰迪还是松狮，它看起来小巧玲珑，浑身毛茸茸的，倒是和老家的流浪狗大不一样。白月不至于害怕，但也无法亲近。每到晚上，松狮犬会跳上白月的床，想挨着她睡，都被白月踢了下来。白月越来越觉得松狮犬很烦人，趁着一次去公园玩，白月把它给甩了。养母倒没说什么，丢了就丢了，她也不是爱狗的人，也挺烦家里无端出现一只小动物到处跑到处叫。关于宠物的事便不再提起，算是告一段落。

五

出了校门，过红绿灯，右拐，是步行街，街上有一家宠物店，宠物店隔壁是真功夫。白月每天中午去真功夫吃饭，都要经过宠物店。宠物店里有猫有狗，还有彩色的鹦鹉。白月平时没太注意，这天她却在店门口站住了，她看见了一条蛇，盘成一圈圈，蜷缩在一个精致的笼子里。来潞城好几年了，白月第一次见到蛇，她不知道如何抑制心里的激动。她忘了吃饭，走进宠物店，在蛇面前蹲了下来，说来奇怪，蛇也把头伸了过来，直愣愣地看着白月。白月伸出手指，去摸蛇头。

白月问："你们这是在哪里抓的蛇？"

店里的人说："这不是抓的，是进口的宠物蛇，缅甸蟒。"

白月第一次听说蛇也是种宠物，她突然兴奋不已。蟒蛇她在《动物世界》里看到过，比起老家的眼镜蛇和黄头蛇，蟒蛇肉肉的，像个温顺的胖子。眼前这条缅甸蟒蛇看样子刚出生不久，体型和眼镜蛇差不多。在白月眼里，一条只有眼镜蛇般大小的蟒蛇，比迷你松狮犬还要可爱。于是，买一条蛇回家当宠物养，立刻便成了白月最大的愿望。

白月当然知道养父母不会支持她的愿望，谁都不想和蛇共处一室，何况是养父母这种规规矩矩的单位人，如果不是白月的到来，他们早已习惯两个人的清净，家里容不下多余的活物，又怎么可能让白月把一条蟒蛇抱回家呢？

白月能做的便是隐藏，隐藏一条蛇可不像隐藏一段心事那样收放自如。白月意识到事情的艰巨，她来不及做过多的考虑，蟒蛇望她的眼神，让她想起几年前在那条发水的河里成百上千的蛇群，她甚至觉得此刻的它就是长大了的它们，命运让她和它在城里相逢。没过多久，白月把蟒蛇买回了家，花掉了她好长时间的积蓄。她把它藏在书包里，直接带回房间。她费了好大的劲，才为蛇弄了一个隐秘而舒适的窝。为了不让养父母发现，她给房间加了暗锁，钥匙时刻随身带着。她进出房间总不忘关门，睡觉反锁，任凭养母怎么敲她也不开。养母天明问她："昨晚怎么啦？"她假装不知情，睡得很死的样子。养母如果要进她的房间，她会用各种理由把养母撵出来，当然她得有借口，得表现出有难言之隐的尴尬的样子，还得笑着，故意让养母知道她藏着的秘密，每个女人在成长中都会遇到的秘密。养母笑着说："女儿长大啦，害羞啦，知道藏秘密啦。"白月拿眼白养母。白月越来越善于用这一招，她知道养母喜欢她这样。

她的书包成了运输货物的工具，她把书和笔都掏掉，每次去上学，其实就是背着个空书包去。回来时，书包里便放满了各种养蛇的物件，供蛇喝水的小瓶小罐，为了给它布置一个温暖的窝，她带回了树叶、草根和黄土，人造一个自然的环境，每天还得到宠物店买几只小乳鼠。眼看蛇一天天长大，她心里欢喜，却也开始担忧。她知道事情已经无可挽回，越晚败露情况就越严重。她开始为此焦躁。她对这条蟒蛇有说不出的热爱，晚上睡觉，她还得把蛇抱上床，嬉闹一番，像是一对好姐妹，她给它取了个土气却顺耳的名字，叫花布，只因它身上的纹路看起来像是一块规则的布料。她享受着蛇在她身上纠缠的感觉，如亲人善意的拥抱；有时四眼对视，无须言语，彼此都懂，那种感觉，说不出的惺惺相惜。她独自在房间里制造出很大的动静，让养父母几度担心，敲门询问。翌日天明，她睁开眼，侧身看见花布盘成一圈圈，睡在她身边。她觉得这辈子再也离不开花布的陪伴了。

她经常幻想：在家里养各种各样的蛇，像一家子那样生活，和睦相处。当然，得等她长大，拥有自己的房子，好大好大的房子。这么一想，她便觉得一切会好起来的，人们也会理解，或许等她长大了，她还可以说服他们。让他们都和她一样，爱上蛇类。

六

事情的败露，完全出于无奈。花布有几天不太爱吃，肥大的小乳鼠也提不起它的兴趣。白月问了宠物店的人，店里人叫白月带过去看看。白月把花布放进书包，带到了学校，准备中午放学才去宠物店。带到学校也没什么，她让它乖乖在里面待着，没人知道书包里蜷着一条蛇。偏偏白月担心把花布闷死，打开书包看一看，看一看也不要紧,问题是这么一看,让同桌的小男孩也看到了。同桌的男孩当场被吓青了脸,哭着去唤来了老师。老师不太相信白月的书包里会藏着一条蛇,他过来是想证明给哭着去告状的男孩看,别以为白月好欺负,可以随便诬陷。老师为了证明白月的清白,他一把夺过白月的书包,拉开链子,哗啦一倒。他以为倒出的无非是课本和铅笔,怎么可能有蛇?当他看见学生们惊叫着四处躲闪,他朝下一看,一条胳膊般大小的蟒蛇正蠕动在脚下。他"啊"的一声,不敢相信那是真的。当他确定那是一条有鼻子有眼有嘴巴的蟒蛇时,他随着学生逃出了教室,并报了警。

警察和全校师生再次靠近教室时,蛇早已不见了踪影,一起不见踪影的还有白月。

白月知道闯了大祸,急于把花布带回家,藏好,她不能让花布受到一点伤害。白月刚进家门,发现养父母已经在客厅等着她了。情况并不对劲。养父母看样子刚从单位赶回来,不消说,肯定是老师打电话告到他们那里了。养父母一辈子没遇到过什么惊险,突然听说女儿和一条大蟒蛇扯上了关系,一时摸不着头脑,不知道怎么回事。

见白月一进门,养母便站起来问:"怎么回事?哪来的大蟒蛇?"

白月知道大事不好,正欲夺门走进房间,却被养父一把抓住了。养父从没有那么粗鲁过,他一直温文尔雅,举止和说话都显得比别人慢半拍,可那一刻,他闪电一般,把白月抓在手里,像拽住了一只小鸡。白月的胳膊一阵酸痛,她都快哭出来了。惧怕让她忍住了哭泣。养父厉声问:"书包里是什么东西?"声音之大,不但吓了白月一跳,也吓了养母一跳。养母拍开养父的手,说:"小声点,好好问。"养父正在气头上,又一把将白月的书包摘了下来。白月回头要夺回书包,书包已经被养父抓在手里,并举过头顶。白月够不着,她“哇”的一声哭了起来。养父没敢打开书包,他已经感觉到了里面的动静,他对妻子说:“真是蛇。”养母吓一跳,像是刚知道此事,或许她根本就不相信老师的话,认为白月不可能养一条大蟒蛇。如今事情得到了确认,是一个最糟糕的结局。养父挑着书包出了门,不敢用手拿,便用一把扫帚挑着走。白月哭着喊“花布”,要追出去,被养母拦住了。养父走开没多久,警察便找上了门。警察是老师带过来的,说白月养蟒蛇,是违法行为,要过来带走蟒蛇。养母毕竟是精明人,她一口咬定家里没有蟒蛇,并当场把老师也骂了一通,说他瞎了眼了,白月哪里养蛇啦,你看她这么一个小女孩,怎么可能养蛇呢?养母说的句句在理,警察听着也信了,开始质疑老师是否真的看见蟒蛇。老师支支吾吾,竟也说不出话来。

事情就那样不了了之了。

事后白月才知道,花布被养父放生了,或者说被养父害死了。那天养父坐了半天的公交车,去到潞城郊外,连同白月的书包和蛇一起丢在了山脚下。等回到家里,养父才想起书包的链子并没有拉开。他说起这事时轻描淡写,完全没有自责的意思。白月对养父的恨便从那时候滋生,是他害死了花布,他连链子都不舍得拉一下,成心要花布死。

七

毫无疑问，白月又转校了。学校离家更远，天没亮她就得起床，天黑熟了才到家。每天花在公交车上的时间不少于两个钟头。也好，她学会了在途中观察城市的景物，和身边形形色色的人。她渴望结束上学的岁月，她要长大成人，和公交车上抱在一起的男女一样，她很想知道他们都在干些什么，或者能干些什么。她发觉随着年龄的增长，她的视野和思维都在逐步变异，如细胞的癌变。她开始朦胧地意识到父亲裤裆里的“蛇”另有其物，和车上所有男人裤裆里的秘密相似，白月觉得答案正在一步步向她靠近。而最要命的是，她的身体也在发生着变化，如一个正在被吹胀的气球，她能感觉身体正在迅速地肿胀，肿胀的地方有胸口、有大腿、有臀部……她意识到漫漫长夜过后，天就要亮了。终于有一天，她从座位上起身，感到屁股下一阵稠黏，像是沾上了胶水，她低头一看，殷红的血，已经沁了一座位，她的裤子，也被不知来源的血水浸出了一大块，一种怪异的溽热感，紧贴肌肤。她不知所措，都快哭了。幸好身边一位姐姐，脱下衬衣，给她拦腰系上。白月逃也似的跳下公交，那位姐姐的衬衣至今没能还回去。又有一天，她发现下身长毛了，长势迅猛，从此洗澡的时候，她便跟她的母亲一样，下身如同长了一撮乌黑的水草，耷拉在皮肉上。于是，她对下身的洞，开始有了全新的认识。这样的认识不是来自哪位高人的指点，也不是某本书籍的说明，就那样自然而然的，随着身体的变化，豁然开朗，仿佛梦里所悟。突然之间，白月知道了男女之间所有的秘密——如此顿悟，如试卷的最后一道题有了答案，让她兴奋不已。

有了前车之鉴，白月的房间不再是她的私人空间。这对她来说代价太大，但也是没办法的事，她得听话，不能再让养父母失望。养蛇的窝和工具自然被清理一空，一些容易制造死角的家具也被搬走。整个房间变得空旷，除了床，便是写作业的书桌。门上的暗锁被拆了，连同原先的锁也一并拆了。自此，她的房间成了一个可以自由出入的空间，这使她每天晚上都缺乏安全感，生怕从那扇门外会伸进来一只男人的手。她无数次想象着那只无形的手。突然有一天，当养父手拿着遥控把正播着蟒蛇的《动物世界》摁掉时，她觉得那只白净的手腕以上都长满了黑毛的手就成了她想象中伸进门来的手——或者说，它代替了想象成了事物的具体。

那只手总是冷不丁地伸进来，屈起手指，敲着门板，咯咯响。伴随着声响，养父说：

“你别以为能瞒过我的眼睛。”

后来白月确实还养过蛇，都是很小的蛇，易藏的蛇。白月养过一条小乌梢蛇，还养过一条竹叶青，都很漂亮。白月爱不释手。她甚至还想办法要去弄一条绿曼巴，最终没能如愿。它们都没能养多久，就被养父从房间里搜出来了，当场砸得稀巴烂。白月都给它们起名花布，尽管它们身上没有任何花纹。白月坚信花布还活着，她还得继续养蛇，继续给它们起名花布。其实，越到后来，白月越有了暗中较劲的意思。

养母已经妥协了，她说：“不咬人的，那么小一条，就让她养着吧。”

养父勃然大怒，他从没那么生气过，在对待蛇的态度上，他十分坚定，他说：“这事我做得了主。”

养父经常突击搜查白月的房间。有时白月刚好在房间里换衣服，穿着三角裤挂着乳罩，见养父闯了进来，只好双手抱胸，养父视而不见，继续搜查。他故意装出对白月的身体熟视无睹，他们是“父女”，他们之间似乎不用忌讳。可是，在白月看来，这一直是个陌生的男人，她不可能像对亲生父亲那样，倚到他的双腿之间，感觉他裤裆里的“蛇”。她做不到，尤其是她的身体发生改变之后。她害怕他那双毛茸茸的手，以及连带出来的整个魁梧的身体。

八

白月十五岁那年，养父母折腾了大半年，离婚了。养父母的离婚让白月感到惊慌，她第一次见证一对夫妻反目后的仇恨与决绝——这是她经验之外的东西，她曾以为这个家庭坚不可摧，和她乡下的已经忘记了容颜的亲生父母一样，只有死才能把他们分开。养父母吵吵闹闹的半年里，进进出出，各自请了律师，上了法庭。大多时间白月只是看着，她不知道究竟是怎么一回事。甚至不知道那一切完全因她而起。直到有一天，他们需要白月的证词。有人问：“你的养父，杨昌盛，在你熟睡的时候，是否偷偷溜进你的房间，摸过你的身体，比如胸部，还有……”那人迟疑了一下，“还有下体？”

白月这才记起，半年前，她跟养母说：“我害怕一个人睡觉。”养母问怎么啦。白月说:“有人半夜用手摸我。”养母莫名其妙,问谁的手。白月说:“不知道。”养母脸色铁青。从那以后,白月真的没在自己房间里睡,她和养母一起睡。养父母大吵一架之后,养父只能睡客厅的沙发。白月甚至不知道他们那场架为什么而吵,毫无根由。他只听见养父一个劲地喊:“你们疯啦,怎么可能?”

接下来的日子,他们一天都离不开吵架。

白月抬头一看,问她话的人表情严肃。白月的脸瞬间绯红,她沉默了一大会儿,终于点了点头。她知道她这一点,除了向人们确定一件事之外,也为养母要到了一笔存款。关键时刻,她倒是乐意站在养母这边。

白月的记忆其实已经模糊,她不知道半年前那一幕是否真切发生过、存在过。她的房门被一只手打开,那只手捂住了她的嘴巴,又掐了她的脖子,然后一路向下,到达她的胸口,又一直滑到下身的洞,伸进带指甲的食指。白月太紧张了,她努力睁开眼睛,就是睁不开,她努力动一下身子,身子仿佛被绑住了一般,也动弹不得。接下来的事情,白月其实一直隐藏在心,她不曾告诉过任何人。因为蛇出现了。至少在她的意识里,那是一条蛇,一个缅甸蟒的三角形的蛇头。蛇头在她的下身慌张地蹭了几下,终于寻到了洞口,循洞而入。就那样,直生生地,进入她的身体……翌日醒来,她感觉下身胀痛,一切又恍如梦中。她四处查看房间的每个角落,以为花布回来找她了。房间里空空如也。

类似的事夜里发生过几次后,白月才感觉到害怕,并告诉了养母。

养父母离婚后，白月随养母搬离原先的房屋。养母租了一套很大的房子，从房间的阳台可以看见海景和远山。白月再次转校，她的成绩已经一团糟。她想初中念完就不念了，她要像个大人那样在城里生活，赚钱养她的养母。养母的钱终有花完的一天。白月从没有那样，心里怀揣着一股悲壮的情绪。

九

白月辍学后，在电子厂和制衣厂做过工，没多久，都因为不合群丢了工作。二十岁这年，白月在一家酒吧促销洋酒，才发现自己那么能喝，一个个酒鬼都在她面前活生生趴下。这期间，白月谈过两次恋爱，两个男朋友都长得蛮帅，却有一个共同点：没钱。白月不喜欢没钱的男人，倒不是她势利贪财，她纯粹是为了养母，她们母女俩早把存款花完了，接下来的日子就得靠白月赚钱养家了。最便捷的办法便是嫁一个有钱的男人。白月和两个男友都没上过床，不是不想，而是怕，每次到紧要关头，她总是把对方的阳具想象成蛇头。这样的心理阴影后来一直挥之不去，直至成了一种性暗示。白月想如果真要付出，她宁愿用自己的下半身换来一个无忧的下半生。工作的关系，白月结识了不少有钱人，什么人都有，唯独没有一个好人。有一个叫汪东的男人，做珠宝生意，人还可以，对白月有意思，曾随白月到过家里，却被白月养的蛇吓破了胆，已经有好几个月不敢露面了。白月和养母说起此事，言语中还有点惋惜。这年头能遇到一个既年轻又有钱又对自己有意思的男人实非易事。

无论如何，这些年来，白月最有成就感的是让养母也爱上了蛇。她们家，简直成了蛇窝。白月又养了一条缅甸蟒，还给它起名花布，是长大了的花布。白月每天晚上看电视，都把花布架在肩膀上，像是围了条大毛巾，有时养母也坐在一边，母女俩一头一尾，架着一条大蟒看电视。

让白月意外的是，消失几个月后，那个叫汪东的男人再次来到了白月家。他说他出差去了一趟瑞士。汪东看样子做足了准备，特意给白月带回一枚瑞士钻戒。说话间，汪东强忍着恐惧，要去亲近趴在沙发上的花布。白月拦住了他。白月对于汪东的到来颇感惊喜，她不希望花布再次把他吓跑。自此，两人开始交往，当然也不是多火热，只是每到周末，汪东都会开车来接白月。白月不想单独跟汪东出去，她总是拉上养母。于是，汪东带着她们母女出门，看着像是一家人，充当的却是个哥哥的角色。他们一起吃饭，接着去动物园看昂贵而高雅的黄金蟒，或者去金厢海边钓墨斗尼仔。白月早已不再是童年时候那个不爱说话的女孩，她的活泼伴随着读书生涯的结束而到来。不得不说，白月还真是一个惹人喜欢的姑娘，浑身透着一股城里女孩所没有的野性。汪东看样子真是喜欢上她了。不过他们的感情经历了大半年还保持原样，像是一对兄妹，一个暧昧的眼神，都来之不易。养母的存在，像是白月故意安排的角色，让汪东蛮尴尬。养母再装傻也知道白月的意思，白月不就是想带养母出去走走嘛，一个人待在家里多闷啊。后来，养母就不愿意和他们一起外出了，她故意参加小区的老年合唱团，每天早出晚归去排练，事实上大多时候只是在公园里坐着发呆。养母希望白月和汪东有个好结果，她这一辈子，便真没什么可奢求的了。

白月发现了养母的异常，也预知了她的病，但养母自己不知道。突然有一天，养母吃什么吐什么，到医院检查，结果出来时，医生把白月和汪东叫到跟前，一脸严肃地说："你们夫妻俩要做好心理准备。崔艳红女士得的是胃癌，已经晚期了。"

他们并没有纠正医生的"口误"。医生继续说着崔艳红女士的病情，白月一句都没听进去，她失聪了一般，整个世界只剩下嗡嗡的声响，感觉像是多年前她站在河中央，周围尽是顺流而下的蛇群。汪东和医生在商量治疗方案，白月一句话都说不出来，低头看着检查单上"崔艳红"三个字，竟说不出的陌生，这哪是养母啊？分明是另一个不认识的女人。这么普通的名字，大街上一抓一大把。崔艳红不是养母。不是的。养母身体好着呢，一点事也没有。白月心里坚持着，倒是汪东提醒："别这样，你想让伯母知道吗？"白月一把撩开汪东搭过来的手臂，声音有点大，"你谁啊？关你什么事？"忽然又愣在原地，蹲了下去，双手捂面，强忍着泪水。当他们若无其事走进病房，养母正喜盈盈地迎着他们过去，她还不知道自己的身体已经走到了末路，她六十岁没到，还可以陪白月好多年。从多年前养父母一起出现在白月的家里开始，一晃二十年过去了，画面像电影一样从眼前快速地放过去……白月终于克制不住，喊了一声妈，泪水便翻涌而出了。

十

养母最后的日子过得蛮开心，汪东尽了一个女婿的责任。这是白月欣慰的，她对汪东的爱也变得具体起来，不再只是一种感觉，而是成了一种行为，那就是要嫁给他。养母离世的前一天，胃口出奇的好，竟然吃下了汪东打包回来的一整盒煲仔饭。养母瘦骨嶙峋，唯有眼神还十分灵动。养母突然抓住白月的手，把白月的手放进汪东的手，养母对着汪东说：

"我的女儿，白月，以后就交给你了，我走了以后，她就是你的人……"

白月声泪俱下，汪东把她的手攥得生紧。

养母去世后不久，汪东便迎娶了白月。婚礼的盛大在潞城轰动一时，街头巷尾皆有人议论，说得最多的当然是灰姑娘嫁了钻石王老五。白月和汪东恋爱时，倒没感觉到压力，隐隐还自觉有优势，要不汪东也不会围着她转。结了婚，白月的感觉反倒不一样起来，像是被盛大的场面吓住了，她开始觉得高攀了汪东。然而越是这样，白月越要表现出自信来，她不能在汪东面前像个仆人，仿佛得到了他的恩赐，尽管真是得到了他的恩赐。

白月搬进了汪东位于市中心的大房子，连同她那些可爱的蛇。汪东不反对白月养蛇，但也不像养母那样，会喜欢上它们。汪东专门找人装修了一个房间当蛇窝，保持恒温30℃，最适合蛇类的温度。这让白月十分感动。家里有客人时，白月还是识大体的，不会把蛇抱出来。家里没有别人时，白月才把花布挂在脖子上，到处走。汪东没说什么，保持着距离，他竟有些醋意，无不埋怨地说：

"你累不累啊？"

"我不累啊，你要不要也亲亲花布，来来来——"

汪东紧张地笑着，躲白月和花布。对面的邻居大概可以从窗口看见，一个女人抱着一条大蟒蛇，追着一个男人满屋子跑。

他们婚后的生活还算和谐，白月辞去了酒吧的工作，整天在家不是看电视就是陪花布，保姆倒是换了好几个，前面的都被花布吓跑了，后面来了个比男人还凶悍的，第一天见到花布就敢抱着它到处走，像是抱着一个熟睡的婴儿。白月引以为知音，连工资都给她涨了。汪东一天在家的时间不多，晚上能准时回来吃饭也纯属奇迹。白月无所谓，或者说她早在结婚之前就习惯了失调的生活规律。何况，汪东是做大生意的，要是他每天都按时回家吃饭，白月还觉得他胸无大志、拘泥小节呢。

有时，白月也会随汪东赴一些酒局，都是他们小圈子的聚餐。白月本不太乐意，想到他们圈子的人都爱面子，谁娶了漂亮老婆就恨不得拉着到处展览，汪东的老婆常年不见，会不会是拿不出手啊？白月才不觉得自己拿不出手呢。要模样有模样，喝起酒来，男人也没几个是她的对手。于是，圈子里的人不仅知道汪东的老婆爱玩蛇，还会喝酒，传来传去，竟有一些神奇了。他们私下都说，怎么现在白娘子修炼得连雄黄酒都不能使其现原形啦。白月颇为自喜，眼看满桌子的男人都趴下了，唯独她醒着，或者，某个男人为了不喝酒，竟然向她下跪，抱着她的脚求饶。她便有一种战场上凯旋的感觉。“汪东那老婆啊，太厉害了。”他们这么说。也有人说：“太野了。”声音自然要低些。每逢酒后，男人们的话总是不堪入耳，似乎只有谈论性事，只能谈论性事，才不至于扫兴。他们完全忘了白月的存在。

十一

白月没想到,老家的人会找上门。白月不知道他们是怎么寻到她的住所的,后来听说,他们先是找到了白月的养父,养父早已再婚,对他们的到来极其反感,养父说:“我们早就离婚了,她跟着我的前妻崔艳红。”他们又打听到养母已经去世,白月也嫁人了,丈夫正是潞城财富新锐汪东——白月知道他们故意隐瞒一点:他们最先知道的其实是潞城的汪东娶了个新娘叫白月。这才是他们进城寻亲的直接原因。

他们一个个拘束地坐大厅里,列成一排,三个男人,一老二壮,同时抽上烟,烟灰掉在了地毯上,他们吐出来的烟雾几乎把整个客厅都淹没了。白月真不知道说什么好。她心里有一种说不出来的复杂感受。

眼前这三个男人据说都是她的亲人,尽管她一个也认不出来。他们一一报上的名字,听来也很陌生,不可捉摸,不能追忆。她该用一种什么样的方式和这三个男人扯上关系呢?她比他们还紧张。

最老的男人吸掉三根烟后,终于说话了,他先自我介绍:“我叫毕德民,我是你爹,亲爹,你,还有印象不?”白月摇头,忽又感觉不对,眼前来的确实是亲爹,她能感觉到对方的真诚。可她怎么就忘了父亲的容颜呢,时隔多年重新见面竟一点印象也没有,连同他的名字,陌生得没有一丝温度。毕德民,这个名字她也是第一次听说,一点都不喜欢,俗得跟从泥淖里捡起来的。她早就忘了自己姓毕,从她来到潞城开始，她的作业本、学生证、户口本、身份证、健康证、驾驶证、银行卡……全部都命名为杨白月——其实她更为喜欢养母的姓，叫崔白月。她的名字却没改，这给他们寻亲提供了方便，说起来还得感谢养父母的仁慈，他们完全可以把她的名字一并改掉。那样一来，她似乎也就和那个村庄一刀两断了。如今，因了“白月”二字，她便逃脱不了来自边远亲人的追溯相认。

白月唯一能记住的便是父亲裤裆里的“蛇”——童年时的无知，想来倒成了乐事。白月不自觉还是往毕德民的裤裆看了一眼，宽大的裤子使得那儿蓬松如风鼓，毫无生气可言。这个男人老了，不再是二十年前的壮汉。白月迅速将目光移开，去看老人身边两个青壮男子。

“我是你哥哥祖光。”成熟一点的男子说。

“我是你弟弟祖建。”年轻一点的男子看样子还稚气未脱。

白月点点头，算是已经接受了他们的相认。他们突然高兴起来，之前的拘谨如花簇上的蝶群被搅飞了，全放开了。毕德民两条黑腿都抬上了沙发，盘着坐起来，继续抽烟。这才是他习惯的坐姿，刚才两腿绷直肯定让他十分难受。祖光则干脆站了起来，满屋子走，这看看那看看，动手摸摸，问屋里陈列的陶瓷值多少钱，一边还跟白月讲他们这一路来寻亲的艰辛，也许是死去的母亲在天保佑，总算寻到了。哦，母亲已经死了，何时死的？怎么死的？白月完全不知道，她竟也提不起兴趣询问。毕竟是亲生母亲，她觉得应该有适当的悲伤，但她没有。她真的没心情继续演戏，她厌恶了他们的冒昧，希望他们尽快提出要求，好打发他们离开。

倒是那个叫祖建的男人显得平静，是个客人的样子，能看出他神情里的抱歉。这是白月愿意看到的。他应该是个读书人。随即便得到了父亲的验证——毕德民说："祖建还在读大学，暑假回来，也带过来认认姐姐。成绩很好的，以后……"父亲的话被他大儿子的惊叫打断了。白月完全明白了父亲的意思，无非就是要钱。

祖光的惊叫来得突兀，像是被人打了一棍。

白月知道祖光为什么惊叫，他肯定是见到蛇了。白月忘了关闭蛇窝的房门，也是一时疏忽。只见祖光触电一般，跳了出来，张大着嘴巴说："蛇，好多蛇。"他双手比画，声音急促。沙发上的另外两个男人也跟着跳了起来，神情慌乱。

白月马上解释："没事没事，是我养的。"

沉默。毕德民继续抽烟，他大概想起了什么，他想说什么，动动嘴唇，却没说出来。

倒是祖光突然晃过神来，他说，白月，你是养来泡酒的吧，记得泡酒时别先杀死，活生生地闷在高度酒里，让它把血吐到酒里，泡上一年半载，喝了，什么风湿病、关节酸痛，很有效果的……祖光看样子是个内行，他还想继续说下去，却被白月喝住了。

十二

毕家父子寻到白月，目的其实很明确：一是要点钱，二是要白月给哥哥祖光找份工作。相比之下，第一件事好办，不用他们提，白月都知道怎么做，给他们点钱，面上是情义，实际也是打发，再说也不是没钱；至于介绍工作，白月想推脱，她说她一个家庭主妇，不认识什么人，哪有工作介绍？祖光当即便回："你不认识，汪东认识啊。"一句话就把白月顶到嗓子眼上，竟不知怎么回答了。看来，他们真是做足了准备，白月低估了他们。

白月真不想把事情扯到汪东那儿去，怕让汪东看不起，面对突然冒出的一堆乡下穷亲戚，免不了尴尬。有钱人最怕穷亲戚，扶不起，填不完，一个无底洞。然而，让白月料想不到的是，汪东竟出奇的热情，他不知道还有这么一层关系，他确实不知道，白月也没说。汪东怪白月不早说，怎么好意思让岳父寻上门，他得先登门尽到做女婿的礼数才对啊。汪东能说会道，不管是真心还是假意，总之把他们父子三人说得心花怒放，激动不已。毕德民临走竟然死死抓住汪东的手，敢情汪东才是他要寻找的骨肉。白月观察汪东的言行，看起来不像是装的，却又没理由不是装的。她后来想，汪东聪明着呢，他无非是想以此来牵制白月，有恩于白月一家，让白月显得亏欠，他自然也就有恃无恐。白月算是揣摩透了汪东的心思，夫妻俩明里和睦，暗里却各自较劲。好在汪东的心思不带恶意，顶多也就有些狡黠罢了。

汪东答应祖光到他的珠宝店当保安，工资方面自然比普通保安高出一截。对于这个结果，白月本应高兴，可她高兴不起来，她隐约感觉平静的生活从此将遭到破坏，三个来自湖村的男人，像是三个入侵者，已经侵犯了她的领地和生活。并且，流水哗啦，无法回头了。白月还有预感，没准祖光能给她带来更大的麻烦。白月对祖光的印象不好，倒是弟弟祖建，看起来比较顺眼。

不管怎样，木已成舟，既然接受，就得认下这个哥哥。有时汪东回来说起祖光，说他工作蛮负责，人也机灵，白月难免还得附和几句，说哥哥的好，小时候她被人欺负哥哥怎么出手相助的。事实上，祖光不但没照顾过白月，还处处与她作对，他讨厌妹妹，白月每次往家里带蛇，也都是他告的秘。好多往事，伴随着他们的出现，开始在白月脑海里浮现。

每到周末，祖光会随妹婿汪东到家里来，两人竟亲如兄弟，勾肩搭背，不时因说起某个话题而哄然大笑。白月故意对祖光爱理不理。有一次，祖光顺着话题说起白月养蛇的事，表示不理解妹妹一个女孩子怎么会喜欢蛇。听他这么说，他已经忘了小时候的事了，忘了白月因为蛇挨过多少打骂，甚至还被卖到了潞城。当然，那时的祖光也只是个小孩。祖光半开玩笑，说："妹妹送我一条泡酒吧，最近站的时间长，腰酸背痛的。"白月听着反感，但还不至于生气，她知道哥哥是在开玩笑。白月转身看见汪东在一边笑，幸灾乐祸的样子，仿佛祖光说的正是他的意思，甚至还有可能是汪东教祖光这么说的，专门气白月来的。白月一下子怒火上蹿，大声说："在我这里，你们都不及它们珍贵呢。"

白月面上是在说祖光，实际却是说给汪东听。

话一出口，气氛显得尴尬，如一湖盈动的水突然凝固。汪东只好笑着打圆场，说你妹这么喜欢蛇把蛇当宠物养呢当然珍贵啦哪舍得让你泡酒你要泡随便到市场买一条吧。

祖光涎着脸说："对不起，妹子，我说错话了，晚上自罚三杯。"

十三

似乎是为了故意气汪东,白月连睡觉也离不开花布。有时汪东回来得比较晚,掀开被子,盘踞在他枕头上的却是条大蟒。白月和花布一左一右躺着,看起来倒像是对夫妻。汪东不免悲从中来,看花布瞪着双黑魆魆的眼睛,自己倒像是个入侵者,花布才是那张床真正的主人。汪东恨不得把花布给杀了,或者像祖光说的那样,活生生泡酒喝。

想归想,汪东终究拿它没办法。吃一条蛇的醋,也是件蛮惊悚的事情。通常,汪东只能在客厅沙发上将就一夜。天气冷,睡不着,他站在阳台看小区的夜晚,家家户户都安然入眠,唯有他满腹心事。汪东赌气出门,到了楼下酒馆,直到醉醺醺,走路都不稳了,便歪在路肩的草地上睡着了。翌日,花园保安架着汪东上来敲门。白月还以为汪东一晚上都没回来过,难免得吵一架。

更让汪东无法想象的是,白月竟然不愿意生孩子。白月说:“花布就是我的孩子。”白月又说:“哪个孩子能像花布这么听话、乖顺?”白月最后说:“如果有了孩子,花布怎么办?”说着她把花布抱在怀里,俨然抱着一个婴儿。汪东无话可说。他不知道白月不想生孩子几乎是小时候就定下的信念,她不想失去女人的优雅,至死也要像养母那样体体面面。她把女人的庸俗和邋遢归咎于生育,女人完全毁于生育。这些当然是汪东所不能理解的。汪东虽说和白月结为夫妇,却从未走进过她的内心。白月也从未对汪东有半点敞露。

白月越来越厌倦性爱,这种厌倦早就存在,只是不太敢表露出来。每次做爱,她都缺乏主动,收紧身体,紧闭双眼,任凭汪东的“蛇头”在下身捣弄。汪东在白月身上得到的乐趣日渐稀少,轻易也不会碰白月了。白月知道汪东经常在外面胡来,这个不用瞒骗,猜都猜得出来。其实也是心照不宣,白月知道汪东是对白月的失望,报复一般,白月的默许又纵使了汪东变本加厉。汪东竟然包了二奶,女孩是珠宝店的员工,高挑、漂亮,比白月年轻、温柔,更重要的是不会像白月那样整天抱着花布。女孩整天抱着汪东,倒像是条水蛇一样柔滑湿润。

汪东的婚外情瞒得过白月,却瞒不过祖光。祖光先是听到同事间传闻,又亲眼见过汪东偷偷在珠宝店门口把女孩接走,他便确信有其事。有一次祖光和汪东喝酒,两人都喝得有点多,祖光连哄带骗,把汪东的心事都抖了出来。汪东酒醒大半,后悔说了不该说的话。祖光立马表态:“我知道妹婿不容易,我可是站在你这一边的,咱哥俩,还有什么信不过的么。”

祖光哥长弟短的,倒是把汪东哄得毫无戒备,声泪俱下,心窝子都掏了。汪东做梦也没想到,祖光会偷偷录了音。

祖光把录音放给白月听,一副功高至伟的样子,以为接下来白月会勃然大怒。谁知,白月听着一脸平静,仿佛听着一段与她毫无瓜葛的录音。

录音播完了,祖光收起手机,问妹妹:

“怎么办?”

白月抬头看了祖光一眼,她怀里的花布也抬头看了祖光一眼,白月没说什么,转身要回房。祖光站在原地,愣住了,他喊:"白月,你听我说。"

白月回头问:"说什么?"

祖光说:"你有证据,可以和他离婚,他的家产你们各一半,你有他一半家产,还怕没人要吗?他究竟有多少钱,我这半年来也有探听过,光房产就有十多处,这些他告诉你了吗?他分明不信任你,不把你当老婆,到头来,什么都是别人的,你除了花布还有什么……"

祖光还在继续说,这让白月很诧异。她难以想象祖光能在半年里了解这么多有关汪东的底细,还掌握了他包二奶的证据,跟拍了一些私密的照片,似乎从刚开始就带着预谋来的,整个过程就是一个周密的计划,冲着汪东,冲着他的家产,冲着白月和他离婚后可以分得其中一半……可怜白月事先一点都不知情,却成了他们的同伙。白月觉得眼前这个哥哥突然有些面目可憎,比汪东还要可怖。她甚至怀疑所谓的"二奶"也在祖光的计划之中。

白月不可能顺着哥哥来,她后悔,没有在一开始就把他们扫出家门,留下了这么个后患。她跟祖光说,她家的事别多管,不是他想的这么简单。确实,白月和汪东不仅仅是夫妻关系,因为有养母的事情在先,白月始终觉得亏欠了汪东,和他结婚便多少有了偿还的意思。只要汪东不提出离婚,白月就没有理由主动去破坏这份生活的宁静。她有花布陪伴,够了,再说没有一个男人的爱是永恒的。

祖光拿妹妹没办法,仿佛到手的家产如鸽子一般飞走了。

十四

一个月后，汪东的珠宝店发生了一起特大盗窃案，店里的珠宝几乎被洗劫一空。汪东报案侦查，没能查出任何有价值的线索，珠宝店所有的监控摄像头在案发当时都奇迹般地失效了，没有捕捉到任何盗窃者的影像。案子的侦查一筹莫展。

此事在潞城影响颇大，茶余饭后无人不在谈论。人们不是替汪东惋惜，倒是把偷盗者传得邪乎，飞檐走壁、隐身遁形，无所不能。坊间流传的版本多了起来，有人竟当作古仔去演绎。

白月是在电视新闻上知道的，汪东并没有告诉她，怕白月担心，或者干脆觉得没必要。反正结婚几年来，白月一直没插手汪东的生意，也不过问，她从来就不是一个野心过大的女人。白月从电视画面看到，珠宝一件不留，柜台却整齐有序，看起来不像是被盗，倒像是从容不迫地"收割"，即便是收割也会在田里遗留下稻穗，这个盗贼竟连一条金链都不曾落下。

绝非外人。白月第一个想到的便是哥哥祖光。白月也不希望是祖光，毕竟是兄妹，身体里流的血改变不了。白月真不希望祖光会犯下这样的大错。白月也不会把自己的怀疑告诉汪东，怕冤枉了哥哥。祖光还在珠宝店工作，警察把店员逐一排查，并没发现什么可疑之处。按祖光的说法，那天夜里，下了班，四处巡查一遍，没什么问题，才锁好店门，回宿舍睡觉。这点，好多工友都可以互证。

事情拖了一些时间，看样子就要不了了之。

有天夜里，汪东奇迹般留在家吃晚饭，吃了还不打算走，坐在沙发上看起了电视。白月便知道他有事要说。她故意在蛇房里磨蹭了一会儿，有一条云南珍珠蟒脱了层皮，白月正把蛇皮放进盒子里收藏起来，视作成长的证据。

白月刚在沙发上坐下。汪东就说：

“有兴趣谈谈你哥哥吗？”

白月一愣，“谁？”

“你哥哥，毕祖光先生。”

“他怎么啦？”

白月其实已经有预感。如果真如自己所猜测的那样，汪东既然选择了坦白，那基本上就算坐实了。

汪东慢悠悠地说：“如果是你哥哥干的，你说我该怎么办？”

白月觉得再装傻也没必要了，她直截了当地问：“你有证据吗？”

其实也是明知故问。

汪东一笑，他一边的嘴角往上扯，制造出陌生而丑陋的表情。

“我一直没闲着，暗中请了私家侦探，如今珠宝已经全部追回了，至于你哥，还在我手里，何去何从，就听你一句话。”

白月突然站了起来，她明白汪东的意思。

“你想听我说什么？”

汪东又笑，他能如此淡然冷漠，白月还是第一次见，觉得如隔了千山万水般遥远起来。

汪东说：“我查过他的手机，里面有我的照片和录音，估计那些你都看过听过了吧。你这么苦心安插一个人在我身边，很聪明啊，你比蛇还毒呢。”

这是白月意料不到的反转,什么叫反咬一口,这就是了。她竟不知道说什么,她陷入了一种逻辑上的混乱。如果承认看过照片听过录音,也就等于承认了汪东说法;如果不以此作为筹码,她便没有任何反驳的根据,最终也都会败下阵来。更重要的是,如何让哥哥祖光平安无事,才是当下最迫切的事情。事实上,她从来不喜欢哥哥,他得到的所谓“证据”,在她看来,也是龌龊的。可如今,当汪东掌握着哥哥的命运时,白月却又不甘哥哥的命运受人掌握,哪怕这种掌握是以法律的名义,哪怕掌握他的人还是自己的丈夫。她不愿意。她突然像蛇一样冰冷起来,看着汪东。

她说:“你要怎么样才能放过他?”

汪东倒也爽快,脱口而出:“离婚。”

又补充一句:“休想得到我一分钱。”

十五

白月决定回湖村。

当这个决定浮现脑海时,同时浮现的还有多年前那个夏日。白月坐在养父母的车上离开湖村,沿着338省道,进入潞城。这么多年过去了,白月从一个五岁的小女孩长到一个年近三十的女人,她开始往回走,离开潞城,进入湖村。

门口那条河已经干涸,不是近几年的事,似乎很多年了,河里的泥早被村里人踩成了沙。也只有白月能看出那是一条河的原始样貌，要是陌生人，会以为只是一条凹陷进大地的沙路。

白月当年就站在河水中央，看着蛇群从身体两边游下去……白月想起了母亲。母亲在浴室洗澡时那水草一般耷拉在皮肉上的阴毛，如今在白月看来，已不是什么稀罕事。她早已明白世间男女的一切世俗和龌龊，所谓欢愉、高潮、男盗女娼，她都看透了，反而是小时候一撮来自母辈的陌生的乌黑的阴毛，更能激起她温润的思想和美好的想象。

当一切秘密还是秘密的时候，秘密本身的美好远远胜过真相残暴地呈现。

白月来到母亲坟前，坐了一大会儿，说了好多早就想说的话，甚至还不忘问母亲，到底当年她卖了多少钱？那些钱能否真为家里解决一些现实问题。如果真能那样，她也蛮欣慰。毕竟在这个家里她也并非一无是处。坟前的风萧萧而起，她更愿意那是来自母亲的回答。她明白了。她相信最真切的答案唯有来自安睡的人，如果她去问还健在的父亲，也能得到答案，但她不敢肯定答案是对的。

活着的人总是擅于欺骗。

弟弟祖建已经大学毕业，他不喜欢城市，也回到了湖村，他和白月有过一次交谈。他跟姐姐说他要写小说他想写出全世界最好的小说成为最好的小说家，他问姐姐在这个阴森的现实社会里拥有这样的理想是不是很傻。白月说你不傻只是会比别人过得辛苦。

祖建说：“我明白你为什么喜欢蛇了。”

她说：“就像你喜欢写小说。”

白月带在身边的蛇只有花布，其他都送给了网上认识的蛇友。

尽管如此,白月第一天踏进湖村,还是引起了骚乱。大家都来看她的花布,惊慌失措,奔走相告,村里来了一个蛇女。

没过多久,反对的声音便开始出现,具体是反对白月带回来的蟒蛇,似乎它存在一天,村里人便多一天危险。有人说,那么大的蛇,可以吞进去一个小孩。自此,没有人敢靠近毕德民家里一步,连平时走得近的人,也视他家为危险之境。

村主任找到毕德民谈话,也找了祖光谈话,给出最后通牒,要么把蛇杀了,要么离开。

祖光念及妹妹的恩情,不便为难妹妹;毕德民倒想找白月谈一谈。毕德民站在门楼,离白月有点远,他不敢靠近,怕她怀里的花布,尽管花布看起来和羊一样温顺、可爱。毕德民说:"白月,听我一句话,你把蛇交出来吧,再找个人嫁了,生活得继续……"

白月不言语。白月把蛇缠在脖子上,蛇头昂起来,和白月的头平行,使之看起来,像是白月的脖子长出了两颗头颅,一颗是人类,一颗是蛇类。

类似的劝告,父亲说过多次,渐渐失去了耐心,他开始咒白月,咒她是扫把星,自从她回了家,连只猫都不敢靠近了。他试图逼走白月,公然断绝他们的父女关系,他说他从来就没有过这么一个女儿,她不是人,是妖怪。

一天夜里,白月来到祖建的房间。祖建趴在桌前,勾着腰写字。白月问他写什么。他说在写小说。白月看了一会儿,问:"你能写一写你姐姐么?"

祖建回头,发现房间里空无一人。白月已经离开。第二天,毕德民一家再也寻不着白月和那条叫花布的蟒蛇。德民和祖光难掩心中的喜悦，唯有祖建潸然泪下。祖建后来听村里的牧童说，白月抱着蛇离开了湖村，朝着东，一直走，直到消失在了那片山林里。那是一片山连着山的地方。白月和花布一起消失在了山里，如人间蒸发。

不久，潞城传出一条爆炸性新闻：珠宝大亨汪东和他的新妻双双死于车内，车子门窗都没有丝毫破损，死者全身也没有任何伤痕，唯有脖子处，似乎被什么东西勒过。法医初步认定：疑似被善于伸缩的物体勒住脖子导致窒息致命，类似蛇。

母辈

富贵随人，我若有那命，到哪儿哪儿就随我富贵；若没，纵然家财万贯，也会毁于我手。

“银春”是我母亲的名字之一。母亲还有另一个名字，要更好听一点，叫“黛姝”。“黛姝”是郑老师帮母亲起的名。多年后郑老师自己都忘了曾给母亲起过名字，母亲却一直藏念心间。人们喊她时，还是叫银春。母亲试图改变现状，要我父亲叫她黛姝。父亲笑着叫过几回，但很快就忘了那个奇怪的“袋鼠”了。不久父亲开始叫母亲“金水他娘”——我大哥金水很快出生了。做了母亲之后，母亲对自己的名字一下子撒开手不管了，不再试图改变。其实在父亲的村庄里，人们叫母亲时连银春也用不上，就直接喊母亲的村庄——北斜。这也是我们那的习惯，哪个村庄嫁过来的媳妇，就用哪个村庄的名唤之。母亲的村庄在湖村以北十里之外，需翻过几道山梁和起伏的荔枝园——母亲的村庄叫北斜村。

北斜村比湖村要大十倍。那时湖村也就十几户人家，散落在平湖两边，全村不过两百余人丁。村里有湖，水源充足，湖村夏冬两季的稻子总能有个好收成，好多邻村的女孩冲着这点满怀向往之情。母亲完全不用羡慕，北斜村靠海，有吃不完的鱼。北斜村有这样的优势，四乡六里都被它吸引，多数去贩鱼，巴掌大的笛子鱼从石码头贩出来是五分，挑回自家乡里就叫价一角了。每日清晨，渔船靠岸，岸上候着黑压压的人群，自觉形成小圩市，不但卖鱼，还卖葱、卖油盐布匹、打铁锔锅，以及月湖来的抽签算八字的先生摆摊揽生意……渔船的主人无疑都是北斜村人，东家是他们，大利当然归他们赚。当地有童谣唱：“靠水乡里，富到流油。”站在石码头望北斜村，错错落落全是瓦房，偶尔高出来的水泥碉楼，更是惹人眼目。相比之下，湖村显得破落，大多人家还住在茅草房里。每年冬天都要为茅屋换一次稻草，旧的稻草从屋顶撤下来，差不多都烂成泥土了，有时还能在里头扒到几窝老鼠崽。父亲后来跟我们回忆说，扒到老鼠崽的时候可高兴了，跟过节似的。那玩意比鱼还好吃，煎炸、炖汤，闻着都呲口水。

总之，生在北斜村的银春，没理由嫁到湖村来，何况还是嫁给我父亲。父亲那时身体有暗疾，只是没敢往外说。父亲识得几个字，在祠堂教书，像模像样地戴了副金丝眼镜。父亲说："江上往来人，但爱鲈鱼美。"村里的孩子跟着念。酿酒的老德刚好路过，问我父亲："小铁子啊，什么是'鲈鱼美'？"父亲一时被问倒，回答不上来，抬手指着北斜村的方向，支支吾吾地说："看看北斜村，有鱼自然美啊。"老德朝北方发了一会儿呆，终于点了点头。事后老德逢人便说，小铁子给他指了路。

说来也巧，父亲那年走狗屎运。老德突然决定不酿酒了。老德不但不酿酒了，连酒也戒了。老德挑了一挑簸箕往北走，他要去北斜村贩鱼。老德这样的举动让湖村人很不理解。有人说，老德的脑子肯定搭错线了。湖村爱喝酒的人多了，之前是看在老德的面子上，不敢和他拉下脸面夺生意，才让他一人酿一村子的酒，如今他这样一放弃，其他人家的酿酒炉子早就支起来了。可老德看起来一点都不后悔。他迎着朝阳，哼着曲子，继续朝北斜村方向出发。

真往深里掘，老德跟北斜村还有那么点亲戚关系。亲戚绕过来绕过去，都快绕成线球了，复杂得谁都理不清。老德酿酒时，自然不必花心思去理这样的线球亲戚。现在老德要去北斜村做生意了，难免跟人打交道，北斜村人仗着东家的势，财大气粗，自然不会把小湖村来的放在眼里。如果能扯出个八大姑七大叔,就会好说话,人家也会不一般看待。

老德一边赶路,一边掰指头理亲戚,还真被理清了。有个表亲,从老德的奶奶那一辈开始,应该是奶奶一个堂姐妹,嫁到了北斜村,如今早死了,可她的子女还在。早些年听说,那家子在北斜子还过得不错,后生也有出息。

老德一进北斜村,就挨家探听。老德手里还提着礼物,是在村头供销社买的一包汕头糖,花了他一块钱。虽是心疼,想到往后得到的好处,还是咬了咬牙。老德不是第一次来北斜村,但这次是来串亲戚的,脚下生了风,对左右依次排列的瓦房多看了几眼,看一眼是看,看多一眼又不花钱,老德觉得先赚了。问了不少人家,终于有一个愿意带老德走几步的。老德跟在那人身后,穿过几条偏巷,眼前的房子也越走越破落,像一路走下坡路。那人立下脚步,指着一间老旧的瓦房说,到了,银来家就是这里。老德杵在原地,有些失望,肩上挑着的簸箕还在摇晃。

银来。银来。老德站门口,喊了几声。银来这个名字他只是听父辈们说起,没真正见过人。老德正要再喊。门口探出了一个理着板寸头的汉子。老德吓一跳,他这一辈子还真没见过这么威严的人,目光亮堂得像是元宵的灯笼。板寸头问,你找谁?老德怯下声音,说,银来阿弟,我是湖村来的老德。

一席话下来,老德有了意外之喜,银来家境赶不上人,大小还是个领导。领的人不多,就一支小渔队,在村里也算是个有头脸的人物。银来在村里的地位完全依仗于他参过军、打过仗,还因此废了条胳膊。冲着这点，银来回到北斜村时，队长吴东生亲自领队在村口迎接，敲锣打鼓，摆流水席。连队长的小相好、唱戏的李素琴也站在人群之中，踮着脚往里看，无非就是要看看银来那双打过机关枪杀敌如麻却又被手榴弹炸废了的手。银来的手马上就成了北斜村的宝，挨家挨户，得让北斜村人看一看，摸一摸。轮到李素琴时，李素琴刚伸出手去摸，队长干咳一声，李素琴的手就缩回去了。那时银来还不知道李素琴是队长的小相好，心底有些喜欢，白白嫩嫩的，还会唱戏，闽南人，随剧团扎落在北斜村。北斜村一年要搭台唱好几次戏，戏团怕丢了生意，不敢挪步，就在北斜村讨了套祠堂，当是据点了。

银来回来没多久，渔船的一支小分队就归他了。说是领导，其实也没什么实权，不过大伙给面子，每次清仓，都得送点鱼过来，有时是笛子鱼，有时是蛇鲻鱼，也有杨子鱼。足叫银来一家满足了。银来的父母都是老实人，没什么出息，生了一男一女，都长得周正，拿得出手的货色。眼下大儿子银来从部队回来，为家人争了光，有了光宗耀祖的意思。我的外公老蔡心里却又喜又愧，喜当然不用解释，愧是当初大舅子银来嚷着要去参军时，老蔡第一个极力反对。那年头参军光荣，老蔡也不敢大声吆喝，弄不好全家都搭进去。老蔡的意思很明显，别人家的孩子参军可以，走了老大还有老二老三老四，老蔡只有这一枚男丁，银来一走，家里只剩下两个老人和小女银春，万一有个事，连个拿长矛的壮丁也没有。不行。老蔡一辈子胆小，在村里和人发生口角，都是忍了了事。银来长到一米八的时候，老蔡的胆子才凭空壮了不少，和人有个面红耳热，他会来一句："回家告诉我大子去。"人们看不起老蔡，对老蔡的大儿子银来还是有点怵。那小子话语不多,眼里却满是杀气。

老德和表亲银来认过亲,银来就带老德上了石码头,很快和银来手下的渔船订下口头合约。价格比别人优惠,鱼也是最大最新鲜的。贩过鱼,银来留老德吃酒。老德本想说戒了,想着这酒又不得不吃,就应了。银来唤来妹妹银春去沽酒,老德这才仔细看了银春,小姑娘有点怕生,眉眼间却藏着村里人少有的灵气。吃了酒,天擦黑了,老德起身告辞。银春收了一半汕头糖,另一半退回给老德。老德推辞了一会儿,想到家里儿女一大群,都张着嘴巴流口水的样子,还是收下了。

送老德出巷子时,一家子站在门口。老德大概是喝多了,突然说,银来弟也到了娶亲的年纪了,实在不行,就拿银春换一下。要说我的外公老蔡早有这意思,一语投机,接过话来,说了几句。因这话,银来银春都有点不高兴。那时换亲是挺普遍的事,嫁一个娶一个,跟做生意似的,挺好嘛。如果银来的手不残,也不需要妹妹牺牲什么。其实也算不得牺牲,女大当嫁,嫁谁不是嫁呢?一辈子,跟了谁,还不是一天天地过。银春不愿意倒不是不想成全哥哥,只是十八岁的她,心里已经隐约有了心仪的人。

谁也想不到,银春心仪的男人,会是郑老师。郑老师是汕头下放的教师,大名郑志平,瘦高个,戴眼镜,梳分头——本是电影里汉奸的打扮,安在郑老师身上,却一点都不像,还挺好看。郑老师刚到北斜村,村里见过的人无不说一句:“人咋能长这么好看呢?”好看还是次要,重要的是郑老师还牵头办起了妇女夜校,并亲自上门动员。毛主席教导我们说:“妇女也顶半边天。”这半边天不读书识字怎么行呢？——大道理讲了一堆，都口干舌燥了，各家的妇女听着新鲜，等着男人答话，男人却一个劲傻笑。这白天忙的是公家的活，到晚上才有时间照顾自家，现在倒好，催着上妇女夜校了。不过毛主席的话也不敢明着反对，还是让妇女自个说话。男人这一招狠，胆小的妇女都退了，该奶孩子的奶孩子，该喂猪的喂猪。有几个胆大的，则跟着郑老师屁股后走了，其中就有个叫秋菊的姑娘。秋菊大银春一岁，两人打小在一块玩，秋菊这姑娘大大咧咧，往银春身边一站，能站出一对反义词。秋菊为了去上夜校，和家人大干了一架。她家忙，夜里要磨豆腐。本来已经分工好的，秋菊负责夜里磨，她妈负责早上挑出去卖。为了上郑老师的夜校，秋菊非要调过来，把磨豆腐的重活丢给她妈一人。她妈也不是磨不了豆腐，只是她也倔强，非得跟女儿怼上了。结果怼不过女儿。秋菊把她妈往墙角上逼，她妈无路可逃，点头应了。秋菊一去，银春也跟着去了。银春晚上本来也要帮母亲织渔网，是哥哥银来帮她拍的板。

去了才知道，郑老师不但好看，讲课也有趣，常常能把她们逗得大笑。秋菊和银春坐一起，秋菊笑完了，把头歪过来说，知道我为什么非要来吗？我喜欢他哩。银春吓一跳，拿眼看四周，生怕让人听见，仿佛这话是她说出口的。秋菊倒像没说过一样，该笑笑，该和老师斗嘴她也不怯场。银春却脸红心跳，听不下课了，脑子里尽是些乱七八糟的思想。到了白天，本不关郑老师的事了，可他的身影还是在脑海里晃，晃得银春整天没了精神。她竟然羡慕起秋菊，每天早上可以把豆腐卖到学校去，卖豆腐次要，主要是能和郑老师说上句话。银春这么想，心里更难受，纠结得像是母亲手里织的渔网了。银春后悔了,想着不去算了,帮着母亲织渔网,还能补贴个家用。但想着自己不去了,郑老师和秋菊真好上了怎么办?不行。银春被自己吓一跳。这哪是上课学东西啊,分明是在抢男人了。郑老师其实对银春挺好,文文静静的姑娘,话永远不多。不像秋菊,没事找茬,好几次把他堵得满脸飞红。有时解释一个问题,别人听不太懂,郑老师会把目光越过众人,投向银春,问:"银春,你懂我的意思吧。"银春红着脸不说话。他又加一句:"银春肯定能懂。"银春哪里能懂啊,她都听不进课了。银春的脸只能更往红里红。秋菊半道起哄,老师偏心,只让银春一个人懂。银春在底下伸手去掐秋菊。谁知秋菊笑着站起来,老师,银春掐我。教室里哄然大笑,破败的土夯墙在笑声里簌簌掉着沙粒。郑老师也只能笑了。

这天夜里,银春揣着半包汕头糖出了门楼,穿过几道偏巷,去唤秋菊上学。刚到秋菊家门口,银春止了步。屋里传出话来,声音不大,仔细能辨清。"人家可是在林场工作,吃政府的饭拿政府的银子,多少姑娘围着他转……"是秋菊母亲的声音。秋菊母亲还想说下去,突然被秋菊喊住了:"要嫁你自己嫁。""好,有本事你就一辈子别嫁。""我嫁我想嫁的人。""谁?""……"秋菊的大嗓门停了下来。她在哭泣。"你要是闹出什么丢人现眼的事来,我非打断你的腿。"是秋菊父亲的声音。

门外的银春不想进去了,她突然感到一阵莫名的兴奋,兴奋从何而来,没有方向。她伸手去口袋抓了抓那半包汕头糖,心想今晚无论如何得把它送给郑老师。她转身离开,独自朝村后的学校走去。路上遇到同样去上夜校的麻姑、七婶，她们各自抱着孩子，见银春一个人，感觉奇怪。以前银春和秋菊可是形影不离的，加上两人一强一软的性子，真像是两口子呢。麻姑咧开嘴问，秋菊呢？银春想编句话来塞，一时想不出来，倒先憋红了脸。七婶想起了什么，说，秋菊家今天来客人了，听说是揭阳林场的人，离咱北斜远了点。麻姑对这话题感兴趣，说，远有什么关系，只要男人好，下雪的地方也得跟着去，错过了就没了。说到这里，麻姑的声音低了下来，想那年，如果不是不懂事，你麻姑我还能嫁到北斜村这天涯海角来，那会军队扎在我村，有个军官看上了我……哎，要是跟了他跑，今天说不定就在北京城里生活了……麻姑和七婶正沉浸在回忆里，银春趁机加快脚步，走远了。

时间还早，银春在附近转了一圈。郑老师屋里的灯亮着，把他的身影投在玻璃窗户上，影影绰绰。银春站在角落，看着窗上的剪影，好长时间就那么看着，她感觉美好。我的母亲银春在黑暗的角落站了十分钟的样子，终于等来了一个机会。校长来敲郑老师的玻璃窗，说，过来一下。郑老师临走，还不忘把灯吹了。郑老师把门带上，人一走，那门吱呀一声开了一个大口子。银春此时心跳如鼓，数了一二三，走了上去。她的脚步已经不听使唤了。这个房间她还是第一次进，秋菊倒是进去过。秋菊这姑娘天不怕地不怕，从来不讳忌什么，一进屋就往郑老师的床上躺。秋菊脸不红，银春都替她脸红。现在银春也进了这个属于郑老师的屋，只不过里面黑灯瞎火，什么也看不见，倒是靠窗的书桌那儿有一块月色照进来，投在书桌压着的玻璃上。那情景有点诗意。银春走近一看，不急于放糖了，先俯下身子，看了看那玻璃下压着的字画和几张黑白照片。字画银春没兴趣，她先看起了照片，照片里的人看样子是郑老师的家人。他们一家人，靠在一起，表情严肃，背景是北京天安门图景。看装束，简洁干净，城里人的打扮。

银春看了一会儿，都忘了时间，她感觉温暖，心底有话想说。突然，窗外的钟被敲响了。郑老师的脚步声一步近过一步。银春慌了，把汕头糖掏了出来，手抖，还掉了几颗在地上，她也不去理会了，赶紧一手拉开抽屉，一急，柴木打造的抽屉盒子偏向一边，卡在了半道，只露出一条缝隙。银春急着把手放了进去，放好糖，往外抽时，磕到了抽屉边，抽屉老旧，边上有毛刺，毛刺见肉就扎。银春也不感觉痛了，抽出手，只知道手侧肉一阵麻。还是慢了一步，郑老师走了进来。郑老师站住脚，有些惊讶，说，银春，你来啦，教室看不到你，我还以为你不来了呢。银春这时跑也不是，留也不是。她垂着头不说话。郑老师走近抽屉，看了拉开一边的抽屉，隐约见到了东西。郑老师是汕头人，对汕头糖再熟悉不过——那是一种黄糖做的糖粒，硬邦邦的，很甜，一粒可以含半天，甜一天。郑老师有些惊讶，拿起一粒糖，笑着问银春，你拿来的？银春此刻慌乱无比，只想逃脱，她支吾着说，是秋菊叫我拿给你的。

银春来到教室，心还没平静。她护住受伤的手，仔细一看，至少刺进了五六个毛刺，正火辣辣的生痛。这倒没什么。关键是银春后悔了，明明是自己给的糖，干吗说是秋菊？她真想掐自己一把。这也太傻了。秋菊就坐在银春身边，她眼圈通红，一来就怪银春没去叫她，正生着气。

银春没听进去郑老师的课，她心里一团糟。郑老师提了一个什么问题,秋菊猛地站起来回答——她总是这样热衷于表现——她这么一站,坐在长凳另一端的银春跌倒了,凳子还砸到她受伤的手。大家哄然大笑。我的母亲银春流下眼泪,她突然意识到一切都在离自己远去了。

那晚过后,银春好长一段时间没再去上妇女夜校。不去上学一方面是不想去,心里还老惦记着那晚的事;一方面是家里出事了,她的哥哥银来失踪了。银来突然离家出走,刚开始老蔡以为他在外面吃多了酒,忘了回家的路。后来听说和银来一起失踪的还有唱戏的李素琴,老蔡越想越不对劲,领着一家人到处寻。没找着。老蔡家说垮就垮。事后关于银来和李素琴的失踪,北斜村人有两个版本:一是银来和李素琴远走高飞,偷渡去了对岸香港;二是银来和李素琴偷渡途中,遭遇台风,双双葬身海底。

总之,银来和李素琴扯上关系,是在他们一起消失了之后,人们才知道的。老蔡站在巷口破口大骂,骂他的大儿子银来,没出息,死了好,死了干净。他这是骂给吴队长听的。吴队长见老蔡这么骂儿子,心里的恨也不便发泄了,虽说丢了个相好,人家丢的可是儿子、顶梁柱。算了。

李素琴是只妖!后来北斜村普遍都这么认为。我的大舅子银来是被妖勾走的。好长一段时间里,李素琴作为女人的反面教材存在,谁都警惕成为李素琴,而事实上,谁都在骨子里羡慕李素琴。李素琴的好看、站在戏台上的婀娜多姿、嗓音的清灵,都不是一般女人可以兼备。李素琴在北斜村唱戏那些年里,真让不少北斜男子夜里翻来覆去睡不着觉,她没得选择,一下就被推到与所有女人为敌的境地上。她成了她们极度警惕的角色。李素琴天生一双魅眼，似乎看谁都含情脉脉，被这么好看的女人含情脉脉地看着，哪个男子不心动，哪个男人的女人肯放心。北斜村的妇女们有一段时间极度紧张，一天的工作就是防止自己的男人不要出现在李素琴的视线范围内。在她们眼里，李素琴几乎就是一颗定时炸弹，随时可能在自家炸开。

这颗炸弹最后在吴队长家里炸开了，这倒在情理当中。早先吴队长同意戏团驻扎那会儿，人们多少已经揣摩出他暗里的心思了。在吴队长眼里，戏台上的李素琴不仅是李素琴，她还是醉酒的贵妃、是秦香莲、是张翠锦、是杜丽娘……如果和李素琴睡了，那不也就等于和杨贵妃、秦香莲、张翠锦、杜丽娘睡了。多美好的事。没有哪个男人不带着这样的心思看李素琴的戏，只是吴队长把想法变成了事实。

睡了李素琴的吴队长，更是把自己当作一个大人物了，处处显出帝王的气派。有了李素琴，福建戏班在北斜村也站稳了脚跟，北斜村没戏演了，他们还可以到附近村落走走，赚点额外钱，没事了回来，北斜村为他们提供宿食，像对亲人一般待着。戏班长期驻扎在蔡氏老祠堂里。老祠堂是清代一户人家的宅府，三进门，左右还有厢房，虽已破败，拾掇一下，倒是一个好地方，福建戏班之前到哪唱戏也没遇到过这么好的落宿地儿。厢房不多，分配给戏爹几个领头人，戏子们只能打通铺，左右两边，一边男戏子，一边女戏子，中间吴队长还请人砌起一道薄墙。李素琴则是例外，她不用睡通铺，吴队长给她安排了一个靠门的厢房，之所以靠门，都有考虑，无非是方便他半夜三更摸进去，免得惊动其他戏子。

李素琴和吴队长的关系倒不像见不得人，一下就在北斜村传开了。人们也不觉得稀奇，意料之中，他们没扯上点不明不白关系，才说不过去呢。这戏班子的待遇比谁都好，吃最大最新鲜的鱼。日子久了，不免积起怨气，但有吴队长撑腰，怨气也仅仅是怨气，憋在心里，出不来。北斜村的妇女们倒是松了口气，都放开了手脚，该干吗干吗，不必老是惦记着那一双勾人的眼睛了。和妇女们相反，男人的心思却益加诡异，他们不会因为李素琴搭上了吴队长而死了心里的小打算。那种小打算之前是死的，藏在心底，顶多动一动，发一下遐思，从没有谁想过真的要去李素琴的小厢房里博一回，或扒一下窗户；倒是现在那心思活起来了，像是一个鸡蛋被敲了一个洞，破都破了，谁都想上去吸一口，尽管不是第一口，但这第二口或第三口更玩味，它有了第一口当盾牌，感觉安全无比。北斜村的男人们就都想吸李素琴一口，半夜敲门的人自然不止吴队长一人，就算不敢敲门的，也敢扒在窗户，借着月色微光看一看李素琴迷人的睡姿轮廓，就能得到一种满足了。好长一段时日里，蔡氏祠堂有点门庭若市的意味，半夜三更，不少男人在门口相遇，彼此心照不宣，口里却相互埋怨夏日的鬼天气，海上吹过来的风都像热浪一样，睡不着啊，出来散散步哩。

李素琴似乎不拒绝这样的热闹，她从没有把半夜人敲门的事告诉吴队长，只是两人私下约好，门里门外对上一句暗号。想想又不是地下党，对什么暗号。李素琴妩媚一笑，脑门歪起来思考，说，你敲门，我唱“我变作紫金城内龙凤鼓”，你对“你变作长安钟楼万寿钟”，对上了就放你进来。吴队长识字不多，记不起那绕来绕去的一句词，为了李素琴，倒是花了一晚上的时间背上了。问为什么要对暗号。

李素琴又是一笑，说这样就有戏里的味道嘛。

有时两人折腾到一半，汗花津津的，李素琴突然推开队长，说："等会儿，容我唱段戏。"于是就燕燕莺莺地唱了起来，声音跑出厢房，撒了大半个村庄。队长听着李素琴唱，兰花指在他面前翘着，虽是黑暗，仍是看得清楚，仿若梦中，仿若戏中。他也来了兴致，用他那平时使唤人的破嗓子也跟着咿呀了起来。他不会唱别的，就会那句暗号，反过来复过去加了不一样的调子唱了无数遍。那些日子，北斜村的夜晚时常回荡着一细一老的声音，把北山上的城狗都引来了，嗷嗷直叫。很多年后，我随母亲去北斜村走亲戚，看见一老头坐在巷口的石磙上，他毛发花白，满脸褶皱。我们走近，才听见他口里念念有词，念的正是——我变作紫金城内龙凤鼓，你变作长安钟楼万寿钟，钟声响，咚咚咚，锣鼓响，当当当……我问母亲，他是谁？母亲看了他一眼，扭开目光，说，他是个坏人，别走近他。说着把我一把拉到身边。从老人的身边走过。我回头一看，见他还在唱——

对不上暗号的敲门声，李素琴不会开，只是在门里用唱戏的嗓子亮亮地说一句："去吧，这不是你来的地儿。"敲门人听了，意犹未尽，多敲两下，走了。其实李素琴的心里也藏着秘密，她一直在等着一个人来敲门。他的敲门声肯定不一样。如果是他来敲，李素琴一定能听出来。这倒不是他们像对暗号一样对过，也不是他的敲门声比别人强壮有劲。相反，他的敲门声应该是孱弱的，带着明显的缺陷，内在的自卑。别人习惯举右手，敲响门的右边，而他只能用左手，敲门的左边。左边那扇门长时间受人冷落，突然被人敲动一次，自然心情雀跃，发出的声音带着激动的感情色彩。李素琴等的就是一声带感情的敲门声。

用左手敲门的男人北斜村只有一个，他就是我的大舅银来。银来何尝不想去敲李素琴的厢门，他做梦都想去。在梦里，银来还牵着李素琴奔跑在原野上，没有方向，只是盲目的逃离。银来第一次见李素琴，是在吴队长带队的迎接人群里，她高出众人一个头，那张不带一丝尘埃的脸，让银来为之一振。从那天起，我的大舅银来就喜欢上了李素琴。他默默关注着她，凡有她的戏，他每场必看，之前他一点都不喜欢看戏。戏里的李素琴不是李素琴，而是杜丽娘、张翠锦，看戏的银来也不再是银来，而是柳梦梅、王双福……有时，福建戏班会到周边的村庄去唱，银来也跟着去。一个大男人跟着一个戏子走，是没面子的事，没有人陪，他独自一人，通宵达旦，躲躲闪闪，乐此不倦。本来银来大可不必这样，以一个军人的性格，他能做到敢爱敢恨。可在李素琴面前，银来没了军人的气魄，他甚至自卑了，因废了的右手，因李素琴已经是吴队长的女人。他从没自卑过，在爱情面前，他却骄傲不起来。单相思的银来整天精神不振，对管辖的渔船不管不顾，就是自家的事，也都懒得搭理。

老蔡本把家族兴旺的希望都寄托在了银来身上，如今见他只知道看戏，没了斗志，难免着急。看戏不是什么坏事，但终归不是一个男子投放心思的地方。老蔡一急，抓了机会就唠叨几句。一来二去，父子拌上了嘴。父子间拌点嘴，不算大事，偏偏老蔡不这么想，他只想着儿子的右手残了，而他也老大不小，到了娶媳妇的年龄——大概就因此闹心。老蔡开始暗里张罗起了银来的婚事。这婚事不比一般人，找个媒婆交代下情况就可以坐在家里等消息。老蔡要考虑的不只是银来，更让他揪心的是银春。愿意和老蔡结亲的人家，情况都和老蔡差不多，男方都有点缺陷。他们都是冲着银春来的。其实换亲嘛，也算公平交易，一个换一个，不用聘礼随嫁，一进一出，简单明了，谁也不占谁便宜。理是这个理，可老蔡舍不得，老蔡对银春有偏爱，这跟之前银来参军有关。老蔡是真想给银春找一个好婆家。

老蔡家前脚刚把张罗婚事的意思一张扬，后脚就有人来探听了。来探听的是打井的憨小子金里。金里是老实人，以帮人打井为生，活危险，来钱快，不像插秧种稻，一季得候上大半年。一个普通的院子井，浴盆大，十二个水泥框，金里单人挥着小锄头，一天一夜就能打好。北斜村一带地下水丰富，通常挖着挖着，泉眼一开，水像水龙头一样往上涌。金里见到泉就等于见到钱，于是呵呵笑着，扔开锄头停下来喝口水，清凌凌的泉水甜着呢。业务好的时候金里甚至把活儿揽到了湖东镇去，这方圆百里，没有人不知道打井人金里有把会发现泉眼的好锄头。日子久了，传得邪乎，金里的好锄头变成了好眼睛，说他的眼睛跟别人不一样，看井准，看人更准。这样一来，金里除了打井，还兼职说媒。和别的媒人不一样，金里这个媒人不会说话，更不会说谎，一五一十，如实道来，成可喜，坏也就坏了。还真让金里说成了好几对，感情都出奇的牢靠。这样一来，憨小子金里名声远扬，打井一流，说媒也一流了。打井赚一份钱，说媒是另一份，正职兼职两不误，赚得好不开心。当年用妹妹换亲来的妻子也对他另一番看待了。他妹妹身段子脸蛋儿都长得周正，因为换亲，嫁了一个口角流涎的傻丁儿。

金里一踏进老蔡家，老蔡就知道他来做什了。老蔡家不打井，打井兼说媒的金里来，就只剩下说媒了。老蔡也不敢怠慢，忙请金里落座。金里还是惯用那一套，一句不夸男女双方哪个好，他先承认是自己不好。他说："老蔡，你也知道，我只是一个打井的，说媒哪是我这种人能说的哦，咱们只是聊聊，成了算立了功德，不成日后还好借问，是不？"老蔡忙称是。

一席话谈下来。老蔡终于明了，原来托金里说亲的不是别人，竟是村西头廖师公家。廖师公可是好人家，说他好并不是他家有人当官或有钱，那年月当再大的官一夜之间说没就没，有钱也一个理，人有三衰六旺，三十年河东三十年河西，这贫富都是轮流着来的。老蔡之所以羡慕廖师公，主要是他家稳当，稳当是因为廖师公做的是一份在老蔡看来永远都不失业的事儿——做法术。师公是一个法师，法师只有一个用处，就是帮死人做法，入殓、出殡、下葬、头七……都少不了师公。北斜村一带的习俗，再穷也不能穷了死人，就算是饿死的，死后也必须风风光光入葬，至少廖师公是要请的，不能少花这么笔钱。再说附近就一个廖师公，就像打井只有金里。不过两者有区别，人们不学打井倒不是打井有多难，憨小子都会的活还有谁不能学会呢？主要是因为打井危险；而廖师公的活不好学就不是危险了，而是难。难就难在唱词一块，称作"师公词"。师公词几乎和戏文一样冗长，你得先往惨里唱，罗列死者平生功绩，把底下的亲戚都唱哭了才最见功力。当然也不只是把人唱哭，还得讲理，从盘古开天门唱起，唱到三皇五帝，地府阎王，再唱到历史各路英雄，最后点出一个真理，是人都得死，人家历史英雄都死了，你一个小人物死了，想想又有何憾之有呢。你这么一唱，死者亲人也释然，纷纷站起，送死者入土为安。这过程,靠的全是师公唱功,唱不好,唱不动人,没把亲人逗哭,逗哭了又没办法把他们弄醒,就都属于不成功。有了这些槛,人们想当师公都望而却步了。再说,这是家传功夫,口艺传内不传外,传男不传女。口艺传到廖师公这里,突然出了点差错,廖师公先是生了个丫头,之后歇了鼓,求神拜佛,终于在四十岁时得一男丁,养大后,竟是一个只张口不出声的哑人。事就是这么个事。只要老蔡点头,废了手的银来就是廖师公的传人,从此衣食无忧。

由不得老蔡多考虑,当着金里的面就应许了下来。至于时日,廖师公会掐会算,就让他定吧。老蔡想起女儿银春,心口一阵紧痛。晚上老蔡把银来银春都叫到跟前,左扯右扯才说到换亲的事,不料话才刚说了个头,银来坚决不依。老蔡本以为儿子急着娶媳妇,听口气,反倒是老蔡自己干着急了。

半天老蔡才意识到问题的严重性,严重就严重在他已经应允了人家廖师公,这时反悔,人们就要说老蔡家清高了,这清高的名声一传出去,以后就别想有提亲的人上门了。老蔡突然脾气大发,他这一辈子都是不温不火地过,这回脾气来得突兀,把自己都吓一跳。老蔡吼:“这事还由不得你,事成我欠的是银春,你还要感我的恩。”话一出口,银春哭了,她心里的悲切,哪是面前这两个男子能够理解的。银来摔门而出。变故来得忒快,老蔡由大喜一下子跌入大悲,竟也蹲坐在地上号啕起来。银春这时心眼细,忙着去关门楼。她可不想让邻里见到家里的丑。银春有这么一层思想,倒让老蔡感觉欣慰,女儿长大成人了。

这天夜里,吴队长心情大好,喝了点小酒,吃了几碗鱿鱼粥,感觉下身膨胀，准备到李素琴那儿对暗号去了。半路却被宣传干事小董的单车横住，紧急报告，晚上可能起风，渔船得全部归岸。吴队长无比沮丧，这风来得太是时候。吴队长五步并作两步，先是到村委老楼说了广播，通知各小队负责人立马赶往石码头。又前往石码头，亲自指挥渔船靠岸加固，见各分队的负责人都到了，唯独银来不见踪影。吴队长正气头上，骂了一句"银来妈屄"，又叫人去老蔡家叫。一会儿回来，说银来出去办事了。办事是假，老蔡总不能说儿子离家出走了吧。

银来打算远走高飞，他用左手敲开了李素琴的厢门。远在吴队长找他之前，银来和李素琴已经飘荡在茫茫海面上了。

虽说死不见尸，想着那晚风雨大作，估计也九死一生，老蔡还是给银来办了葬礼。棺椁里没人，只放了银来平时穿的衣物。至于法事，老蔡请了廖师公。廖师公把老蔡一家都唱哭了，甚至把周围看热闹的也唱哭了。廖师公回头唱理时，哭声逐渐静了下来，唯有银春还继续哭，越哭越凶。这可把廖师公难住了，他只能把理往银春一个人身上唱。银春哪还听得下理，在她心里，帝王死了没什么，可她哥哥银来死了，这个家就垮了。廖师公最终没办法把银春唱醒，感到十分挫败，他干脆停了下来，坐到一边抽烟去了。老蔡虽也伤透了心，大局还由他撑着，他只好吩咐人把银春搀回屋里去，否则这殡就没法出了。

银来死后，老蔡家比谁家都落寞。以前有个强壮小伙子进出，再老旧的屋都显出生气，如今家里就剩老蔡一个男人，时不时低头哈腰蹲在门口，抽烟，咳嗽，眼睛盯着某一块东西大半天不动。我的外婆庄氏也在一月之间老下十岁，没事口里喜欢念叨，念叨也不出声，只是频频蠕动嘴唇，像是在嚼东西，见过的人都怀疑她的脑壳坏掉了。

银春实在受不了这样的凄清，没事又去听郑老师的课，消磨时间。她其实还想找秋菊说说话，却很难见到秋菊了，见是可以见到，就是找不到时间说话。夜课结束，秋菊总是一个人偷偷跑，故意躲着人似的。后来银春才知道，秋菊恋爱了，和她恋爱的不是别人，正是我母亲银春深爱着的郑老师。别人不知道，银春知道。银春多么希望自己也是别人，也不知道。她心里难受，一边是从小长大的姐妹，一边是暗暗爱着的男人。她却只能站在暗处，独自落泪。她还真想找个男人嫁了，远远的，嫁出去，不想见到任何生活在北斜村的人。她这么想时，又想起了哥哥银来。打心里，她羡慕哥哥。

眼看过年了，耍狮子的在巷子里走来走去，巷口也搭起了戏棚，闹热一片。李素琴失踪后，福建戏班也跟着走了，北斜村来了新戏班，是饶平一带的，唱的都是潮剧，和福建戏班比起来显得平庸了些，平庸不是唱不好，而是少了一个像李素琴那样的旦，北斜村人一时不习惯，颇失落。周边村庄可不挑剔，见北斜村的戏棚又搭上了，纷纷跑来看戏。

趁着热闹，村里的年轻男女都挺开心，毕竟也不全是看戏，凑个热闹，人也活泛。夜里秋菊难得有空来约了银春，和其他几个小姐妹，一起说说笑笑到巷口看戏。那夜唱的是《苏六娘》，看到半夜，都有些乏味了，困了，东倒西歪，几人倚在草垛边上说起了话。说着说着就说到了秋菊身上，秋菊和郑老师的关系早就暗里公开了。几个姐妹间趁着小范围，想听听秋菊当事人的说法。秋菊大大咧咧一个人，被闹得红了脸，不说，就不说。姐妹偏缠着不放，动起了手，笑闹着，喘着粗气。银春本无心参加这样的追问，为了掩饰，也跟着她们闹了起来。闹了一阵，秋菊的粗气越喘越急，突然就不对劲了。她喘不出气来了，脸色瞬间铁青，用手按着起伏的胸口，头歪一边吐了起来，把晚上喝的粥吃的豆腐全给吐了出来。这哗啦哗啦刚吐完，人也顺着歪了下去，不动弹了。银春她们可吓坏了，忙伸手去抱，感觉身体是湿的，沾了黏的东西，举起手往灯火处一看，顿时尖叫，原来满手是血。场面乱了方寸。众人把秋菊抬回家里时，她整个下身都让血给浸泡了，那血红得像无数根舌头，舔红了当晚北斜村的天空。

接生婆来了，折腾了一晚上，出来时，细声跟秋菊她娘说，作孽哦，肚里怀了几个月了，没了，怎么见人啊，这娃。说完摇着头回去。秋菊家的门楼早围满里外三层看热闹的人，像是饶平的戏台挪到了秋菊家。遇到这事，谁家愿意被人围着看，秋菊娘抓了扫帚出来赶人，赶了一次又聚拢一次，最后秋菊娘不赶了，坐在门楼口号啕大哭。人们这才悻悻离去。有人小声交流，大意就是难怪最近秋菊看起来胖了不少，一个说，当初我就怀疑，她那不是胖，是怀上了。

秋菊是怀上，是谁让秋菊怀上的呢？除了郑老师，自然没有第二个。

次日清早，秋菊她爹合着几个兄弟二话不说就把北斜村的学校给扒了。他们扒学校，也没人敢去阻挠。本来扒的应该是郑志平的房子，可郑志平在北斜村没有房子，扒他的房子得到汕头城去扒，那得多远，再说真跑那里去了还没那胆子扒了。但又不得不扒房子，凡有此事必须得扒房子,否则就显示不出女方家属的气愤和气势。这大姑娘好好的让你欺负了,房子得让他们欺负欺负,否则不平衡,不公平。所以一气之下,他们扒了学校,郑老师在学校生活,学校就是他爹他娘,儿子犯错,是爹娘没教育好,活该扒。其他几位老师也不敢说不,只能站一边远远地看着。扒了学校,气喘吁吁,他们这才想起找郑志平他人,找不见,原来昨夜去了镇上购买粉笔,估计正在往回走的路上。

北斜村四处炊烟升腾时,郑老师才赶了回来,见到学校成了一片废墟,手里的粉笔撒了一地。其他几位老师告诉了他事情的原委,劝他赶紧跑路。郑老师没跑,而是来到了秋菊家,挂着两行泪水,要看秋菊。一屋子的人都在等着他,恨不得把他撕了,郑老师却面不改色,说起了他和秋菊的爱情。没人愿意听他的解释,有人要上去挥他几拳,也有人劝的,屋里顿时乱作一团。银春也在场,见郑老师如此狼狈,心里不是滋味。郑老师看见银春,像抓到了救命稻草,说银春可以作证,有一天夜里,秋菊还托她给我送过汕头糖,是不是,银春?银春哪敢在这时候说话,只是红着脸,再说那汕头糖本来就不是秋菊让送的,她撒过一次谎,她不想再撒第二次。银春不知如何是好,所有人的眼光都向着她,银春竟哭了起来……这时,秋菊从里屋出来了,她脸色煞白,站都站不稳,旁边两个阿婶拉扯着,想把她拉回屋里去,秋菊扑通一声跪了下去,她说,郑老师说的是真话,我爱他……

事情闹到这一步,秋菊家人也知道其中的利害,要说女儿真的能嫁给郑老师,他们倒是愿意,是位老师,还是汕头来的城里人;再说女儿现在又这样了,名声远扬,如果这时候郑老师拍拍屁股走人,她可就一辈子都别想嫁人了。之前的闹只是做做气势，否则在村人面前也拉不下面子。闹过之后，大家心平气和，该怎么解决事情还得尽早解决，最好就是让秋菊赶紧嫁过去，免得节外生枝。本来婚嫁是礼节烦琐的事，如今繁事化简，连年都不让秋菊在村里过了，一条聘金一次完成。几天后，郑老师就带着秋菊离开了北斜村。去了哪里，没人真切知道，银春听到两种说法，一种说郑老师返城了，秋菊跟着过了好生活；一种说郑老师去了揭阳，具体做什么，不得而知。总之，郑老师和秋菊最终走在了一起。从此在北斜村再也不见他们的身影。这让银春的心一下空了。这一年里，从哥哥的失踪，到郑老师秋菊的离去，银春的世界被一点点抽干净，只剩下孤零零的一肚子心思，无处倾诉。眼下年关的脚步临近，到处是过年的喜庆，银春怎么也开心不起来，她连家门都懒得走出去半步。这一切，都被老蔡看在了眼里。

这天，老蔡披了件旧毛毯，一个人到石码头。他来石码头可不是为了买鱼，也不是为了看闹热——年关临近，石码头比平日多了几倍的人——他是来找人的。找他的亲戚，老德。老德挑着担子，见老蔡在人群外叫他，放了担子挤出人群，问何事。老蔡说，也没什么事，你待会儿来家里坐。老德说好。老蔡家出事后，老德隔三岔五会去看看，留下几尾鱼，算是尽了亲戚的礼。老德忘不了，当初之所以能在石码头顺利做起贩鱼生计，靠的还是银来的帮助。如今银来生不见人死不见尸，算是天灾人祸，老德更不能忘了旧恩。

老德挑着一担笛子鱼来到了老蔡家。进屋，放下鱼担子，老德也不说话，也找不到合适的话说，直接就进了里屋，拿了个铁脸盆，哐哐放地上，双手并在一起从簸箕里往脸盆捧鱼。看那手劲，还真不像是做样子。扒拉了有小半脸盆时，老蔡上前拉住了老德的手臂，说，够啦够啦，你还得靠它换本钱呢。老德这才住了手，立起身来，不知道说什么，只是笑。

老蔡自从儿子消失后就没了说话的欲望，如今见老德这般念情，心里涌起一股暖意，拉住他多说了几句，从银来说起，说到银春，说出满脸泪水。老德陪着伤心，想安慰几句，却说不上话，最后说，以后家里有什么要帮忙的叫上我，我老德就这么一担子，也都是恁家里给的。老蔡说别的倒不担心了，就担心银春这娃的婚事，你说要是论嫁，这孩子不愁，现在银来没了，银春是嫁不得了，北斜村也没人愿意倒插进咱家里，老德你卖鱼多走了几个地儿，如果有合适的人，勿管好不好看了，只要身体好，人品好，就帮忙给你银春说说。老德点头应下了。

老德挑鱼走在回湖村的路上，日头已升起老高，他加紧了脚步，赶着回去供市，担子鱼给了老蔡半脸盆，剩下的也就够卖湖村人家，不用再走其他村了。虽赶着路，老德的脑子也没歇，一路走，一路想老蔡交代的事，还真寻思起哪个小伙子和银春般配。想来想去，成立了几个，又一个个推翻了，感觉都配不起银春。在老德看来，老蔡家败落归败落，银春却是一个十足的好姑娘，长得好看，文静、听话，掌着灯笼都难寻啊。刚进村口，老德听见祠堂里的上课钟响了几下。这几声响，倒把老德的脑仁惊醒了，他把担子挑进祠堂，站着仔细端详着敲钟的小铁子，脸上挂着笑。小铁子被看糊涂了，红着脸，抬手扶了扶金丝眼镜，问老德，今天怎么啦，贩不到鱼？老德说，小铁子啊，晚上来家里吃饭，跟你商量个事。小铁子平时和老德相处不错，听老德这么喊，笑着问一句：有笛子鱼吃？老德笑着说，比笛子鱼好。又重复一句，比笛子鱼好。小铁子一脸疑惑。老德挑着担子匆匆走了。

老德之所以认为小铁子合适，除了年龄、人品外，最重要的是小铁子还是位老师，虽只是个民办的临时工，也比整天在田里蹚浑水的汉子强，至少皮肉细白、话语礼貌。老德老早就知道银春在读妇女夜校，知道她好学问，自然对老师是喜欢的。

我的父亲正名叫陈铁柱，小铁子只是湖村人顺口叫熟了的小名。再说陈铁柱当时也确实小，小不是指年龄，或辈分，而是身体。陈铁柱瘦得像只猴子，瘦成那样是因为身体不好，这也是他不下田干活去祠堂教书的原因。其实陈铁柱哪会教书啊，他大字都不识几个，大多时候只是把孩子们叫在一起，给他们讲古。讲古也是无奈，无事找事，要不然还真不知道在课堂上干什么。陈铁柱刚讲的古还有据可依，或是附近村庄流行开的真事儿，比如银来和李素琴的故事、郑老师和秋菊的故事，后来都被陈铁柱加了工当古讲了。久之，这古再多也有讲完的时候。没古，陈铁柱只能自个儿编，这讲古容易，编古就难了，你得把古编得合情理，才能让人信服；除了合情理，还得跳，有一两个笑点或高潮或转折，这样才能勾起听古者的兴致。好在，陈铁柱整天没事做，就编古，有时一个无事的晚上他可以编出十多个古来，记在大脑里，就相当于是备足了十多节课了。如此一来，陈铁柱书没教好，自己倒先成了讲古大王。有古听，孩子们对陈铁柱喜爱非常，他们才不管老师有文化没文化呢；大人其实也不在意，他们之所以把孩子送进祠堂读书，只是给他们指定一个去处，让陈铁柱管住他们别乱跑就行了。到头来，陈铁柱没把孩子们教好，倒是孩子成就了陈铁柱。陈铁柱的讲古给他赢得了好名声，他没事的时候背着手在巷口走着，几个老人在榕树下闲扯，喊："小铁子，来讲个古吧。"陈铁柱眼睛一闭一睁，古就浮上了心头——话说篮子寨这天穿扮整齐要回娘家做客，带了一把小花伞，叮叮当当地走在回家的路上。谁知，半路蹿出一个鬼子，鬼子戴着瓜形布帽，留丹仁胡，骑着大马，见路上走着一个花姑娘，哈喇子流了一脖子。鬼子上前拦下篮子寨，把她抱到了路边的草地上……讲到这里，通常就是高潮，陈铁柱会故意停顿，听者以为他是在逗人急，其实他是想着往下怎么讲。见陈铁柱停了，几个老人急了，投来了目光等着陈铁柱继续。陈铁柱清清嗓门，继续：鬼子猴急猴急，马都来不及拴，直接就拴在脚上，然后举手要去扯篮子寨的衣裳。就在这当口，篮子寨说，大哥，这光天化日的，天公在顶上看着呢，不好，你稍等，容我的花伞撑开，好有个遮蔽，你再弄也不迟。鬼子听篮子寨这么说，觉得花姑娘真麻烦，点头应许了。说时迟那时快，只见篮子寨砰的一声把花伞打开，这砰的一声把马给吓了个正着，哒哒哒撒腿就跑。可想而知，鬼子像板车一样被马拖着翻过了好几个山头。听完古，老人大笑，回味着。类似这样的小古，陈铁柱一天可以讲十多个，一个不重复。听了古的人会把古当古往外讲，久而久之，陈铁柱的古在附近一带流行起来，在村子间流传。我们湖村一带现在还流传着的大古小古，其实大多都是我父亲陈铁柱所编。

当天晚上陈铁柱去老德家吃饭，老德家做了一桌菜，等着陈铁柱来。两人对面坐下，老德突然想起了酒，问陈铁柱要不要来一杯。陈铁柱说随便。老德吩咐孩子出去沽酒。自贩鱼以来，老德真把酒戒了，家里没了现酒。如今有事，老德也想喝两口。陈铁柱是不敢多喝的，怕身体吃不消，老德贩鱼之前是酿酒的，酒量自然了得，说是喝几口，一句话间竟喝下了一整杯，见陈铁柱才抿了小三口，老德没了兴致，喝酒没对手，这酒味就寡下去了。再说老德请喝酒的目的不是喝酒，是有事和陈铁柱商量，于是撤了酒杯，和陈铁柱说起了正事。老德从年初贩鱼在北斜村认了亲戚说起，说到英雄银来的失踪，最后才说起银春。说了半天，陈铁柱也不知道和自己有什么关系。他也不好打断老德，只任他一路说下去。老德接着说了银春的好，知书达理，说这么好的女孩嫁个好人家是不难的，如今她嫁不了，因为银来失踪了——其实也就是死了——老蔡要留着女儿，招婿。招婿不像一般的婚嫁，没必要张扬，但也不可自降身份。老蔡如今把这事交代给了老德。听到这，陈铁柱明白了大概，可还是不知道跟自己有什么关系。隔了一会儿，老德说，我看你就比较合适。陈铁柱吓一跳，事情突然把自己卷进去了，他有点缓不过神来，动作看似起身想撤的样子。老德立马按住陈铁柱，语气深沉不少，一五一十地分析了为什么选中他的缘由——陈铁柱上面有两个哥哥，他排老三，也是老幺，两个哥哥都娶了媳妇生了娃，只有陈铁柱单身一人，一点动静都没有，身下又无一间屋无一亩地，这是其一。其二，陈铁柱兄弟之间不亲，父亲早丧，母亲又老了，轮着在三个儿子家吃伙头，陈铁柱真要离开湖村去入赘，没人会反对。其三，陈铁柱是聪明人，屈在湖村这样的穷乡僻壤里，再聪明也没出头的时候，说不定到了北斜村，真有出人头地的一天……陈铁柱被老德说得玄乎，心里虽犹豫，也觉得老德说出了理，自己在湖村过得确实不顺心，除了讲古吸引住几个人，离开讲古,就一文不值了;兄弟间也不对付,时不时还因为多养少养母亲一餐而吵个没完。这日子实在憋屈。陈铁柱落下泪来。老德算是把话说到陈铁柱的软处了,他起身拍了拍陈铁柱的肩膀说,行的话,就随我去一趟北斜村。

择一日,陈铁柱放了孩子们一天假,换了一身干净的衣裳,随老德来到了北斜村。老蔡见老德这么快就带了个后生仔上门来,惊讶万分,乍一看,模样儿不错,想着老德果然有能耐,实地为亲戚老蔡着想了。落座喝茶时,老蔡多看了陈铁柱几眼,白白净净,戴眼镜,个不高,清瘦,眼神闪烁,不像愚钝人。应该是银春看上眼的人。听说陈铁柱在教书,更是对了老蔡胃口。老蔡曾给银春看过八字,莲峰古寺里的瞎子半仙掐了半天,问老蔡是男是女,老蔡说是女儿丁。瞎子半仙脸色大变,大呼可惜,恁家状元出在别人家啰,虽是女儿丁,却是男儿命,一生闲逸,夫君不为官,至少也是书香门第。老蔡听这么说,心里反而难受,那时银来刚回来,想着这么好的女儿却是等着给哥哥换亲,也不知道便宜了哪家。现在回头一想,要不是陈铁柱,老蔡都忘了给银春算过命了,就是想起也不再信那命。阴差阳错,银春这状元如今还留在自家,眼前这婚事有老德做主恐怕错不到哪去。这样一来,老蔡心有欢喜,脸上浮出久违的笑容,并把一边织渔网的庄氏叫住,去石码头买几尾小糕刀和几斤虾蛄回来,要和客人好好喝几杯了。

陈铁柱喝得不多,毕竟初进门,放不开,心想银春也不太喜欢男人喝酒吧。倒是老蔡和老德两人心情、状态都不错,棋逢对手,喝了差不多两斤米酒,都有些迷迷糊糊了。老蔡一路都把话题定在“命”

字上，人的一生，一事一茬，都逃不开命。老德受了引导，也想起自个的命来——老德从小是个孤儿，靠乞讨过日子，十八岁那年讨到湖村，被湖村地主石镜要去当长工。长工没当几年，遇到土改，石镜死了。老德倒因祸得福，分到了石镜家几亩田，从此翻身做主，有了依靠。这些年来，老德也口口声声骂石镜，心底却把石镜当恩人看待，要不是石镜当年的收留，老德恐怕早就饿死荒岭了。石镜死的那天，老德偷偷落了泪。如今逢是那天，他都要敬备清香红粿，露天祭拜，默念在心里。说着，老德感慨颇多，泪在眶里转。老德说，都是命哩……

两人谈得正酣，倒把陈铁柱和银春晾到了一边，似乎就没什么要事说，只是亲戚间串个门。陈铁柱当然知道屋里忙前忙后的女孩可能是未来的妻，特意留了意，细瘦身材，脸稍黑，皮肤细腻，五官搭配得挺合适，看起来顺眼。陈铁柱看着喜欢，心里就越加紧张，怕事情有个差错，错失了；银春却是蒙在鼓里的，她以为陈铁柱只是老德家里的人，今儿跟着过来做客，要么仅仅是跟了来，要么还像年初的老德那样，是来石码头贩鱼的。只是年初哥哥银来在，年末哥哥银来已经不在了。才一年光景，家中发生这么大的变故，实在是世事无常。想着又是一阵伤感，就更没把陈铁柱看仔细。待老德和陈铁柱前脚走了，老蔡后脚进门，把银春叫到跟前，银春正收拾碗筷，袖口还挽着，站在父亲面前，已经感觉出了事情的严肃。老蔡说，春儿，你看刚才那后生仔如何？他要来我家过日子呢。银春愣一下，刚才没仔细看，这人一走，一眨眼就把人家的相貌忘了七八，越努力想，那面容越是模糊，像是一页写满字的纸在水里泡着。银春只记住了一点，那就是陈铁柱的金丝眼镜。郑志平老师也戴了眼镜,所以眼镜总能让银春有心头一紧的触电感。银来没说话,老蔡见女儿不反对,心头的大石落下一截。

老德和陈铁柱离开老蔡家,走在回湖村的路上。西边天上落霞鲜艳,寒气沁沁,老德回头,哈出一口气雾,问身后的陈铁柱,怎么样?人还合意不?陈铁柱不好意思,笑着说,我是看上了,就怕人家看不上我。老德也笑,叫他别担心,你现在不是娶过来,而是入赘进去,只有你挑,没她挑的理。老德这话倒也说到了点子上,话一说中,陈铁柱的心就稍放宽了些。回到湖村,陈铁柱到莲花路口提了半边狗肉,炖了一锅。十二月刺寒的天,两人硬是吃出一身汗。吃到半途,陈铁柱又把老娘从大哥家里请了过来,把自己要入赘北斜村的事跟老娘做了简单汇报。老娘只顾吃肉,儿子说什么应什么。人一老,就做不了主,倒像小孩似的处处听儿子的。不过老娘吃饱肚子,头脑似乎轻灵了过来,抬头给小儿子说了下理:既是到人家家里去做人,就得听人家吩咐,万事忍着点。老德说,大娘啊,这个你就放心,说起来,咱现在都是亲戚了,要是随北斜村那边的辈分,我都该叫你一声亲家了。老娘耳背,听不太清楚,她口里应着,沉了又说出一句:这入赘可是大事,兄弟久久是兄弟,平时不怎么对付,这时候还得跟两个哥哥说说。老娘这话倒在理,陈铁柱却不愿意听,情绪有些激动。这么些年来,陈铁柱受够了兄嫂的气,虽是一家子人,其实比外人还远,处处算计。老娘提别的可以,提这个,他生气。陈铁柱也是有脾气的人哩。

亲事一定下来,得先看好日子,过聘,走礼,祭神……虽是入赘,该做的还是得做，外人都瞪眼看着呢。这些都需要时间，事儿一溜排过去，真正结婚过门得等到来年开春。这期间总得有个人两头跑，互通信息，那年月没电话。这跑腿的脚本应由男方的家人扮演，想到陈铁柱与他的两个哥哥都不对付，老娘也挪不了步，老德便应承下了这个差事，他每天去北斜村贩鱼，也顺路。再说这门亲是老德撮合的，也算半个媒人，理当好事做到底。老德这么勤快帮陈铁柱张罗婚事，陈铁柱感激涕零，而在外人看来，老德却是想图点什么。其他外人想归想，事不关己高高挂起，陈铁柱的两个哥哥和两个嫂子就不一样了，他们日思夜想，琢磨起了老德真正的意图。这人一往某个事使劲想下去，就容易胡思乱想。这天，陈铁柱的大嫂突然大悟，本抱着孩子蹲在巷子吹着口哨催尿，却急忙进了屋，拉住男人说，你可记得，那晚他半夜三更把咱娘叫了出去，你说咱娘是不是藏了值钱货给他，不给你们知道。事情这么一寻思，还真是个理。陈铁柱他爹在世时曾随渔船偷渡去过香港，他是不是从香港带回了什么东西，东西一直不敢亮身，就藏在娘那儿。从此，哥嫂变了一张脸，待老娘客气了不少，早上猪肉晚上鱼的，把她喂得心惊肉跳，还以为是大难临头了，一到吃饭时间就躲在小儿子陈铁柱身后不出来。哥嫂四人哭天喊地地劝，颇有跟陈铁柱抢娘的架势，弄得陈铁柱有些莫名其妙，平日吃伙头多一刻都不让老娘待家里，急忙赶往下一家，这会儿因为陈铁柱要走了，他们却把老娘当宝了。

这样的结局陈铁柱乐意看到，他也不争不抢，主动劝母亲去两个哥哥家。毕竟他们有家庭，食宿方便，陈铁柱窝在祠堂，实在没能力供养母亲的起居。谁料这竟是祸事的起端。腊月三十，陈铁柱的两个哥哥备好菜肉，都抢着老娘去家里上座，一人拉住老娘的一只手，不放，看样子要把老娘拉成两半。老娘哪里受得住这个惊吓，挣脱开来，拔腿就跑，她没敢往祠堂跑，倒是往平湖方向跑，跑到湖边，一时没止住脚步，扑通一声落入了湖中。等儿媳们都赶到了，老娘已经沉入湖底，死了。这大过年的，死了人，意味着这年就没法过了。

葬了老娘，陈铁柱想着老娘一走，湖村没了牵挂，就想早日离开湖村，去北斜村过新生活。年后，开春的日子渐临，陈铁柱也安排了学校的事务，准备动身了。这当口，他的两个哥哥却跳了出来，拦住了陈铁柱的去路，要走可以，留下老娘的东西。陈铁柱不明就里。两个哥哥加上俩嫂子，不管不顾，把祠堂翻了遍，看样子还想掘地三尺。他们不但在村里阻止陈铁柱，还闹到了北斜村，找到老蔡家，摆出一副不知情的模样，说他们就这么一个弟弟，怎么舍得往别人村里送。老蔡听了，忙找老德核实，老德一五一十地说明了情况。人家是兄弟，虽不对付，终究还是自家人，外人不便插手。老蔡听了，也烦，本想找到了一个好女婿，如今却因此把婚事耽搁了，思考再三，婚事不能黄，必要时可以让银春嫁过去。银春打开始就不想在北斜村招人的，想到家里就剩下她一个女娃了，也不好和父亲作对。如今父亲同意银春出嫁，她心有欢喜，表面看还是一切依父亲的安排，不动声色。老蔡能这么做出退步，对陈铁柱来说是好事，可陈铁柱的情况老德也不是不知道。老德颇有顾虑，说，事情好是好，不过丑话得说前面，陈铁柱虽说是位老师，住的却是公家祠堂，田没一畦地没一分。老蔡还没表态，倒是银春开了口，她说，兄，富贵随人，我若有那命，到哪儿哪儿就随我富贵；若没，纵然家财万贯，也会毁于我手。这话一出，老德都不知说什么了。后来老德经常把银春这话当口头禅，至今都在家乡一带传为佳话。

就这样，阴差阳错，我的母亲银春开春如期嫁入了湖村。湖村头一回娶到北斜村的女人，惊动了不少人。银春嫁过来那天，老少都放下手头活，夹道站在村口观看，仿佛结婚的不是陈铁柱一人，而是整个湖村。这天，陈铁柱兄弟三人头一回走在了一起，迎接来客，脸上颇荣光。事情既然这样，陈铁柱两个哥哥也没什么好说的，他们心里清楚，只要陈铁柱在湖村，属于他们的东西就还在。那东西是什么，刚开始只是假设，到这会儿已经不是有和没有的问题，而是多少的问题了。

银春嫁过来才知道，陈铁柱住的、工作的祠堂比北斜村供福建戏班驻扎的祠堂还要破旧。风天可以听到墙壁在哗啦啦掉沙子，雨天屋顶瓦片又渗水，滴滴答答个没完。到了晚上，过路的乞丐通常也会来屋檐下借一宿，年关耍虎狮、做杂技、唱曲的也多了起来，如果要过夜，村里还得安排他们住祠堂。祠堂本是公家的地，陈铁柱只是借住，如果不是教这一群孩子，他连祠堂都住不了。银春嫁到湖村，再苦再穷其实都认了，她图的是生活的新，日子的清静。这样的愿望没多久就被打破了。搞破坏的不是别人，正是陈铁柱四个兄嫂，也就是银春的伯姆。他们像特务一样盯紧着陈铁柱夫妇，一有什么风吹草动，杂事不断。银春心烦，三天两头回娘家，反而清静。银春有时跟陈铁柱一起回，有时跟贩鱼的老德，也有时独自一人。每次回娘家，银春都把自个儿收拾干净，这当然是做给北斜村人看的，让他们知道银春嫁的也是不赖的人家。银春的这些举动，在伯姆们看来，更加证实了他们的猜测。

陈家在湖村其实也不算穷苦，房子至少有整一座，一厅二耳房，天井门楼齐全；田地也有十多亩，不算十分肥沃，春种秋收也能照着季节走，不落人一步。这些房子和田地却都不属于陈铁柱，也不是不属于陈铁柱，只是老娘在时没把分屋分地的事说明了。灯不拨不亮，事不说不明，如今老娘一死，有话也没机会说了。当初两个哥哥先娶了媳妇，一人一间耳房占了下来。本来按湖村一带的风俗，遇到兄弟多房屋少时，老大和老幺铁打有房分，居中的兄弟靠的是运气，有则住，没则另找地儿自个儿起。陈铁柱一直单身，自然不便与哥嫂争房子，真结了婚，老娘又不在了，有些话说起来就显得没凭没据。再说陈铁柱在祠堂，也落了个清静。没心思争房子，连带田地也一并放弃了不要，到真知道田地的重要，再提起向人家要时，又感觉是在伸手要别人的东西了，脸上反而挂不住。

银春嫁到湖村一年后，我的大哥金水就出生了。头胎生了个白胖小子，陈铁柱万分高兴，想着自己也像别人家那样，妻儿一室，可享天伦之乐。又想着银春嫁过来后，吃住都不如人家，还要受兄嫂的气，可她能忍都忍，其宽宏大度不是一般女人能做到的。陈铁柱一直觉得亏欠银春，好生活给不了，只能在心思上下功夫，对她百般呵护。白天给孩子们讲了古，晚上变了花样继续给银春讲，也常能逗出一屋子的笑声。有了笑，再苦再累都不怎么觉得是苦是累了。

然而祸从天降，金水出生不久，陈铁柱就失业了。陈铁柱失业不是湖村不再办学堂，也不是古讲得不好。相反，湖村想把学堂往好里办，陈铁柱的古又讲得太好了，学堂想往好里办和古讲得太好一下子就矛盾了起来。有一天村主任把陈铁柱拉到一边，说，对不住啦，老弟，上头的意思，你说咱村的孩子现在只会讲古，连字母都不识一个，这样下去，这子孙后代都只会讲古，哪成呢？陈铁柱也清楚这古不能无休止地讲下去，又实在拿不出其他本事，就遵了村主任的意思，从祠堂里搬了出来，暂时寄住在老德的一间柴房里。搬出来不久，祠堂住进一位新老师，姓方名汉楚，南塘镇人，下乡支教，带了家属。方老师不讲古，不讲古讲什么呢？方老师说，讲道理。

话说陈铁柱没了工作，没了收入，如今却不是单身，一家三口等着他养。两个哥哥料想这当口老娘留给他的“宝”是该现身了，却迟迟不见，方知当初的猜想可能出了错。怕被陈铁柱一家黏上，倒躲得远远的。到头来还是老德，紧要关头又扶了他一把，想着这外人比内人还要重情义，陈铁柱一时想不开，诸事这么一激，加上本来就身体弱，一下就垮了，卧床不起。陈铁柱一病倒，湖村人唏嘘感叹，料想这家子算是完了，银春迟早会撇下陈铁柱父子远走。银春却没有遂人所愿。要说银春一直是个内敛的女人，经过这一茬接一茬的事，倒把人给考验出来了，骨子里其实也有着哥哥银来的牛犟劲。别人越看不起，她心里越起劲，偏不让你等看不起。银春劲一上来，心也横了，放下怀里的孩子，看准了田心地里大伯家的一亩种了甘蔗的沙地，操把锄头就直奔而去。顶着腊月的寒潮，步子走得虎虎生风。甘蔗还是苗子，不及人高，银春啪啪一阵就将其夷为平地。夷为平地后，银春操着锄头又往大伯家里来。湖村人一看这架势，知道有事发生，好戏在后头，纷纷放下手头活计，跟在银春屁股后赶。知道身后有人跟着来，银春胆量陡生，有了做给人看的意思。临近伯姆家，银春突然又折回老德的柴房，跟随的人以为银春胆怯退缩了，眼巴巴有些失望。谁知银春又出来了，手里的锄头换成了一捆粗绳，众人不知这演的又是哪一出，料想只有更精彩，情绪高涨，又跟着赶了。来到伯姆家，银春也没吭声，直接就进了门楼，继而踏进大厅，大厅有阁楼，阁楼伸出几根檩头。银春把绳子扔上檩头，打个结，直接将头挂了上去。人们这才知道事情闹大了，乱了手脚，两对伯姆都在，刚开始也是想看看银春能做出多大的事来，没想到她竟然这么绝，一下手脚也筛起了糠。要说银春自己跑伯姆家来上吊，不关别人事。关键是银春是北斜村人，村大势大，万一有什么差错，别说陈铁柱一家惹不起，整个湖村都得跟着遭殃。到这份上，就不是两家的事，而是两个村庄之间的事了。家务事转眼就成了家族事，可不是闹着玩的。只见众人把挂在绳子上的银春抱了下来，银春虎脸看着伯姆，把他们都看糊涂了，问，北斜，你这是干什么？银春说，不要多，你田心地那块甘蔗地从此归铁柱。大伯还在犹豫，众人这时倒倾向银春一边，喊，给啊，那本来就是他的地。大伯这才转脸笑了起来，好好，你拿去，别再闹事，万事好商量。

银春就这样拿下了一块地，也不单单是拿下一块地的事，重要的是银春给所有湖村人一个下马威。这北斜妮子可惹不得！看不出来哩。有了地，就有了活路。陈铁柱从没地到有地，靠的是银春，心里不觉没面子，反倍感自豪。一辈子唯诺，如今女人帮他出了头，心里舒畅。病也好了大半，开始起早贪黑伺候那一亩沙地了。虽之前没种过地，也有模有样地种起了几季作物，自己吃了，余下还卖了点，有了钱，陈铁柱搬出了老德的柴房，在自家地边搭了个简易棚子，算是有了房子。农民,地比命重要。一年后,陈铁柱又得了两亩深田。深田是从村里一个叫小枪子的人那儿弄到的。小枪子从父亲那里接下了两亩深田,在下坑地,与田心地不同区域,其实就相邻一起,中间隔了条从平湖里流出的小溪。溪水两边高矮悬殊,高地是沙地,矮地就成了深田。小枪子这人游手好闲,不务正业,深田在他手头长稻的时候少,长草的时候多。有一次,小枪子欠了赌债,债主催着还,他实在拿不出,就打起了两亩深田的主意。这买卖田地可是大事,一般不能自作主张,有父母的要与父母商量,没父母也要和兄弟商量。小枪子有兄弟五个,都是湖村地道的农民,他们不会同意小枪子卖田,却也不愿拿钱替小枪子还债。这当口,小枪子瞒住兄弟,悄悄找到陈铁柱——小枪子想湖村就陈铁柱缺地——说明了来由,小枪子伸出三根手指,等着陈铁柱答应。陈铁柱不敢,一是价格高,他拿不出;二是怕买了小枪子的地,他几个兄弟又来节外生枝。晚上,陈铁柱把事情说给银春听。陈铁柱话音一落,银春猛地站起来了,得马上把小枪子找来。我的母亲银春那会儿还挺着个大肚子,肚子里怀的正是我的二哥陈水生。那年银春已经二十二岁,一切大小家事无不是她在料理。湖村人都知道,陈铁柱家,是银春做的主。银春等来了小枪子,搜出家里全部积蓄,给了他,当是定金,剩下的明天一定给。第二天,银春挺着大肚子回北斜村,从老蔡那儿弄到一百块钱,一刻没歇又赶回湖村,交给了小枪子。两亩深田就这样买下了。很快小枪子的兄弟们得知消息,为时已晚,骂小枪子卖地毁家业,骂完也不得不感叹银春的手段,办事这么利索,绝不是普通女子能及的,拿出三百块钱,眼睛眨都不眨一下。

银春的能耐还表现在她的肚子上，从嫁过来那年起，她的肚子从没歇过，且生的都是男丁，个个长得虎头虎脸。转眼十年过去，银春生下了六个男丁，一家大小，煞是丰隆。还起了新房子，就挨着祠堂。六个孩子有四个在祠堂上学。祠堂还是那个祠堂，老师还是南塘镇来的方老师，戴眼镜，人和蔼，他的妻子姓唐，白白净净，也戴眼镜，没事也上上课。男的戴眼镜不足奇，女的戴眼镜就新颖了，银春有几分羡慕，加上又是邻里，就走得近些。方老师刚来时是小两口，如今也生两个小女儿，大的叫小娟，五岁，小的叫小紫，三岁，看起来却像双胞胎。唐老师不像一般女人，对女娃不怎么看重，她倒是溺爱着她们，平时把她们打扮得粉嫩好看，红色小凉鞋，穿相同颜色的衣裳，留同样的刘海，后面扎小辫，红色橡皮筋，把小辫扎得和平湖边的橄榄花一样翘翘。银春没生过女儿，看人家女儿这么好拾掇，不像男孩子，每天脏得都像是从泥窟里爬出来似的，所以对唐老师又多了层羡慕。每次小娟小紫过来家里玩，银春都要抱一抱她们，给她们汕头糖吃。

那年七月，平湖边的橄榄花开得正艳。一大清早，隔壁祠堂有动静，银春支着耳朵听，听到小娟小紫哭着喊爸妈。银春下床趴窗户一看，脸吓得铁青，方老师和唐老师竟被人五花大绑，拉出祠堂，押上大肚子的三轮摩托车，开出了湖村。带头捉人的正是游手好闲的小枪子，可那会儿的小枪子不再是以前的小枪子了。他成了湖村第一个红卫兵，袖子上的红布圈允许他在村里横冲直撞。银春真搞不懂这世道，转眼间，好像什么都可以逆转。眼看唐老师和方老师被捉走，银春忙出去抱住哭闹的小娟小紫，把她们抱回了家，闩上门。隔一会儿，陈铁柱急急忙忙跑回来，看来也被外面的形势吓破了胆。一进屋，小声说，小心点，外面情况不对。转眼才看见方老师的两个女儿，她们正吃着粥，满脸泪痕地看着陈铁柱。陈铁柱顿时脸色大变，拉开银春说，他们都了犯错误，你还敢把她们留咱家里。银春说，总不能让她们在外面流浪吧，我就不怕，这世间还有公道没有。陈铁柱无奈，站到门口看情形。

十多天过去，方老师和唐老师都没见踪影。一天不见他们回来，银春就一天照顾着她们的两个女儿，加上自家的六个孩子，一大群孩子塞了满满一屋子。孩子这么多，银春又要忙里忙外，实在照顾不过来，只能任其玩耍。有一天，小娟带着妹妹小紫去湖边摘橄榄花。半天过去了，不见回来，再半天过去，有人在湖边喊，湖面上浮着两具尸首。急急忙忙捞起来一看，正是方老师的两个女儿。银春听说后，往平湖跑时，晕死在了路上……许多年后，母亲一直不能原谅自己。

溺水事情发生不久，陈铁柱也犯了错误。他的错误还不只一条，追根溯源，有好几十条，有的连他自己都不记得了，都是他当老师时讲古留下的遗祸，是他讲的是他的，不是他讲的也成了他的。那古在当时听起来好玩，让人笑，如今听起来，却有了另一番意思了。经小枪子头头是道地分析下来，听起来倒比讲古还要有意思。另有一桩事，完全是小枪子反咬一口。小枪子说起当年两亩深田的事，当初是一愿买一个愿卖，白花花的银子换回来的深田。如今遭小枪子反口，说陈铁柱当年有诱迫的意思。这事往小说是私自买卖，往大了说就是霸占了。转眼间，陈铁柱又没了田地，人还被拉到祠堂批斗了几日。和陈铁柱一起遭殃的还有老德，老德贩鱼贩出了错误。两人一左一右埋头示众,倒有了同甘苦共患难的意思。回来后,陈铁柱新疾旧病齐发作,又卧床不起了。陈铁柱这次病得不轻,好几次都没缓过气来,眼看就要没了。孩子们横七竖八趴在父亲身上哭。银春却坐出好远,脸像是凝了霜。陈铁柱死里回生好几次,人是好了,白天能动,背着手在巷子里走,遇到人,人调侃说,小铁子,讲个古来听。病后的陈铁柱变了个人,有了神经质,一听到“讲古”二字,就浑身哆嗦,嘴里说着:不行啦,不能讲啦,上面不让讲啦,要杀头的。人们只有笑,说小铁子命好,闲着没事,就会背着手在巷子里踱步。陈铁柱的两个哥哥也这么说,落井还下石。别人这么说终究是别人,自家伯姆都这么说,银春就咽不下这口气。

同样咽不下这口气的,还有我的大哥陈金水。陈金水已经十岁,他总是一脸冷峻,一天说不了十句话。这点不像喜欢讲古的陈铁柱,也不像银春,像银来。俗话说“外甥像母舅”,真是如此。银春在陈金水身上看到了希望,湖村人也在陈金水身上感觉到一股冰凉的气氛。这孩子不怵人,见谁都是一脸冰冷。陈金水白天搬出一个竹箩,在巷口摆起了小摊,卖腌李子和汕头糖。小枪子有一次把陈金水的竹箩踢了个底朝天。陈金水也不怒,弯腰拾起糖果,继续摆。见陈金水小小年纪这么冷静,小枪子倒有些怵了,骂了几句,走了。

陈铁柱白天像个正常人,到了晚上就发疯,经常哈哈大笑,满屋子找人喝酒。其实哪里有酒,他是学戏台上戏子喝酒的样子,一手当杯,一手挡杯,喝一口,哈哈大笑。湖村人都说陈铁柱鬼上身了,遇他都绕路跑,怕一靠近,那鬼就跑自身来了。陈铁柱的身上没鬼时,人们不惧他,现在身上藏了个鬼,连鬼都要让他三分了。因而几年下来，一家倒相安无事，无人滋扰。陈金水卖糖果能赚点小钱，要养活一家八丁，谈何容易。老德这些年来也不敢明着贩鱼，害怕被人逮到，见陈铁柱一家不容易，就把一担鱼挑送给了银春，说，你家贩鱼，没人敢抓。银春想想也是，接过了老德的担子，每天往返北斜村，贩鱼为生。这一贩鱼，银春才知道做生意的好处，比伺候土地强多了。再说一年比一年，气氛宽松了不少。银春除了贩鱼，还想到路边开个粥店。湖村北面有一道路，是省道。往返县城，必须经过此道，走路的，挑担的，踩单车上县城的干部，经过时，都前不着村后不着店，肚子饿，口里干，进湖村讨口水讨碗饭也是经常有的事。银春看中这一商机，就把开粥店的事定下来，反正陈铁柱白天能走能动，粥店就由他看着。陈金水的摊位也可以挪到店里去，一举两得。陈铁柱本不同意，怕惹麻烦。银春说，下定决心，不怕牺牲，排除万难，争取胜利。这话是毛主席说的，可我们兄弟六人直到长大成人后也一直以为是母亲的原创。

这粥店一开，陈铁柱夜里哈哈大笑的病竟不治而愈了，忙里忙外，整个人精神得很。人们怀疑，之前几年陈铁柱都在装病，装过了那几年，危险期过了，如今无须再装了。这么一想，恍然大悟，才知道陈铁柱的厉害。粥店的名字是银春起的，就叫“迎春”，请了算命的老张题写，挂在路边的苦楝树上，迎风翻展，招揽过客。粥店虽不能公开，只要躲过号码为35717的巡查车，其他时间都无碍。多年后，我的大哥陈金水走出湖村，去深圳闯天地，从摆地摊做起，俗称跑街边。电话里，陈金水说跑街边钱好赚，就是怕城管。他这么一说，银春就明白了，当年的“35717”就是后来城里的城管哩。

银春的迎春粥店一度成为远近有名的场所，人们都愿意在路途疲倦时进去坐坐，即使不吃粥，陈铁柱和银春也会好烟好茶敬候。人们说起迎春粥店，自然就会说起银春。银春，不简单，是个人物。

有一年春天的某一天，老德来到粥店——老德经常来粥店走动，有时也帮帮忙，他这一生就陈铁柱一个朋友，一辈子也就和陈铁柱说得了话——老德说，外面有个人，骑着个凤凰单车，看着粥店的牌子半天不动哩。老德说这事时无意，银春听着却认真起来。忙问老德，那人长得什么样？老德说，满头白发，梳分头，戴眼镜，个高，瘦。银春一怔，放下手头活儿，手擦着围巾往外走。走到路边一看，愣住了。站在路边的果然是他，郑志平老师。

故人相见，银春倒表现得大方得体。银春把郑老师迎进粥店，一时也不知道说什么，唯一能问的也就是秋菊了。问到秋菊，郑老师沉下脸，说，抄家那会儿，她为了护住一柜子书，被人打死了。要说之前，银春还是不太愿意想起秋菊，如今听说她死了，两行泪水立即流了出来。

又问起郑老师现状，郑老师说，关了七八年，去年刚出来，恢复了原职。这会儿要去潞城开会，路过，见有一个“迎春”的牌子，感觉熟悉，想着应该是你——果真如此。银春说，郑老师你还记得不，当初你说我的名字土，还帮我改了个名字，叫黛姝。郑老师笑着想了一会儿，也没想起来，最后说，不过我现在倒觉得“银春”这两个字好了。

说了一会儿，郑老师要走。临走，见门口摆着摊，有汕头糖，愣了一下。银春意会，伸手抓了一把汕头糖，放进郑老师的袋里，说，路上吃，甜着呢。

殊途

表兄住在热闹中央，房子和他一样落寞。

一

我大舅读过几年书，印象里他喜欢戴一顶油腻的牛皮帽，两个帽耳盖下来，遮住两只耳朵，酒后的脸色酡红。大舅喜欢高谈阔论，说他当年参加自卫反击战，越南女人的裤裆里都藏着枪。打过仗的大舅有句口头禅叫“拳脚无目，枪子无情”，大舅给他的儿子取名“文”，正是希望他能走文路，不踏武道。

可惜表兄郝文很快就让他父亲失望，小学四年级还没读完就辍学了。郝文辍学倒也不是他不想读书，而是因为他得了一场病。很怪的病。那病无来由，发过几天高烧后，表兄的脸就变成了紫青色，并且从此没再变回原来的颜色。病倒是没再发作，只是郝文那脸色着实让人发怵，看起来跟鬼没两样。我大舅想把郝文再送进学校，却遭到全校师生的一致排斥。郝文那时也深感自卑，没脸再面对昔日的老师同学，他把自己锁在屋里，几个月不敢出来见人。

按理说我表兄从此就会抑郁寡欢，患上自闭症之类的病。我表兄郝文终究不是一般人，几个月后，他出门了。他不但出门了，出门还挺胸抬头，像是自己长了紫青色的脸成了可以炫耀的事情。迎面而来的孩子无不哭着掉头逃跑，就连大一点的，也有突然被吓一跳的表情。

表兄的转变还不只如此，他龇牙咧嘴，动不动躲在角落里装鬼，北斜村我没少跟着妈妈回去，知道它的巷子又长又歪，破屋残垣，别说有人装鬼,大白天一个人路过都觉得虚。一个人丑没人喜欢至少值得同情,一个人丑还故意张扬,那就可恶了。北斜村人对表兄的憎恶由此可见。没有一个小孩愿意和郝文一起玩,他们视他为鬼,这鬼刚开始是装出来的,久之就真成了鬼。成了真鬼,就没有装的必要了,表兄自然对此丧失了兴趣。他换了另一样狠方式:偷偷从背后逮住一个年龄相仿的伙伴,威胁着说,跟我玩。那伙伴早已魂飞魄散,哇一声大哭。表兄一拳头擂下去,解了大恨,才放其离开。

那些日子,大舅家可谓门庭若市,一天总有几位父母拉着他们的儿子(表兄不对女孩下手)来哭诉,多少要大舅赔点钱。我大舅刚开始也觉得愧疚,能赔就赔点,后来多了,负担不起,也耍起了赖。大舅说:“也就这样了,这孩子我也不要了,你带回去,就送你了,以后就只有你家人打人没有被人家打的了。”

大舅这话无赖至极,让来者脸都气绿了。事后他们说:要说郝文坏,也不能全怪他,他父亲那人啊,其实就是有什么样的父养什么样的子。

北斜村上下不但看见我的表兄郝文躲,看见我的大舅也躲了。我大舅本是见过世面的人,以前见谁都喜欢拉来侃侃而谈,如今没人愿意再听他说话,他心里憋得慌,一慌就喝酒,酒后棒打儿子郝文。所以时不时能在北斜村看到这样一幕:我的表兄扬着一张紫青色的脸拼命奔跑,我大舅举着木麻黄大棒在后面一路狂追,父子两人绕着村子跑了一圈又一圈,他们所到之处,无不鸡飞狗跳、人畜不宁。

二

1990年,我八岁,上小学一年级,开学不久便随妈妈回娘家做客。去大舅家,未进门,就看见大舅和表兄并排坐在门楼口气喘吁吁。原来他们刚绕着北斜村跑了五圈回来,已经累得说不了话了。关于表兄的病,我听妈妈说过,来之前做好了心理准备,真见到了,还是被吓了一跳。被吓一跳倒不是说表兄的脸真有那么恐怖,事实上多看几眼也就习惯了,我只是惊讶于一个人的脸除了白的黄的黑的竟然还有紫青的。我第一次见到紫青色的脸,这似乎就注定了紫青色的脸是唯一的,自然我的表兄郝文也是唯一的。独一无二。这个想法成了我对表兄根深蒂固的印象,从小到大。那年表兄十六岁,比我大一倍。我甚至对表兄有了很深的敬畏感,就因为他那张紫青色的脸。

喘完气,大舅还要收拾表兄。后来听大舅介绍说,他收拾表兄的方法有好多种,近似于酷刑,由轻到重,以此梯进,最初是鞭、棍、棒,后有灌水、火烧、跪玻璃碴、钳子钳肉,至于表兄要受什么程度的苦痛,就取决于他的认错态度了。十六岁的表兄其实已经是小青年了,站着不比他父亲矮多少,坐着也不比他父亲小多少,要是真反抗,大舅不一定是表兄的对手。但奇了怪,表兄在外再狠,面对大舅,他只守不攻,一是跑;跑不了,他就认了,依顺得像只小绵羊,如果大舅一狠心真要他死,递给他一瓶乐果,他也许二话不说就喝下了。

有我妈在,我妈自然不会让大舅动刑。我妈还骂大舅,说孩子都这样了,你还想打死他啊。大舅似乎很听他姐的话。我妈接着也骂了表兄，表兄挨揍都习惯了，对挨骂已经无动于衷。他虎着脸站在一边，丝毫没有因为我妈让他少挨一顿揍而感激的意思。这少年让人感觉可怕。我妈自尊受挫，又加了一句："你看你弟，多听话，刚上学就考了100分。"

我的脸一阵燥热，心里怪着妈妈不应该把话题扯我身上。我实在不想在可怕的表兄面前成为主角。

果然，表兄郝文朝我扬了扬拳头，说："100分，能打得过我吗？"

表兄这话导致三个后果：我吓哭了；我妈狠狠地瞪了表兄一眼；表兄挨了大舅几乎是铺天盖地的一巴掌。

因这事，表兄郝文和我家鲜有往来。

三

一年后，大概是十月，甘蔗收成的季节，表兄却跑我家来了。之前表兄也不是一次没来过，偶尔，他踩一辆大鹏单车带我大舅来，充当的只是司机的角色，到我家也不说话，就坐门槛上抽烟，一根紧接一根，我妈叫我给他端茶，我端着茶过去，他接了茶，直接把满口烟雾吐在我脸上。可是1991年10月这次，表兄是一个人来的，且没踩单车，走了夜路。北斜村离我们湖村距离不算多远，但路不好走，小路，穿梭在坚硬的石头和坟墓之间。这样的路白天走起来都艰难，晚上阴森森的，就难上加难了。表兄郝文虽装过鬼，也被村里人视为鬼，可他毕竟不是鬼，所以他也怕鬼。我从他表情的惶恐和膝盖的跌痕可以想象出表兄奔走在山路时的恐惧。表兄好长时间都没有向我家里人说明来意，只是坐着，摸遍口袋，要抽烟，却找不着。他说："甫伊母，烟掉路上了。"

我妈叫我出去买烟。

我突然有些兴奋，噔噔跑了出去。我隐约觉出有事情发生，且是大事，没大事，表兄不可能单独跑我家里来。

表兄一连抽了两根烟，终于开口说话，他说他在北斜村惹祸了，打断了一个大他五岁的年轻人的一条腿，人家报了公安，公安晚上来抓人，本来已经抓到他了，押上带偏斗的摩托警车时，他奋力逃脱，把左右两个公安都给甩了。

这可是大事。我妈赶紧叫我把门楼关上，闩好。表兄能在公安的手里挣脱，这在我们当地人看来可是"英雄"之举。既然投奔我家，别说是亲戚，就算一般朋友，投奔而来了，那也是对投奔对象的信任，我家就有责任保护表兄，至少得让他感觉我们不会因为害怕受他牵连而有所顾忌——这在我们当地人看来同样是"英雄"之举。此处插讲个小古，这个古在我们当地流传甚广，几乎无人不知，说一位父亲问他儿子，你交了多少朋友啊。儿子说，朋友满天下。父亲说，真的？你爸我一辈子才交了半个朋友。儿子很得意。父亲又说，既然如此，你敢不敢试一试你这么多朋友的心。儿子说，有什么不敢。于是父亲杀了一只鸡，将鸡血涂于儿子身上，然后说，好了，你杀了人，去投奔你那些朋友吧。一个，被拒之门外，两个，还是被拒之门外，三个，四个……都一样，没有一个朋友肯收留满身是血的他，他垂头丧气地回到了家。父亲说，现在你去我半个朋友那儿试试。儿子去了，敲开门，说自己是某某的儿子，如今杀人闯祸，投奔而来。父亲的半个朋友立马请他进屋,闩上了大门……

就这样,表兄郝文在我家吃住了三个月。刚开始,表兄不敢出门,整天待屋里,后来就满村子跑了,把湖村混得比北斜村还要熟。说来也怪,表兄的一张紫青脸没有在湖村引起恐慌,大家虽然诧异,看在是客人的分上,还是给予了尊重,加上表兄能说会道,竟然在湖村博得了一个好人缘。湖村的巷口刚开了麻将馆,表兄是那里的常客,他没钱,只看不打,三缺一的时候,才被人们拉去充数。表兄会打麻将,还是高手,其名声正是在那时传开的。

表兄在我家里生活,于我而言,谈不上讨厌,也谈不上喜欢。刺激却是真的,刺激来自幻想。我总是幻想着在某一个深夜,公安把整个湖村都给包围了,密密麻麻的枪口对准我家,小喇叭大声喊:里面的人听着,你们已经被我们团团包围了,赶快放下武器,出来投降……

幻想总是充满刺激,幻想里,有时表兄成了英雄,他甚至冒着枪林弹雨都能逃出湖村;有时是我成了英雄,在表兄落难之际,我出手相助,以迅雷不及掩耳之势就把公安们都放平了。

然而湖村平静依旧,迟迟不见公安来,这多少让我失望。

后来我总感觉,犯了事,不一定就会坐牢,那些犯了事坐牢的人肯定都是傻瓜,不懂得逃,像我表兄那样,逃到我家来,虽然两村相隔不过数里——就是这样,只要你从一个村庄逃到另一个村庄,就安全了,谁也不会多事到去通风报信,公安自然不知道你跑哪了。

四

表兄郝文投奔我家的三个月里和我睡一个房间，睡同一张床，盖同一席被子。我对此没多大意见，事实上我早已经看惯了表兄那张紫青色的脸，感觉也没什么稀奇。确实如此，哪怕真是一个鬼，天天和你生活在一起，你也会习惯。

让我多少有些害怕的是表兄总是在半夜把床弄得摇摇晃晃，至于表兄用什么方式把床弄得摇摇晃晃，我不知道，也不敢掀开被子来看。但我能感觉，摇晃来自表兄的身体，是他的身体的摇晃带动了床板的摇晃。刚开始是轻轻地摇，轻易不能察觉，后来逐渐加剧，以至于床板都发出了叽叽呀呀的声音，如虫子在叫，除了床板叫，表兄也在哼哼，像是他身体的某个地方发生了疼痛，让他细微地呻吟起来。很快，就都不叫了，紧接着一切都安静了下来，床板和表兄的身体一起呈现往下沉降的状态。这样的沉降连累到我，无辜的我也跟着一起沉降。我迟迟不敢睁开眼，怕一睁开眼，看见的是汹涌的海水或身体被悬置于半空当中。

这样的遭遇夜夜如是。

天井有井，不是阳井，是那种封闭起来的摇井，我妈花钱弄这样一个和村里不一样的井，怕的是我不小心掉井里去了。那天我妈一边打水一边把床单在水泥地上摊开。我在旁边看着。我妈往床单上泼水时，突然看见了什么，俯下身去看，又抬头看我。我问怎么啦。我妈说床单有点脏。

吃饭时，表兄在，我故意又提起床单的事。我似乎胸有成竹，坚信床单的脏和表兄有关。我妈不敢在表兄面前提及,那就我来吧,或许放了诱饵,引蛇出洞,连同晚上床板摇晃的事也能真相大白。

我妈明显不愿意我提及,她说:“好好吃饭。”

表兄却说:“也不知道我们谁尿了床。”

表兄半开玩笑,倒让气氛一下轻松了起来,他那边占了优势,置我于难堪了。

我妈说:“肯定是阿建尿的啦。”

说着大家都笑了。我心里很委屈。

期间我大舅来过我家一次,他倒没说什么,也没提北斜村的事,像是平常的一次做客。大舅明显有些瘦,和一年前相比,还老了不少。我以为大舅来了,会带着表兄回去,然而没有,大舅走了,表兄还留在我家。我没听到家人任何一句有关表兄犯事的话,他们刻意不说,或者是不对我说。我想坏了,表兄可能会长期住在我家。我这么想并不是多么讨厌表兄,而是害怕夜晚那些没来由的摇晃。

床单事件过后,表兄有些微妙的改变,只要我在家,他出去就会带上我。

那时正值甘蔗成熟,村里各户都有几亩甘蔗要收。收甘蔗是一件很费劲的事,砍,剥,捆,扛,都是体力活。表兄那时已经长得很壮实。不等别人开口,他先问:要帮忙吗?当然是求之不得。帮人收一天甘蔗,能吃三餐,还能得到一包贵点的香烟。表兄可能是冲着香烟去的,在别人看来,表兄就帮了人家大忙,感激得很。每次去收甘蔗,表兄也会带上我,我去了不用干活,甘蔗任我啃,还有油油的菜饭吃。我也求之不得。

那年我二叔家种的甘蔗最多,村北边那一整片甘蔗林几乎都是他的。二叔生了三个女孩,无一男丁,平时没感觉,一到农忙时候,就显出了弱势。二叔收甘蔗,一连要收好几天,有时为了赶糖厂的卡车还得连夜加班。我的表兄郝文每次都去帮忙,二叔差点没把表兄当儿子对待,光好烟一天就给了两包。表兄帮二叔收甘蔗时明显不一样,这不一样一般人察觉不出,但我知道。或许是我不用干活,整天在埂上坐着看他们劳动,旁观者清吧。我知道表兄之所以那么卖力帮二叔收甘蔗,为的可不是两包好烟,他是喜欢我二叔的大女儿宝芝,也就是我的堂姐。我的堂姐宝芝长得不算好看,人矮,又黑,但她性子好,说话轻柔,再怎么样也不会发脾气。收甘蔗时,宝芝也能帮上忙,主要是剥去甘蔗上面的枯叶壳,这活虽轻,却容易受伤,那些干枯了的甘蔗叶子像刀子一样锋利,一碰到肉,一道含血的口子就出来了。一天下来,宝芝的双手几乎血肉模糊。表兄喜欢宝芝但不含蓄,他大大咧咧,还不时拿宝芝开玩笑。他也为宝芝着想,比如太阳还没跑到天中间,表兄就喊:“宝芝,你回去挑饭了。”

宝芝说一垄甘蔗还没剥好壳呢。表兄说放着我帮你剥。宝芝就拍拍双手,跳进旁边的水沟里洗了双手,不洗没感觉,一洗就痛得龇牙咧嘴。我在旁边看着。宝芝问我要不要跟她回去挑饭。我说好。我们往村子的方向走。路上宝芝老喜欢问我表兄的事情,我把所了解到的关于表兄的信息都告诉了她,她还继续问,我差点把表兄晚上老是弄得床板晃动的事情也说了出来。我没说。我说没了。我知道不但是表兄喜欢堂姐堂姐同样也喜欢表兄。我怀揣着他们两个人的秘密。

五

三个月后，表兄并没有回北斜村，他去了扇背镇，此后老实本分，没再惹过事。我不知道表兄在扇背镇靠什么为生，我妈也不知道，估计大舅也不知道。不过表兄时不时会来我家，踩着他的大鹏单车，有时车头会挂着几个苹果。表兄来我家，却不待我家里，而是往村里的熟人家到处跑，有时连饭也在人家那儿吃。表兄在湖村比在北斜村还要熟，他似乎也把湖村当成了自己的家乡。

表兄郝文去我二叔家最多，去二叔家当然不是为了看我二叔，是看宝芝。他们俩把恋情隐秘了起来，似乎只有我是知情者。表兄到二叔家，话还是跟二叔说，茶也和二叔喝，烟更是和二叔抽，两人一坐就是一上午，情同父子。二叔说："你一来，我都干不了活了。"表兄说："休息休息，人老了，多调养。"表兄越来越会说话，嘴巴的甜多少弥补了他脸色上的缺陷。这期间，宝芝忙里忙外，除了进出门时两人快速对上一眼，根本没机会说话。

有时表兄借机在我家里过夜，理由多种多样，但都是借口，他唯一想的是和宝芝幽会。记得有一天我随伙伴去了另一个村子看电影，我们是走路去的，回来时已是深夜十二点。表兄也去了，他踩单车，带了宝芝，他叫我一起，要我坐他们中间，我才不干。表兄和宝芝电影没看完就走了，我知道他们无心看电影。我回到家，发现表兄的单车支在天井里。我进屋睡觉，灯都懒得开，摸上床。上了床我才知道，床上除了表兄，还有另一个身体。我"啊"一声叫。那一个被我摸到的身体也“啊”一声叫，声音再熟悉不过，正是堂姐宝芝。

宝芝走后，表兄交代我别说出去。

我知道，表兄已经和宝芝睡过觉了。我又多知道了一个秘密。那年月，我把秘密当成财富，多知道一个秘密就相当于口袋鼓起来一点。我收藏着属于表兄和堂姐的秘密。

堂姐宝芝开始呕吐是几个月之后的事。本来乌黑壮实的一个女孩，突然吐得一塌糊涂，外面的活干不了，家里的活也干不了。二叔急，以为宝芝得了病，找了村里的草药师，开了几帖清胃消食的药根，回来熬了喝，也没见好。二叔只好过来告诉我妈。我妈也奇怪，找宝芝说了一天话。宝芝却一口咬定，没做过男女之事。没有，那就放心。吐了一段时间后，宝芝就不吐了。其实宝芝也不懂，以为事情就那样过去了。谁知日复一日，宝芝的肚子大了起来。我妈再次突审宝芝：谁干的？你已经有孩子了，你不说，你嫁给谁？宝芝流着两行泪问：是不是我说了，就让我们结婚？我妈说：当然啦。宝芝扭头看一边站着的二叔。二叔说：就照你大姆说的算。

六

后来我妈经常说：真看不出来，郝文那小子手脚挺快。

我的表兄郝文和我的堂姐宝芝结婚时，堂姐的肚子已经看得出了，那天她穿着一件宽敞的大肚裙，是表兄在扇背镇买的，带着碎花，村里很少有女人特意买妇孕装，因而显得特别。

婚礼就简操办，甚至村里都有一部分人不知道，以为那天表兄还和平常一样来做客,顺便载着宝芝出去了。表兄正是踩着他那辆破旧的大鹏单车接走宝芝的,他们离开了巷子,我家和二叔家的人站在一起,目送他们。我满脑子都是表兄和堂姐钻在我被窝里的情景,情景当然大多出自想象。那时他们睡觉不敢让人知道,现在结婚了,他们不用再偷偷约会了,也不用钻在我的被窝里了,没有人会去管他们了。结婚真好!年少的我倒是陷入了无限的遐想当中。

表兄和堂姐结婚后一起在扇背镇生活,不久他们的孩子出生了,是个女儿。表兄二十未到就当了父亲。女儿的出生经过一场波折,难产,堂姐差点丢了命,表兄也被吓得半死。有了女儿,他们回娘家就少了,偶尔来一次,还是踩着大鹏单车,宝芝坐后面,他们的女儿像个楔子一样楔在中间。有次他们来,刚好我去上学,在村口碰见了。不知道我当时是怎么想的,竟想着躲开他们,不想让他们看见,也不是不喜欢他们,大概也就省得打招呼——我越来越是个内向的孩子,好多时候我甚至还羞于在人们面前抬起脸。表兄向来眼尖,老远就看见我了,见我偏着头要躲避的样子,他提高嗓子喊:“喂,见了表兄也不叫一声哦。”

堂姐从表兄的身后探出头来,她越发黑瘦,她说:“是阿建,上学啊?”

我点头。

堂姐挪动怀里的孩子,让她看着我,说道:“叫——叫什么,管阿建叫什么?”

表兄一笑,说:“叫叔,还能叫什么。”

堂姐也笑了,她想着我的表兄和堂姐结婚,生下的孩子应该随表兄叫还是随堂姐叫，结果想开来，才知道不管是随表兄还是随堂姐，都一样，都是叔。我那么小就当了叔，其实我还不太乐意被人叫叔。好在他们的孩子也没到可以口齿伶俐的时候，只是含含糊糊嗯了一句，还流了口水。我感觉无趣，踩上单车离开了。

表兄的车把上挂着一个袋子，我知道，那是鱼。表兄来了之后，先到的还是我家，关于这点我妈曾夸过他懂事。第一件事，表兄忙着分鱼，把带来的鱼分成两份，一份给我家，一份给我二叔，也就是他的岳父。分鱼可不是简单的事情，他得分匀了，偏哪家都不行，虽然多一点少一点没人找他计较，但他爱较这个劲。

表兄那时已经在扇背镇贩鱼，听说戥鱼不用秤，手一抓，说几斤就几斤，相差不过半两。贩鱼期间，人们给了表兄一个绰号，叫“青面鱼”，贩鱼的表兄被人当鱼叫了。这些我后来才知道。

七

三年后，或者是四年，我也记不太清楚了，总之那年表兄的女儿已经会走会跳会说话。那年先是大舅死了。大舅年纪越大，喝酒越凶。表兄没少和大舅吵，表兄不再依顺大舅，大舅也不敢再打表兄，一则打不过，二则还需要他养着，至少酒钱得由他出。表兄骂我大舅时，我堂姐宝芝上前阻拦，说好歹是咱爸。表兄说：“他从来就没管过我，我甚至没读过书。”表兄这么说，堂姐没法回驳。但我妈是知道的，我妈跟堂姐说：“我弟也不是没管你男人，你男人得了病，脸色都那样了，全校的师生看了都害怕。”我妈和堂姐说这话时，我在一边差点笑出来。我已经足够大了，我笑不是指话的内容，我笑我们一家的关系挺复杂，有时说句话都不知道怎么称呼，比如我既可以叫郝文为表兄也可以叫他为姐夫。因有堂姐从中调解，表兄和大舅的关系还算太平，至少表兄给大舅的酒钱没少过。人们都说堂姐会做人，我二叔脸上也有了光。这天我大舅喝得酩酊大醉，倒在巷子的水沟里，因是夜晚，没人看见，躺到第二天早上，人都硬了。

大舅的葬礼办得很简单，几乎可以算没办，只请了一个师公，念半天师公词。我发现那师公还偷工减料，有些环节省掉了，有些词根本没唱——我那时记忆力出奇的好，几乎能记住一整套师公词。除了师公，参加葬礼的是为数不多的一些亲戚，还有几个表兄的朋友。我才知道，原来表兄在扇背镇生活，却没交到几个朋友，大概是贩鱼的缘故，都是买卖关系，谈不上交情。葬礼上甚至没有一班铜鼓队，只有两只唢呐向天吹，吹得嗓子都哑了，像是小刀划过玻璃的声音。我感觉特没劲，远远站一边，看样子死者好像不是我大舅，我像过去看热闹的。我看见妈妈在大舅的棺椁下哭得死去活来，泪水流了满面。我怀疑我妈根本不是真哭，她在假哭，假哭其实也可以哭出泪来，这我有经验，我向妈妈要钱时通常就用这一招。不但是我妈，我发现很多在葬礼上哭的人都是假的，他们根本就不想哭，因为葬礼上需要哭声他们才哭，越凄凉越好。比如我堂姐，已经有七八个月的身孕了，顶着个大肚子还在棺椁下哭，竟然也没人过去劝一声，我猜我堂姐是希望有人过去劝的，并把她架回凉快的地方休息。我堂姐肯定很痛苦，但没人过去劝，她就得一直哭下去。倒是她的女儿时不时拿块布给妈妈擦眼泪，也不知道最后擦的是泪水还是汗水。

我表兄那天却表现得无动于衷,我甚至感觉不到他的存在。他没哭,也没为父亲的葬礼出过力,他坐在父亲的棺椁前,沉默的表情比远离葬礼的我还要置之度外。

葬礼过后,我们几家亲戚坐下来商量修坟的事。表兄拿着账本算了半天,账本上记着收上来的礼纸金。无论表兄怎么算,那都是一笔少得可怜的收入。表兄也没费多大成本,亏是亏不了,但余下的钱有多少,直接影响到大舅坟墓的修建。表兄算得极为认真,他把贩鱼的经验用于此,譬如一个长时间一无所长的人终于找到了用武之地。我的表兄最后终于叹了口气,他身边的所有亲戚(其实也就六七个人)都停止了闲聊,拿眼看着表兄——希望说出来的数据能让大家满意,至少和一个新坟的价格相差无几,否则这些亲戚谁也跑不掉,谁都得为我大舅的新坟出一份钱——表兄终于吐出两个字:“不够。”

表兄没说收了多少钱,只是说不够。

不记得是哪位亲戚问:“你还有多少钱?”

堂姐刚要开口,表兄却抢着说:“我能有什么钱,就够喂三张口了。”

这话和当年我大舅回应那些被表兄打的孩子的家长一样,很是无赖。我的堂姐一直低头不语。

无论怎么样,大舅的坟墓是要建的,这不是表兄一个人的事,更关乎亲戚们的面子。我们当地人也就这么点面子需要竭力维护了。

还是那句话:祸不单行。

大舅的坟墓刚请了泥匠动工,我的堂姐就肚子痛得满地翻滚。有人跑到坟地上告诉我表兄:“你老婆肚子痛,像是要生了。”

表兄瞪着眼:“骗鬼,还差两个月呢。”

那人说:“骗你全家死光,总之她现在肚子痛,信不信随你。”

表兄锄头一扔拔腿往北斜村跑。身后的泥匠问:“坟头还建不建?”

表兄说:“甫伊母,不建了,都不建了。”

我堂姐属于早产,家公的葬礼直接导致她早产。早产还好,堂姐还难产。表兄请了接生婆到家里,接生婆也没办法,只是叫表兄去天地父母上上香。表兄香都上了好几回了,堂姐还在哇哇叫,肚子里的孩子就是不出来。折腾了半天之久,表兄才决定送堂姐到扇背镇卫生院,可惜路才赶了一半,堂姐就咽了气。堂姐临死之前,一直拉着表兄喊救命。堂姐是不想死的,生活虽苦,有男人在有女儿在,家庭圆满呢,她怎么舍得早早死去呢。表兄眼看堂姐渐渐没了气。他后来说:“我真想跟她一起走。”

之所以没跟她一起,表兄大概想到了女儿。

堂姐的死比大舅的死更让人感觉意外,闹得也更凶。首先是我二叔闹,我二叔本来不想闹的,都是亲戚,闹起来丢的还是自己的脸,但二叔一想到堂姐乖巧一生最后却落个“半路死”的结局,就悲痛不已,恨不得揪住女婿揍一顿。我二叔闹到了北斜村,全村人都出来看热闹,我二叔当着北斜村人的面说了自己的理,全村人都说我二叔有理,我表兄实在对不住我堂姐。

我二叔说:“我家宝芝,一直乖顺,在家里外都拿手,从不外出胡来,嫁给郝文,有眼人都知道,郝文那脸色,哪配得上她,可竟然喜欢,我便依了。家公葬礼上,宝芝大着肚子,哭得伤心,没一个人上前劝解,闹了肚子,又是早产又是难产,而你郝文,不顾她的死活,在家挨了半天,就知道你惜几个钱,早知这样,我的女儿我自己来管,要你干吗?嫁给你干吗?健康的时候,你要,做牛做马;病了,你就撒手不理了,你抬头望望天,低头看看地,谁会像你这般没心肠……"

我二叔在北斜村闹了三天之久,最后是我妈把他架回来。我妈说:"人死不能复生,你的女婿终究还是你的女婿。"我妈这话说得挺大气。

八

堂姐的死,让表兄愧疚了许多年,直到我上高中,表兄都没有再娶。这期间,表兄如我妈所言,一直没有因为堂姐的死而淡化了身为女婿的责任,二叔的女婿还是二叔的女婿,该来的时候表兄还是得来,踩着他那辆大鹏单车——多年前那辆大鹏单车让表兄风光无限,多年后同样一辆大鹏单车却让表兄越显穷酸。表兄来了,还是先到我家,第一件事还是分东西——后来表兄不再贩鱼,改卖猪头肉。分猪头肉颇让表兄为难,一个猪头不同部位的肉有好坏之分,外人不知,但表兄知。表兄知道的事情他非得较劲。好多时候表兄先把猪头肉在家里分好了再带来湖村,这就省了分肉的时间,也就像个客人的样子,能和我妈多说几句话,和二叔多抽几根烟。

我妈说:"阿建要到扇背镇读高中,来回都得踩单车……"

我妈说完看表兄的反应。我在一边,明白了我妈的意思。我妈希望我能住在表兄家,来回不用踩单车。扇背镇离湖村有二十多里路，踩单车得一个钟头。显然表兄也听明白了，但他没说话。

我妈看表兄不说话，又加一句："阿建会读书，读了高中准备给他读大学。"

表兄这才开口："要不就住我那里，不知他愿不愿意。"

表兄看我一眼。不知怎么，我感觉表兄并不情愿。

当我随表兄来到镇上的住所时，才理解了表兄的不情愿。表兄租住在一处低矮的瓦房里，一室一厅，外加一个小院子，院子边上是浴室和厨房，厨房卤着待卖的猪头肉，味道很浓腻。这样的房子在扇背镇已经很少见。出了院子，是一片热闹的小镇场景。表兄住在热闹中央，房子和他一样落寞。扇背镇在我们当地算是富饶之地，我们习惯叫"小香港"。小城靠海，有码头，早些年走私贩毒泛滥，出了不少暴发户，满街都能看见宝马奔驰，星级装修的宾馆酒店也有好几间，其中最显赫的老大名叫梁国宾，据说此人心狠手辣，财大气粗，黑白两道谁都得敬他三分。

梁国宾被镇下几个乡村传得玄乎，几近明星，说他宝马奔驰轮着开，重复一天都不行，说他的金项链有手指那么粗，连家里拉屎的马桶都是纯金打造的……好多没见过他的人上一回扇背镇其实都有在街头偶遇梁国宾的愿望。真见过他的人则添油加醋，故意制造神秘，说见一回梁国宾不容易，几道门几道关，每道门每道关都有保镖守着，就见了，也是匆匆一眼。弄得人们恍惚间把他错当成如来佛祖——如来佛祖还有石像可观瞻，梁国宾在一个小小的镇里却没几个能亲眼见到。

有一次我和表兄说起梁国宾，我说表兄你见过他吧，在扇背镇都生活这么久了。

表兄笑着说:“梁国宾怎么不认识,他老家也是北斜村,我们一个村的。”

表兄话语兴奋,看样子因为和梁国宾来自同一个地方而颇感自豪。我只是疑惑,北斜不是只有“郝”一个姓吗,怎么把姓梁的也扯进去了?我没再多问,表兄也不想多讲。

我的到来,使表兄的屋子显得更挤了。里屋的小房间是表兄的女儿住,她已经读小学一年级,长得不像我堂姐也不像我表兄,简单说,她比她的父母都要好看。她一天都不说几句话,我怀疑她不会说话。对于我的出现,她没表现出在意,显得我像空气一样不存在。晚饭时候,表兄叫她唤我叔叔。她愣着吃饭,就是不叫我。表兄有挫败感,这样的结果显然又是他意料之中,他说:“她就这样,不喜欢说话,她不是不欢迎你来。”

我说我知道。

我和表兄睡大厅,大厅没床,我们每晚都打地铺。打地铺的事表兄不希望我妈知道,怕我妈说他对我照顾不周。我住表兄家,说句不好听的,还真不是白住,我妈答应表兄每月可以到我家拉一百斤大米。我对表兄表示理解。——时隔多年,我和表兄又睡在了一起,只是表兄故意和我保持距离,一个人蜷着棉被窝在角落里,像街边的流浪汉。

一大早,表兄的女儿就起床了。我怀疑她半夜就起来了,只是在屋里游荡到天亮。她有时要出去上厕所,眼睛也不看地板,直接就踩着我的身体过去。时间越久,我越讨厌这个表侄女。她还喜欢偷我的东西,笔、本子,她还在我的课本上乱涂乱画。我实在不好意思骂她。她只有两种表情,一是沉默,看电视,那神态谁都不敢去惹她,快哭的样子;二是倔强,嘟着嘴,拿眼斜睨人,通常是在表兄要她干什么她偏不干什么的时候,这种时候即使拿把刀架在她的脖子上,她都不会听话。

表兄说:“我以前老打她,开始还哭,怕我打,后来不哭了,就拿眼看我,我怎么打都不哭,就那样看着我……把我看怕了。”

育儿教女我哪有经验,仗着多读几年书,我还是跟表兄说了一通家庭教育的常识。表兄深以为然。表兄说要是她妈妈在的话就不用他操心了。说到这里表兄有些伤感。

隔了一会儿,表兄突然说:“我要是再找个女人,应该可以吧。”

我想这有什么问题,堂姐都死去这么多年了,表兄不可能一辈子不娶吧。

还没等我表态,表兄又说:“不行的,后妈肯定不会喜欢她的。”

九

表兄的猪头肉本来摆在附近的联升市场,其实也不算联升市场,是在市场门口的一个角落里。就地利来说,那位置不好,没什么生意,租金却不低。表兄勉强做着,他实在不喜欢再改行。实际上再怎么改还是一样,当初贩鱼也好,现在卖猪头肉也好,都只能在小镇里混口饭吃,如果要大富大贵,只能学习梁国宾他们,走私贩毒,铤而走险。于表兄来说,那显然是另一个世界里的事了。

后来，表兄的猪头肉还是卖不成了。那块地利不好的地皮有人买了开商店，不让表兄的小屁股在那占着了。那段时间表兄愁得头发都白了不少，女儿眼看要交学费，房租欠下几个月。好在房东根本不靠那破房子吃饭，从未催过房租，只是留着几片瓦占一块地皮，等着小镇成了大城市，那块地皮自然就值钱了。

我当时放暑假，回湖村。暑假过后，我再到扇背镇时，表兄已经开上了三轮车，在扇东街一带拉客了。表兄的三轮车是用一辆嘉陵摩托改装的，嘉陵本来已经破旧，两个轮跑都跑不快，如今要带三个轮，有点力不从心，遇到稍微陡点的坡，得担心它会往下滑。

当时镇上的拉客仔挺多，几乎都是附近村落的，拉帮结派，稍微大点的村庄说话声音就大，发现有外人闯进他们的地盘拉客，就一呼百应，群架总是难免。北斜村是大村，表兄能到扇东街上拉客，靠的还是北斜村的名头，要是我们湖村，村小言微，根本没有属于我们的地盘。那些所谓的地盘，背后都有老大掌控，老大的背后又有老大，扯到最后，总能把梁国宾扯出来。

表兄刚开始拉得不多，后来有了好转，算是入行了，竟比卖猪头肉还强些。有时拉多了客，表兄一高兴，回家会带点消夜，一锅甜粥，或者几个鸡爪一瓶啤酒。他回来得晚，我通常睡了。有吃的他总要拉我起来，吃点，酒不让我喝，就递烟给我抽——我会抽烟正是表兄给教出来的。后来我提出要喝点，他也不好拒绝，以后带酒时就不是一瓶，而是两瓶了。我酒量好，也是从那时练出来的。不管怎样，看着表兄开心，我也感觉开心。

扇东街和扇西街的交叉处有一家大酒店，十八层高，全是玻璃落地窗，阳光下，闪闪烁烁，既突兀又耀眼。酒店叫金鹏大酒店，表兄正是在酒店门口候着，等着拉里边的客人，一天要是能拉上几个客，收入就上百了。从金鹏大酒店出来的要么坐宝马，要么坐奔驰，需要叫三轮的，出手肯定也阔绰，你提多少，他给多少，从不二话。

我对镇里的每个角落已经熟知，假日会约好几个同学出去逛街，路过金鹏大酒店时，总能看见表兄的三轮车混迹其中，车头冲着酒店的大门。表兄没看见我，我也假装没看见他，在同学们面前，我还不太愿意让他们知道我的表兄是个拉客仔，我感觉那不是一份可以随意说出口的职业。

同学们只对宝马奔驰感兴趣，去金鹏大酒店，也是为了看看靓车靓女。有一天，还真让我们看到了梁国宾。刚开始我也不知道那是梁国宾，只看到一辆车在酒店门口停了下来，出来一个头发稀少的男人。“这是镇委书记江海涛。”有同学说。接着又出来一个女的，穿着比香港明星还要耀眼。“这是谁啊？”另一个同学问。“洪娟，梁国宾的老婆，扇背镇大姐大。”说话的同学因为自己的见多识广而激动得红光满面。最后出来的人，老实说让我大跌眼镜，竟然是一个瘸腿的男子，其貌不扬，三角眼、猪哥嘴，每走一步，他的嘴巴像是要从空中接食物而向前伸出。“这不会就是梁国宾吧？”我问。“正是梁国宾。”同学回答。

“宾哥。”有人高声喊。

我们循声望去，喊宾哥的人竟然是我的表兄郝文。我大为吃惊，想不到表兄和梁国宾还是熟人。

“哦，原来是青面鱼啊。”梁国宾声音低沉。

表兄丢下三轮车来到梁国宾跟前,表兄竟高出梁国宾一个头,却丝毫没有因为高人一头而显得自在。表兄笑着,他的笑放不开,随时想着如果人家不喜欢可以及时收敛。表兄忙从兜里掏出烟——我知道,红梅牌。表兄递给梁国宾一根,递得不果断。表兄回头指着他的三轮车,对梁国宾说了句什么。这时梁国宾倒是平易近人,他没接过表兄的烟,反而拿出一包给了表兄。那烟红色包装,我猜是中华。梁国宾拍了拍表兄的肩膀,有些高,拍得有些费劲,表兄还因此低了点腰。

梁国宾进了金鹏大酒店,我的表兄则重新回到他的三轮车上。一起的拉客仔开始向表兄问这问那,我表兄神采飞扬地回答着。

十

热衷打听江湖之事的我,本该因此对表兄刮目相看,然而恰好相反,我竟有些看不起表兄了。看不起其实也言重了,就是不理解。不理解不是因为表兄认识梁国宾,他们都来自北斜村,北斜村再大,表兄多少也算个"名人"。认识就认识,表兄不应该众目睽睽下像个下人一样站在梁国宾跟前。站在他跟前也没错,打声招呼也可以,至少应该不卑不亢。最重要的是表兄不应该去接梁国宾那包中华香烟……

那包中华香烟表兄足足抽了五天,我也抽了几根。我问表兄哪来的这么好的烟。表兄说:"人家送的。"

我问谁啊,这么大气,送中华。表兄说:"就上次你问起的那个梁国宾。”

我说表兄面子这么大，梁国宾都送你东西。

我又问：“你们是不是从小认识？”

表兄说是。表兄故意撇开话题，不愿再提及梁国宾。我继续问，他干脆不回答了。

当然，关于梁国宾，我能打听的人何止表兄一个，在扇背镇的大街上随便拉住一个人，问梁国宾的事，人人都能说上半小时，什么镇委书记江海涛其实就是梁国宾的马仔，是梁国宾花钱把他扶上去的，梁国宾没有一官半职，却实实在在掌控着整个扇背镇。也有人说梁国宾手段颇多，其智慧不亚于《无间道》里的韩琛，他在扇背镇的要职官员身边都安排了眼线，多是秘书，其实也是情妇，把那些官员牢牢地把玩在手掌心里……其中自然有添油加醋的成分，但也无风不起浪，八九不离十了。

同学中也有不少和江湖道上有瓜葛，他们成绩很烂，上学只是为了掩人耳目了。他们白天在课桌上打瞌睡，晚上泡网吧、跳迪斯科、喝酒泡妹，甚至吸毒。谁都知道，他们的毒品都得向梁国宾的人购买，梁国宾一手垄断了扇背镇的冰毒市场。说起梁国宾，他们又恨又敬。而说起梁国宾的瘸腿——他们总是兴致高涨。差不多十年前的事了吧，那时梁国宾还是个小青年，谁也看不出几年后的他会驰骋扇背镇。有一次，他在村里跟人打架，被打断了一条腿。梁国宾深受其辱，觉得无颜在北斜村待下去了，就跑到了扇背镇，凭借心狠手辣，渐渐在镇上打出了名堂。

我第一次听说此故事，惊讶不已，问：“你们知道是谁打断了梁国宾的腿吗?"

他们面面相觑:"不太清楚,听说跑掉了,公安都没逮着。"

"后来呢?"我问。

"后来就不了了之了,你也知道镇派出所那些人比我们都怕事。"

我想那个打断梁国宾一条腿的人不会就是我的表兄郝文吧。这无疑是表兄默默无闻的一生中唯一的亮点,也是最大的亮点,应该引以为荣。

我说:"你们不知道了吧,他是我表兄郝文。"

十一

1991年,我的表兄在我家避了三个月公安,终于平安无事,但他没回北斜村,而是到了扇背镇,打点零工过日子。他不敢再犯事,因为再犯了事,和前科一起算,得坐不少年牢。虽同在一座小镇,表兄和仇人梁国宾却没碰过面。一年后梁国宾初露头角,表兄也不知道梁国宾就是一年前被他打断腿的那个,他们村不姓梁,姓郝,整个北斜村就一个姓。他哪里知道郝国宾为了改头换面竟然连姓都改了。

表兄和梁国宾的相遇,可谓是冤家路窄。那时表兄还在贩鱼,大清早到东宫码头批发蛇鲻鱼,挑着回联升市场卖。大清早的码头总是热闹非凡,那些靠岸的船不只是渔船,还有梁国宾的走私船。表兄挑着一担蛇鲻鱼,刚转身,就把旁边一辆银色小汽车给刮了。表兄没察觉,继续赶路,却被身后一把手给抓住。那人指着小汽车上的一道划痕,说:"还想走。"表兄一看,自然想赖,说你怎么就认定是我划的,你有证据吗？那人抡起拳头就要朝我表兄脸上打，却被另一个人叫住了。这另一个从车上下来的人，正是梁国宾。

梁国宾瘸着腿走过来，说："还记得我吧。"

表兄一抖索，心想这下完了，他四下一看，还好没发现公安。梁国宾看表兄慌了，笑着说："没什么，就打个招呼。"

接着递给表兄一张名片，又说："有事找我。"

表兄想不到梁国宾几年不见竟然今非昔比，还不记仇，大人有大量。表兄收起了名片。一有事，表兄还真去找了梁国宾。那年我的大舅和堂姐先后死了，表兄一年要修两个大坟，除了亲戚给点，还差三万。表兄实在没法，就给梁国宾打了电话，没别的事，就借三万块，有还是没有，一句话答复。我表兄这个电话打得比较狠，倒像是梁国宾欠了他似的。梁国宾在电话那头哈哈大笑，说："你到我家里来拿吧。"表兄到了梁国宾家，先是被他家的架势吓了一跳。一般人梁国宾是不会叫上家里来的，尤其是表兄那样满身鱼腥味的贩鱼佬。表兄猜想梁国宾的意思无非就是想炫耀一下，好让表兄认个输。表兄是输了，否则也不会落魄到要向仇人借钱的份。大厅里梁国宾正和几个人在打麻将，见表兄到了，热情得很，递烟、吩咐保姆泡茶，然后起身，让表兄坐他的位置上。表兄迟疑。梁国宾说："打几圈。"梁国宾向表兄介绍其他三位客人，一位是镇委书记江海涛，一位是镇长李济朝，一位是公安局局长武国雄。表兄吓得不轻，他那紫青色的脸开始抽搐。接着梁国宾又向三位介绍我的表兄："郝文，我老乡，我这条腿就是他给打折的，没有他，也就没有我梁国宾的今天……今天郝文有难，找我借钱来了，我肯定不能袖手旁观啊，你们说是不是？哈哈……"

那天表兄赢了三万块钱。

之后,时不时,梁国宾一个电话打来,要表兄过去打几圈,表兄都不好推脱,每次也能赢点钱。表兄一直觉得那钱不是赢来的,而是梁国宾给的。表兄答应会还给梁国宾,他实在不想欠梁国宾什么,但梁国宾执意不要,他说:"那可是你赢来的钱是你的就是你的放心。"

表兄拿人家手短,时刻准备着能为梁国宾办点什么事,可以抵消欠债。梁国宾并没有要表兄付出代价的举动,倒是表兄有什么要帮忙的,他都有求必应,比如到金鹏酒店拉客的事,表兄也是找了梁国宾,别人在那拉客每月要上缴保护费,表兄也想缴,但收钱的人不敢要,说你是宾哥的人我哪敢收你的钱哦。

有时表兄会产生错觉,到底当年是他把梁国宾的腿打断了还是梁国宾把他的腿打断了。显然,瘸腿的是梁国宾,表兄的两条腿壮得像柱子似的。

十二

学期快结束,表侄女在学校出了一点事。

表侄女读书的学校动不动就开家长会。之前每次家长会,表侄女都没告诉表兄,她自然不愿意表兄参加,表兄长着一个紫青色的脸,表侄女嘴里不说,心里忌讳着呢。但学期末的这次,学校一定要表兄参加,还亲自打来电话。

那天刚好是周六,表兄请我帮个忙,去参加表侄女的家长会,就说我是她哥。这事我当然乐意。去了才知道,原来学校叫表兄去并不是真的要他参加家长会,而是另有事情要和表兄商量,见做爸爸的没到,是一个自称哥哥的来了,有些为难。其中一个声称是表侄女班主任的瘦高个女孩把我叫到办公室,沉默了一大会儿,才说:“你们家庭怎么样?”

我说:“我妈去世多年了,家里就靠我爸一人拉客生活。”

我这么说时,语气平静,完全看不出是冒充的。

班主任愣了一会儿,又问:“她在家里表现怎么样?”

我说:“其他还行,就不太爱说话。”

班主任还想要说什么,突然停住了,隔了一会儿,终于说:“她来那个了,你们知道吗?”

班主任的脸有些红,但她故作镇定,似乎在传达一个信息:这是一个很平常的话题。

我本想问她“她哪个来了”,想着也是明知故问,一提起女孩的那个,我感觉自己无法应对。幸亏表兄没来,要么他更没法应对。

我说:“知道了,老师,我这就回去告诉我爸。”

班主任示意我可以走了。她轻轻地叹了口气。刚出了门,突然有一个愣头愣脑的男孩走上来,问我是小梅(表侄女的名字)的什么人。我说我是她哥怎么啦。男孩怪异地笑了起来,说:“她下面流了好多血,我们还以为她尿裤子呢,她一边哭一边用手把血抹在了墙壁上,像是在画画,哈哈……”

我一时不知道说什么好,羞愧难当。

回来后,我把事情告诉表兄。表兄感觉为难,嘴里念叨着:“怎么办?她妈妈在就好了。”我给他提了个建议:买包卫生巾放在她的书包里,她就懂了。表兄照办了。

可是接下来几天,厕所里扔满了卫生巾,看样子,表侄女只是拿它们擦屁股了。她根本就不知道卫生巾是干什么用的。实际上她发育得比较早,已经像个大姑娘了,但她的智力显然和她的身体不成正比。

表兄问我:“该不会是得了什么病?那东西怎么来这么早?”

我表示可以上网查一查。我去了附近网吧查了半天,回家跟表兄说:“好像是脑部中枢神经系统出了什么问题,症状和她有点相似。”

表兄问:“能医的吧?”

我也不知道,但我说:“应该可以吧,至少得去大医院。”

过年期间,表兄曾带着表侄女到我家,他一般不带女儿出门,实际上他是有事要麻烦我妈了。表兄偷偷跟我妈说了表侄女的事。我妈皱了下眉头,说:“还不到十岁吧,这么早就来了。”接着我妈把表侄女拉到房间里谈了半天。出来时,我妈对我表兄说:“这种事,你一个男的,还真不好说。”

过了年,新学期还没上几天学,表侄女却被学校开除了。我表兄听了,气不打一处来,开着三轮车突突地到了学校,找班主任理论。表兄怕理论不过人家,还带上我——表兄认为我可以帮到他。

但到了学校,却只有老师说话的份,我们一句都没插上。

还是之前那个瘦高的女孩,她红着脸说了开除表侄女的原因——原来表侄女每天都把卫生巾放在书包里,时不时拿出来玩,甚至还拿上去擦黑板，擦了乱扔，对其他同学们的影响太大了，不少家长都来投诉，说如果脑子有问题，就应该去特殊学校……

我们无言以对。表兄请班主任再给一次机会，他保证不会再有类似的事情发生。

班主任说："我劝你还是先带她看医生吧。"

十三

表兄小时候因为一场病丢了上学的机会，如今女儿又要重复他的命运。表兄苦恼不已，他觉得无论如何都要把女儿送回学校里去，否则别说对不起女儿，他还对不起我那死去的堂姐宝芝。

而要把表侄女送回学校得先让她去大医院。我的表兄这时候急需弄到一笔钱。

巧就巧在这时候，梁国宾联系上了表兄。梁国宾先是和表兄说了些客套话，问他最近干吗呢？表兄说，还在金鹏门口拉客。梁国宾问，有客人拉吗？表兄说，还好，一天能拉十几个。梁国宾紧接着问，除了拉人，还想不想拉货呢？表兄说，当然想，有钱赚，拉什么都行。梁国宾说，那你中午到金鹏门口来吧。表兄说，好咧。语气无比兴奋。

事后表兄说，那天是梁国宾的马仔接待了他，还请表兄在金鹏大酒店里大吃一餐，那可是表兄第一次在餐厅里吃饭，好吃极了，小猫一样大的龙虾他在码头见过，吃还是第一回呢。吃饱喝足，梁国宾的马仔还给表兄安排了一间套房休息。表兄在房间里洗了个热水澡，围着白围巾坐在沙发上看电视。

梁国宾一直没说要表兄拉什么货,这让表兄着急起来,他打电话给梁国宾,梁国宾在电话里只是笑。表兄又说,不是要拉货吗?梁国宾说,急什么,15日早上到码头等着就是了,有人会告诉你怎么做的,事成之后我会给你足够养活下半生的钱。表兄想大人物就是大人物,做个事还这么神秘。养活下半生的钱?那得是多少钱,不同的人养活下半生的钱自然数目不一样,梁国宾养活下半生显然已经足够养活表兄一辈子了。表兄兴奋不已,但他也害怕,谁都知道,能拿这么多钱的事,想必得冒着生命危险。只有这一次,表兄豁出去了,只为梁国宾做这一次,他们两人就一笔勾销,从此两讫。

还有一天时间,也就是说表兄还能在金鹏大酒店住一天。他想这一天得好好享受,拉客自然是不能了,表兄想到了我们。表兄开着他的嘉陵三轮车把我和表侄女都接到了金鹏大酒店,我们三人一起往酒店大门走时,不少人都眼看着我们,表情诧异——那是一种奇特的感受。我们上了电梯,紧张得不知道怎么摁,表兄故意表现出熟练的样子,实际上他的手一直在抖。电梯把我们送上了小镇最高的楼层。表兄掏卡片开了房间,倒像是在打开自家的房门了。

那天夜里,我和表侄女都睡不着,我们趴在窗户上,争着看窗外小镇的夜景。我们都是第一次站在那么高的位置俯视扇背镇,一切都在我们的眼皮底下。夜幕下,扇背镇的轮廓就是灯火勾勒出来的轮廓,不得不承认,这是一个闹热富裕的小镇,难怪外人都称之为“小香港”。凭借着灯火,我们大概能辨认出哪里是中街,镇里人都得去那买衣服,阿迪达斯李宁耐克安踏等专卖店满街都是;哪里又是东湖小吃一条街，在那里可以吃到手打鱼丸蚝烙砂锅粥和穆先生的卤水鸭；扇东街和扇西街自然就交叉在眼下，这是全镇最亮的两条街道，霓虹灯让街道亮如白昼，满街的酒店、KTV、休闲中心越晚越热闹……当然，只要我们把眼睛抬高一点，还能看见相对昏暗的码头，以及海面上停泊着的渔船，船杆上的旗帜被海风吹得啪啪响，我问表侄女，你闻到了吗？她问，闻到什么？我说，一股腥味。

十四

翌日大早，我的表兄郝文在金鹏大酒店的停车场踩了半天才把他的嘉陵三轮车启动了。受了一夜的寒潮，摩托车的发动机有点冷却。当然，表兄非常紧张也是原因之一。

去码头的路上，表兄因为发抖，没拉离合器就换挡，导致摩托车熄了好几次火。到了码头，已经陆续有人在忙碌，海面上却还是一片清闲，只是泊着一长溜的渔船。海天相接处有一线亮光。我猜我表兄肯定无心看什么风景，尽管他可能是第一次发现小镇的清晨是这般静谧美好。

表兄大概等了十分钟，有一个人过来拍了拍他的肩膀，没说话，表兄趁着微弱的光一看，竟有些眼熟，却没想起来在哪见过。表兄按那人的指引，把三轮车停在一艘渔船的旁边，然后下车把渔船上的几箱货搬上三轮车后斗。老实说，货物不是很重，甚至有些单薄，让原以为会遭遇极其隆重的场面的表兄明显感觉失望。放完货，表兄问那人送去哪。那人似乎还想了一下，说：“就去金鹏大酒店。”“放哪?”表兄又问。那人又想了一下:“就放车上,会有人找你的。”

表兄突突突上路了,他想着这也太容易了吧,从石码头到金鹏大酒店不过三里路,而就这样,他来回跑个六里路,就能赚半辈子都花不完的钱?

一路上,我的表兄还在想刚才那个人,一定在哪见过,却愣是想不起来。一直到几个穿制服的人把表兄的三轮车拦下,并把手铐落在了他的手腕上时,表兄这才恍然大悟,刚才那人正是十年前到北斜村逮表兄不着的公安,那时他还年轻,手脚利索,一下子就擒住了表兄,但表兄的手脚更利索,一下子就挣脱了。而眼下,表兄在这几个人面前,他还来不及反抗,腿脚就已经软了,他瘫在地上,根本不用他们多出一点力气。

表兄隐约听到:“甫恁母,几十公斤的毒品,你就是有十条命也不够死了。”

与此同时,我和表侄女还在金鹏大酒店里睡觉。天尚早,扇背镇还很寂静。

一时间,扇背镇满城风雨,街头巷尾,包括电视、报纸,议论纷纷:镇派出所缉毒组猎虎行动取得完满成功,扇背镇的头号毒枭“青面鱼”顺利落网,缴获冰毒20公斤,犯罪分子对犯罪事实供认不讳,等待他的将是法律的严惩,从此,政府将还市民一个无毒品污染的清净的生活环境……

我的表兄被判了死刑,执行死刑之前还在扇背镇人民广场开了宣判大会,连同另外几个即将被处决的罪犯,有杀人的也有强奸的,显然他们都没有表兄更引人注目——表兄长了一张紫青色的脸，怎么看都有怪异之相，犯多大的事似乎都于情于理，天生就是来人世间作奸犯科的妖孽吧。人们说：江湖之深，藏龙卧虎啊，想不到青面鱼竟是本镇毒枭。

宣判大会那天我刚好赶上高考，面临人生第一次重大考验，所以没能去现场，也就没能见我表兄郝文最后一面。后来我听我妈说，表兄被宣判那天，我的表侄女又来那个了，她吓得一边哭一边把经血涂得满墙都是。

弃儿

我们还真不是同样的人类，环境让我们成了不一样的物种。

一

我在一家社区阅览室当图书管理员。这么说,其实已经美化了我的职业。事实上,社区请的,不过是个看门的。按朱少吾的意思,他手下没一个愿意干,而阅览室得有人看着,还得每天早上九点钟准时开门,否则住在龙尾街的那几个退休老头一天会朝街道办打五十个投诉电话。

“你来看下门吧。反正也没事干。”

朱少吾曾经是我的同事。那时我们都在塘下涌一家工厂里做流水线,我是普工,他是车间保安。他一生最大的理想便是当保安队长,三十岁那年真让他当上了。由于理想的过早实现,让他有点手足失措,仿佛一下子丧失了生活的斗志。

是的,就如朱少吾所说,我已经“没事干”一年了,银行里的钱也花得差不多了,是得挣口饭吃了。我答应了朱少吾。我只有一个要求:给我备一台电脑。朱少吾笑了,说用不着备,本来就有,联想的,2G 内存,还能上网,无聊时可以看看电影,不过不能看内容不健康的片子,你头顶有摄像头,毕竟是政府部门嘛,你懂的。

“对了,你这一年都在干些什么?”

我无法跟一个保安头儿解释我一年来都在干些什么,我懒得解释,即使说了,他也不懂。我摇摇头。实际上,一年前,我辞去了一家台资企业内刊记者之职,突发奇想,自学起了心理学,要当一名心理咨询师,然后开个诊所。我看了无数心理学方面的书籍,也思考了很多乱七八糟的东西,差点把自己弄成了神经病。最近,我正在研究一种叫癔症的心理疾病。

弗洛伊德认为,癔症的发作主要来源于旧事。童年。性侵。生殖器。惊吓。忘却。等等。

我莫名其妙对这些关键词充满兴趣,想写一本关于癔症的书。这个想法强烈到自己都感觉不可思议。接下来,我需要大量的时间来读书和写作,阅览室便是一个再合适不过的场所。

朱少吾给了我一把生锈的钥匙。那把钥匙扣在他腰间一大把钥匙中间,为了摘出来给我,他着实费了把劲。“虽说工资不高,你还是得准时开门。你可以买个行军床,晚上在这儿过夜也没问题。或者干脆就住在里边,你要是愿意的话。”他这么说,算是照顾了我。

第二天我便把麻布村的出租屋给退了。屋里的东西,卖的卖,扔的扔,最后只剩下四箱书籍。我把书籍搬到阅览室,心想,算是我捐出来的吧,以后走了,也不会带走其中任何一本了。我费了一天时间,把脏乱的阅览室整理一番,里面的书还真不少,都还蛮新,有些甚至都没被翻开过,可见看书的人寥寥。几天下来,我便知道哪些人是阅览室的常客了,朱少吾特意交代的几个不能得罪的龙尾街的退休老人,还有偶尔跳完广场舞回来的大妈……基本上就这些,没什么读者。他们一般也不会看书,看报居多,当天的报纸一翻完,便陆续走了。一天下来,至少有一半时间,整个阅览室就剩我孤零零一个人。

对此,我很满意。

没多久,我便和那几个老人熟悉了起来。他们夸我勤快,在我面前说起以前阅览室的种种不是,如今好了,一切都是我的功劳。他们问我工资多少。我告诉了他们。他们便愤愤不平，扬言要跟社区领导反映，给我加工资。“现在，哪还有年轻人愿意做这样的工作啊，还勤勤恳恳的。”他们最后都会这么说。是啊，像我这样没出息的年轻人确实不多了。

二

这个位于深圳关外的社区并不大，一条龙尾街便能横穿左右。我每天必须做的事情不多，除了给阅览室开门关门，就是到街上找饭吃。我习惯吃同一家饭馆，一日两餐，甚至坐同一个座位。我是个懒得挪位的人。吃了午饭，我得回阅览室眯一会儿，吃了晚饭，就不急着回了，我会沿着小街逛一圈，也没什么事，就随便看看。街边有不少小铺面，卖小吃、装饰品和文具，其中有一家是卖书画的，在一街杂物中便显得有些特别——说是书画，其实也有点夸大，就是各种小型的风景图、漫画、趣味画。当然，门口也挂着几幅肖像画，画得并不是很好，不过作为街头献艺，也没什么好挑剔的。我每次经过都会多看几眼，却不停留，更没有买的打算。

总能看见一个女孩端坐在画铺里面，隔着帘子，我看不清楚她的长相，那隐隐约约的清丽，却吸引着我一再从她店门口经过。她从不出来，和其他小贩那样，张口吆喝。我想，这真不是一个适合做生意的人，就像我，实际也不适合做学问。我们活在世上，似乎只是找个借口混饭吃。她至少混得比我好一点吧。尽管她的铺面也一样十分窄小。

我得说，我真不知道那条狗是从什么地方蹿出来的。

晚上，我吃了晚饭，照例在街上闲逛，到画铺门前时，一条狗拦住了我的去路，朝我吠叫。说实话，我向来不喜欢狗，也怕狗，在乡下时，曾被狗咬过几次，所以，一般情况下，见到狗，我都会绕道走。我是说，如果我知道店面前有一条狗，再怎么样，我也不会经过。那还是一条大狗，狼青狗，这么一条狗充满敌意地吠叫，我一下子手足无措，既害怕又尴尬，街上为数不多的人都循着声响看过来，谁也没敢上前帮我一把。我不知道怎么办才好。父亲曾教过我，遇到狗，不要跑，那时我还小，刚被狗咬过。父亲的经验之谈我一直记得。于是我只得乖乖地站在原地，不敢挪动一步，望着周围，希望狗的主人能及时出现，为我解围。我似乎还得为此感激。

狼青狗只是朝着我吠叫，没有要咬我的意思。这让我放心不少。

"这是谁家的狗啊？"我的声音都颤抖了。街上竟然还有人笑了起来。

我试图做出愤怒的样子，比如跺一跺脚，狗是否就会识相地走开。然而没用。我遇到的是一条执着的狗，它似乎就是为了等我才守在这个街口的。我虽学了心理学，却不能揣摩一条狗的心事，是冤家路窄，遇见仇人了，还是故知？有人说狗能从人的眼神里看出憎恶与友善，并做出亲昵还是吠叫的选择。也就是说，这条狗，在那一刻，恰好感受到了我一直以来对狗的憎恶。

先是从画铺里出来一个小男孩，他叫着狗的名字，发音匆忙，我听不清楚。小男孩绕着我们转圈子，狗又绕着我转圈子。我担心它叫累了，干脆直接来一口。那天我刚好穿了一条牛仔短裤。

显然,小男孩也不敢靠近狗。他焦急地转着,嘴里不停嚷着一个难听的音节,而狗并不买他的账。最后,他不得不放弃,冲着画铺的帘内喊:“姐,你还不出来看看!”

一个穿长裙的女孩便从铺子里走了出来。她喊了狗的名字——雀儿——这完全不是一条狼青狗该拥有的名字。这条叫雀儿的狗似乎又看出了我的心事,朝我又吠了几声,算是收场。她俯下身来,伸手牵住雀儿脖子上的项圈,它立马温顺得像只绵羊,顺着她的手转到了她裙子下面去。让我惊讶的倒不是这些,就那一瞬间,虽然女孩已经把手藏到了背后,我还是看清楚了,这女孩的手有问题,像是被火烧过,或者被水烫过,总之是变形的,疤痕和褶皱,让它们呈现腐竹的形状。女孩似乎已经习惯在人面前遮掩双手的动作,她快速地让它们逃离我的视线。我假装没察觉,看着女孩,不知道是该埋怨几句,还是该说句“谢谢”。但无论我要说什么,都来不及了,她已经牵着狗快速进了画铺。她对小男孩说:“以后你可别再解开雀儿了。”

她连个“不好意思”都没说。我想,这女孩也跟她的雀儿一样,鲁莽无礼。

然而一连几天,女孩那双残疾的手时时浮现在我脑海。我真犯不着这样,好多正事需要完成,新采购回来的书还没看完,计划写的书也没有敲出第一个句子。但每次想起女孩的手,总让我感到不安,这不安来得莫名其妙。我接受不了一个气质清秀的女孩却拥有一双丑陋的手,并时刻谨记要在人面前隐藏起来。那种由于身体的残缺所产生的无意识的躲藏心理,是条件反射般的自我保护。

那双手的背后是否有什么故事。或许就是一次意外,父母的大意、自身的顽皮——并不是每个残缺背后都有故事。

我正在读弗洛伊德的《癔症研究》。这本书晦涩难懂,我读得十分艰苦,每一次拿起来都怀疑自己是否有耐心把它读完。中午的阅览室十分清寂,我通常选择在这个时候读它,并一边做笔记,抄下觉得以后写作会用得上的句子和段落。我倒乐意干这样的事,至少看起来像是做学问的样子。

午后,朱少吾有时会过来跟我打声招呼,他大腹便便的样子,让我已经想不起他在电子厂时的模样了,甚至有时连名字都感觉陌生,算了,我干脆叫他队长吧,反正他也喜欢别人这么称呼他。他比我大一岁,看起来却像和我隔着一代似的,同为80后,他成了我心目中的另一类人,当然了,按他的话说,他已经实现了一生中最高的理想。他像个成功者那样生活工作,喝酒唱歌娱乐,大多时候无所事事,对属下大声吆喝,一副老大的臭架子。他为此自得其乐,喟叹人生也不过尔尔。

我难以想象,十年前在电子厂当车间保安时的朱少吾,因为从一个员工身上搜出流水线的成品机,他竟不知道如何是好,权衡再三,还是把机器还给了人家,选择了沉默。那时我们刚认识,晚上在工业区的小店门口,他跟我讲述那一幕,竟以一种逃过一劫的口气讲得惊心动魄。他说工厂那么大,少件成品没什么,如果他揭发了偷盗者,偷盗者不会怪老板,只会把怨恨加倍于保安,最后倒霉的还是他,在工业区里,就随时都有被人暴打一顿的可能……他在那一瞬间便权衡了利弊,并迅速做出了正确的选择。我记得当时还有点看不起他。那时我还年轻,崇拜挺身而出的英雄。

曾经的朱少吾和现在的保安队长是同一个人。

朱少吾喜欢在阅览室里抽烟,抽烟的架势还总是弄得很隆重,我几次阻止,都没用,他会龇着一口黄牙笑着说:“你这么认真干吗?”

这天他却问我:“你是不是被柳宣的狗咬了?”

我说没有啊,柳宣是谁。

他说:“没有就好,有个保安说看见你被她的狗咬了。我就问下。”

他还挺关心我的。我缓下脸说:“哦,那女孩叫柳宣啊,开画铺那个?”

“什么画铺啊,就是小杂货店。你可别看人家长得像模像样的,像个艺术家,告诉你,我早认识她了。她有病。怎么说呢,就是爱装神弄鬼……”朱少吾说得玄乎。

我将信将疑,每个人在复述时总爱添点油加个醋什么的。

三

再次经过柳宣的画铺时,我就不得不多看一眼了。说实话,我对“有病”这样的字眼,有着一种天生的敏感,这也是我为什么放着好好的台资企业不干辞职弄什么心理学。柳宣如果真如朱少吾所言,脑子有问题,确是出乎我的意料。我不太轻易相信,或者说,我还不能信任一个保安队长的话,何况我们联系不多,如果不是工作的缘故,我应该不会和他再有生活上的交集。

当然,我的不相信,更多还是心软吧,有一种不忍,柳宣身体上的残缺已经很显然，如果还有脑子上的疾病，那上帝也太不公了。我跟朱少吾不一样，当朱少吾用一种严重的语气说柳宣“有病”时，他所期待的后续落了空，我并没有配合他做出惊讶的表情。我平静得像是得知柳宣感冒发烧一样。朱少吾并不知道我在自学心理学，就连一个疯子，我也不会称之为疯子，而是精神障碍或精神分裂——我就是研究这个的，我得时刻提醒自己，在朱少吾面前要建立起优越感。

我得承认，我想认识柳宣的想法，很大原因是因为我想接触这么一个人。我甚至预感到，她会为我的著作提供素材，至少也会激发灵感。好吧，如果这算是一个比较高端的借口，那么，我说个低俗一点的理由：和朱少吾一样，我觉得柳宣的美在龙尾街上是绝无仅有的，谁也不会拒绝和一个美女做朋友。

我想过走进柳宣的画铺，像个顾客那样，挑点便宜的画作，还可以帮衬她的生意。她的生意并不好，可以说是门可罗雀。真难以想象，她靠什么生活，更别说维持一个小街的铺面了。或许女人自有女人的办法。好几次，吃了晚饭，我都已经踩上那级石板砌成的台阶了，伸手要去撩开那层垂下的彩珠帘子，我还是把手收了回来。我不敢。说实在的，我有点怕她那条狼青狗。朱少吾不是说认识她吗，我倒可以找个伴。这样一来，我便有求于朱少吾了。

当然，事情我不能挑破了说。我得想个法子。

我跟朱少吾说：“队长，晚上我请你吃个饭吧，街上，北方饺子馆。”

朱少吾很惊讶地看着我，确实，这样的话从我嘴里说出口，难怪他会吃惊。其实也在情理之中，再怎么样，我找个机会还人情，也是应该的。

“这样吧,街上有什么好吃的,晚上我们去品三湘,我请你,你那么点工资够不够花啊,有多余的,就存着娶老婆吧。”朱少吾似乎已经习惯用这种老大式的照顾语气跟我说话了。实际上我反感的正是他这一点,他总是把关心弄成了伤害。至少,每次听他这么说话,我总有被冒犯之感。

我还得坚持。我说:“北方饺子馆,我请你,要去就去,不去就算了。”

这一招通常也是奏效的。我不像他手下的马仔,他那种居高临下的关心我可以随意拒绝,事实上,我的态度也多少让他有畏惧感,尽管他不会轻易流露,但一个人对一个人的畏惧有时候是自身都意识不到的。我想朱少吾就是这样,他作为一个头儿,在他的马仔那里叱咤风云,在我面前,一个看守管阅览室的前工友,也没什么旧情可以念,他却屡屡败下阵来。

“好吧,几点?”最后他说。似乎还叹了口气。我知道他不愿意和我在街上吃什么饺子,就像他看不起一些小民工在社区门口转悠,尽管那些小民工像极了他当年的模样。

事实上,北方饺子馆已经是我心目中比较奢侈的地方了,在龙尾街吃了差不多半年饭,我一次也没进去过,倒也不是花不起那钱,或舍不得,是懒得去尝试一个新环境。是的,我日常生活的懒惰确实超乎所有人的意料,朱少吾就批评过我,半年里,我几乎就轮流穿那两套衣服,阅览室里,也只有几样必需的用品,一把磨得像久经使用的扫把一样的牙刷,一小盒挤得卷曲的牙膏,甚至连个杯子都懒得准备,直接就拿嘴巴去水龙头下接——我一般也不喝水,有时一个礼拜滴水不进,竟然也干不死。朱少吾说:“就你这样,怎么找女朋友啊?”他这话一点没错,没有一个女人受得了我。

我们两人要了一个包间,这是朱少吾要求的,他嫌大厅太吵,跟菜市场似的。

我们在一条南方的小街上吃北方饺子,这让朱少吾觉得很奇怪,我不知道他的奇怪从何而来。总之,一晚上,他都非常不自在,像是进错了房间。名义上是我请他吃饭,可就我一人在吃,他一会儿抽烟,一会儿调戏四川口音的服务员——北方饺子馆请的是四川的服务员,大概也只有深圳才能见着。

我说:“你怎么啦?吃啊,我可没事求你。纯粹就想请你。”

他嘿嘿一笑。

他说:“去年,我们社区组织去泰山旅游,保安科就一个名额,于是我去了。泰山,你去过吧?”

我摇头。泰山在哪个省我都得想一下。我脑子里直接联想到的是这样一个句子:人固有一死,或重于泰山,或轻于鸿毛。究竟是泰山前还是鸿毛前,我又固执地想了想,最后也弄不清楚,就作罢。

朱少吾已经把话说了一大段。我不知道他前面说了什么。他说他们半夜被旅馆的人叫起来登山,大伙热情高涨,装备齐全,登山杖,手电筒,防寒衣,还有各种吃的……就等车来旅馆门口接他们上中天门。然而就在这时候,他拉肚子了,而且,一拉不可收拾……

我停止了嘴里的咀嚼,呆呆地看着他。

他忙说:“不好意思,我可不是故意的。”

后来呢？我问。

后来，能怎么样？辛辛苦苦，只有一个名额，千山万水，到了山脚下，去之前，百度都搜看了无数遍，风光那个壮丽啊，觉得人这一生，即使不死得重于泰山，至少也要爬下泰山吧……结果，临阵泄气，被一个拉肚子，给扯了下来。

我难以想象眼前这么一个肥胖汉子，却因一个拉稀而眼睁睁看着同事登车上山，心里是何等凄苦的滋味。想不到，朱少吾也有这样的尴尬遭遇，关键是，他情愿讲出来，让我对他又小看了一点，当然了，也亲近了一点。

过了一会儿，他问："你不想知道我为什么会拉肚子吗？"

想的。我竟然笑了出来。

"就是好奇，装呗，想学学你们文艺青年，到了泰山脚下，别人都在旅馆里睡觉，我一个人偷偷溜了出来，找了一家小餐馆，别的不点，就点了一个煎饼卷大葱。我肚子一点也不饿，就为了吃口在电视经常见到的特色美食。说是美食，那个味道实在难以下咽。我还是硬着头皮吃了一个，就为了证明去过泰山——是的，然后就把肚子吃坏了。别人去泰山玩了两天，我去泰山打了两天吊瓶——那个郁闷啊。你说，我们这一辈人，是不是凡事都这么衰啊？"

我觉得朱少吾已经把话说开了。

我说："要不，咱喝点吧。"

四

那晚我和朱少吾都喝得有点多,两人干掉了十四支冰镇青岛啤酒。朱少吾还想把服务员喊来——他的声音越来越大,比大厅里的人还吵。我摁住了他扬起的手。我说:“算了,今晚就这样,我还真有事要你帮忙。”他突然看着我笑,扬起的手转向我,几乎要戳到我的鼻子了,他说:“我就知道,你这小子,十年前就小气,没事怎么可能请人吃饭呢?”好吧,这么说,他对我还是蛮了解的。

十年前,我们在塘下涌工业区,食堂边上有一家半露天的小炒摊,每个进食堂的人都会下意识地看一眼小炒摊,然后吞口口水。我和朱少吾也一样。朱少吾跟我商量:我们轮流请客,每个礼拜去吃一次。我答应了,要他先请。结果呢?朱少吾迟迟不见我回请,他从失望到绝望,一直到辞职不干离开了塘下涌,也没能吃回我请的一餐小炒。

这么说来,朱少吾什么都记得,看他肥头大耳,其实还蛮心细的嘛。

“说,要哥帮啥子哟?”他模仿四川服务员的口音,借着酒态,竟像极了十年前的他,那个二十多岁的后生仔。

我没说话,直接结了账,便拉着朱少吾到了街上。此刻龙尾街行人稀寥。柳宣的画铺就在街对面。我带着朱少吾径直穿过小街,停在画铺的台阶前,朱少吾差点把我撞倒。他抬眼一看,愣了一下。

我们撩开帘子走进画铺。我小声跟朱少吾说:“你可能误会了,不是你想的那样,我有时间再向你解释。”

他回道:“我没说什么吧。”

我发觉他突然变正常了,忸怩的酒态瞬间全无,仿佛某件附体从他身上溜走了,一切又恢复到他作为一个社区保安队长的威严、世故,游刃有余。

画铺里一个顾客也没有。我们的出现,让伏案作画的柳宣吓了一跳。她起身,双手习惯性地往后藏,我看见她手里还拿着画笔。她正在创作一幅工笔画,已经完成一半了。

“柳小姐,没吓着你吧,经过,就进来坐坐。听说,前几天,你的狗差点把我这位兄弟给咬了,有这回事吗?以后可得当心啊,要是咬了人,这狗可就养不得了。”

朱少吾把话说得掷地有声。

柳宣这才看了我一眼,显然已经认出来了。她笑了笑,叫了一声,阁楼上便噔噔下来一个小男孩——我见过,那小男孩自然一眼就认出了我。柳宣让小男孩给我们移了凳子,每人泡了一杯黄山雾芽茶。

“原来是朱队长的朋友啊,那天怪我,没看好,本来是拴着的,我弟没事解开了,放它出去溜一圈,谁知它会那样。”柳宣越说脸越红,甚至都有点说不下去了。

朱少吾回头看了我一眼,笑着说:“也真是,街上那么多人,就吠你一个,你这么让一条狗讨厌啊。”

我只好附和着说:“应该是吧,我从小也怕狗。听说狗能看出一个人心里是喜欢它还是讨厌它,真是这样的吗?柳小姐。”

柳宣显然被我问住了。她欠身把画笔放回桌台，台灯的亮光下，我又一次看见了她的手。如果真是这么一双手画出了这满屋子的画，那确实让人佩服。我环顾了一下四周墙壁，几乎挂满了各种小型画作，有风景有动物有人物，虽然行家一眼能看出深浅，但也算画得朴素认真，一笔一画都能感觉到她的心思。“柳小姐画得真好，我小时候也喜欢画画，后来不画了，都三十多岁了，还一事无成啊，真羡慕你。”为了缓解尴尬，我的语气也变成一种让人讨厌的虚伪状态。

“对了，忘了跟你介绍，我兄弟，马明辉，跟你一样，也是读书人。”朱少吾显然在替我美化形象，但他一点都不明白我是干什么的，为了能给柳宣一个信任的信号，我得补充一句——“我当过记者，现在研究心理学。”

我的补充显然起到了作用，柳宣特意看了我一眼。当然，这一眼是什么意思，我猜不透。为了表达我的诚意，我最后买了她一幅小画，很便宜，才五十块钱，画的是一条两边种满法国梧桐的街道，一个少年的背影蹲在路边，不知道在干什么……那场景我竟然十分熟悉，这也是我单单选它的原因。柳宣执意要送给我，算是为几天前的事致歉。我没好意思把钱塞到她手里，而是放在了她作画的台面上。她还叫弟弟还给我，这时朱少吾说话了，“收下吧，几十块钱，抢什么啊？”她便不再抢。

临走时，她跟我们说：“以后常来坐。”

路上，我问朱少吾：“不像是有病的人啊？你是不是瞎说的？”

朱少吾说：“我弄不明白你今晚想干什么？就为了买她一幅画吗？如果你想追她，我劝你还是算了。我一时半会儿也跟你说不清楚。不知道你听说过芒花没有？我家乡一直有个传言，只要芒花开了，有些人的病就会发作……”

我们路过街上一家大排档。

怎么样？还想喝吗？朱少吾又活泼起来。

我摇摇头。

五

我终于想起了画里的场景。

我把柳宣的画斜放在床头，看着它入睡的那一刻，我在梦里又走进了那条初冬的街道。我甚至怀疑我们去过同一条街道，那里的法国梧桐一到冬天就叶子发黄，落满一街。

柳宣是否也去过南京？她画的难道是亲眼所见？

我刚辞去台资厂的工作时，没事干，闲得慌，想出个远门走一走。下决定的后一秒，家里便来电，要我马上回去，我母亲从阁楼上摔了下去，腰椎脱位，已经在医院里躺着了。电话是我父亲打的。他急急忙忙，没等我说话，便挂了电话。接完电话，我的心情可以说坏到了极点，收拾好衣物，出门买火车票。当时春运已经开始，售票点排了长队，足足等了三十分钟，那个窗口才把队伍啃完，并要啃到我了。这时，我又接到家里的电话，这次说话的是母亲。奇了怪了，母亲不是在医院吗？母亲说：“你爸骗了你，他的意思是要你回来，有个姑娘……”还没等母亲说完，我就把电话挂了。从我二十岁开始，家里便开始想尽一切办法安排我相亲，起初是辍学的高中生，后来是镇上帮人卖衣服的小妹。我实在受不了家里人这样，倒不是我嫌弃人家，是我根本就没有做好结婚的准备，一想到结了婚，接踵而来的有关住房、吃饭、生儿育女之类的事情，便如洪水般将我淹没……我真的还没准备好。这么多年过去了，我也没准备好，其实应该说，我根本就没准备，或者说，没能力准备。

反正都排了半个小时的队，我不想被后面的人嘀咕。

“去哪？”窗口里的人问。

我竟毫不犹豫。南京。

至今我也不知道，当时怎么就顺口说出一个“南京”。南京其实并没有给我什么潜意识的印象，如果非要说有，那也是历史课本上那次惨绝人寰的大屠杀。显然，这个潜意识于我而言是没意义的。它在我的生命里，是一道无解之题。于是，我第一次坐火车，目睹了一节车厢的混乱与嘈杂，眼看火车穿过崇山和田野，景色愈加萧条。踏上南京的那一刻，我一点兴奋感也没有，甚至有一种被熟悉的世界遗弃的感觉。我到了一个陌生的地方，又冷又干。而且，颗粒大霭，弥漫着城市几天未散。第一天，我哪都没去，一个人在宾馆里看了一天电视，关注一个城市因一场大霭引发的混乱和紧张。窗外是灰霾和尘土弥漫的公路和天桥，我对这个陌生城市失落至极。我后悔当初怎么就选了南京，而不是其他什么地方。

接下来几天，我像完成任务一样逛了总统府、中山陵、秦淮河……最后一晚，我绕着秦淮河走了几圈，被人流裹着，一直到深夜，竟不知道干什么好。我莫名其妙地买了一包糖炒板栗，没吃几个，又沾了一手糖汁，扔也不是不扔也不是。我实在没兴致在秦淮河继续逛下去，那里与我想象的完全不符。我想打车回宾馆，却一直没拦到车，便循着来路往回走，我问了一位指挥交通的协警，孙中山的雕像往哪个方向——我记得来时见过它。我顺着协警指引的方向走，一直走到宽大的马路上就剩下我一个人，越走越怕，越走越孤独。我不知道那么一路走下去，会走到一个什么地方。没有一辆出租车愿意为我停下，他们似乎看不见我的身影和挥动的手。最后，我竟蹲在路边哭了起来。

从南京回到深圳，我打消了继续出游的念头。我在麻布村租了小单间，只有每天躲在小房间里，我才感到安全。然而不久，我又接到父亲的电话。父亲说："你妈病了。这次是真的。"

我说："你又来了。我是不会回去的。"

父亲说："这次真没骗你。你妈得了乳腺癌。"

我听见父亲在电话那头哭得快噎了气。

不知道为什么，我后来想起，总觉得我在南京的路上哭了起来，就是因为得知母亲的病。实际上，它们之间有时间差。我的记忆开始出现错乱。

即使那样，我还是没有回老家。我寄了两万块钱回去，算是已经尽了力。事实也是如此。我那个在镇上开三轮摩托车拉客的脾气粗暴的哥哥在电话里扬言要和我断绝关系。这一年来，母亲化疗放疗，割去了那只本来就已经萎缩得很小的乳房，几乎把哥哥一家搞垮了。哥哥还因此把祖坟给刨了，说祖宗不保佑还留着干什么。哥哥这么做犯了大忌，不但是在家族里，整个村子，都不允许那样的事情发生。哥哥的脾气真的很暴躁，他要做的事，几乎没人能拦得住。如果他知道我“躲”在深圳哪个角落，我想他也会找来把我揍一顿的。不过我还是得庆幸——我有个哥哥——否则我怎么样也无法逃避。

母亲病情还算稳定。医生的意思是：继续观察，定期检查。哥哥却坚信母亲已经痊愈了，他坚信一把锄头把祖坟给刨了，也把母亲的病刨没了。

母亲说：“没事了，现在也开始胖一点了，头发也长出来了。不过还是要戴顶帽子，头发很短，跟个男的似的，丑死了。”

我难以想象母亲留着短发是什么模样。我实在没脸回去见她老人家。况且，我哥哥肯定会打断我的腿；况且，我连个能带回家的女朋友都没有。

六

“她坐在我面前，左手抓着一个打开的小包，右手的食指和中指不断地伸进包里，抽出来，再伸进去，然后抽出来，很多次……”

我在弗洛伊德的书里看到这句话，立马就想起了柳宣，她一下一下地咬着嘴唇。后来我才知道，咬嘴唇是柳宣的下意识动作。有一次我特意观察了，她一分钟里竟咬了下唇八次，平均7.5秒一次。她在面对生人或出乎意料的事情时，表现得更为频繁。刚开始，我的出现，无疑会给她带来压力，慢慢熟了之后，她便显得自然起来。当然，她的自然其实也只是不那么紧张而已。

我买了她不少画，几乎把整个阅览室都挂满了，那些退休老头通常还得花点时间观看墙上的画，问我：“小伙子，这是你画的啊？”我说不是，是街上一位女画家的作品。他们点点头。第二天，他们当中还会有人问同样的问题。我懒得回答的时候，便被当作默认了。

柳宣来过阅览室一次，跟她弟一起，说是来借几本有关画画的书，结果却一本也没找到，勉强带走了一本塞林格的《麦田里的守望者》。我说如果需要的话下季度可以申请采购，要莫奈还是张大千。她摇摇头，说算了，我其实什么都不懂，画着玩的。

办借书手续时，我发现我们竟然同月同日生，这让我们倍感惊讶。没想到，挺巧的，她翻着手里的书说，听说这本书很出名。我点点头。实际上我也没看过，书还是听说了的。是写农村的吗？她问。我说，是吧，麦田嘛，我看了好多年了，忘了。她笑了笑，大概已经知道我是在骗她，我的虚荣心让我没说实话。她故意不去看墙上她的画，好像那些都不是她的作品，或者是没好意思像个观赏者那样在自己的画下驻足。如果她那样做的话，我倒想和她说说两年前的南京之旅。

她弟弟是个活泼的小孩。这个叫小弘的男孩子对我的阅览室挺感兴趣，他找到了一堆沈石溪的小说。“姐，以后我经常来马叔叔这里。”“好啊，多看点书。”她回头对我说：“这小弘啊，每天待我那里，估计都烦了。”“没事，以后让他天天来。”“那倒不必，他还有他的事呢。”

柳宣已经不太介意被我看到她的手。这么看来，她在慢慢接受我是个熟人这一事实。我好几次想提起勇气问她关于手的事，却都说不出口，倒不是怕会勾起她痛苦的记忆。我知道，一个人心里的创伤是看不见的，像柳宣这种看得见的伤残，其实已经削弱了她心里的伤害,或者说,如果说她心里还有伤害的话,绝不是一双残疾的手给的,而是别的什么东西。我担心的是更细微的心理,我怕我这么一问,便暴露了我和她接触的目的——这个目的是那么的虚无缥缈,后来想起竟是那么的可笑和不成立。

我在小弘那里获知了一点信息。这么做,像极了影视剧里那些俗套的暗恋关系,主人公大多都从暗恋对象的弟弟入手。那个天天来看报的老人有一次竟然也莫名其妙问我:“怎么不见你女朋友啊?”至于朱少吾就更是坚信不疑,他说,我可是提醒过你的哦。我也跟他解释过我正在做的事情,他觉得我是在找借口。无论如何,这些倒让我的生活从无聊中解脱了出来,我竟然还主动打电话回家,询问了母亲的病情,这是从未有过的事情。小弘每天下午会准时过来,有时会把姐姐借的书带过来,还带几句姐姐的口信,比如这书挺好看,比如那书不怎么样,满纸粗话……这是多么让人欢喜的交流,正好契合我心中那种美好关系的状态,一切都点到为止。从小弘的口中,我知道他们是一对孤儿,父母都在多年前的一次车祸中丧生了。他们现在的画铺经营及生活来源,都是他们的叔叔在救济。我便能理解他们何以能靠着画铺活下去,同时也产生疑惑——他们何以有位如此好的叔叔?据小弘说,他叔叔是做生意的。我想,哦,有钱人。这故事挺让人感动,虽然并非我所需要。

“你姐的手……是那次车祸造成的吗?”我问。

小弘摇摇头:“她没说。应该是吧。”

“什么时候的事了?”

“姐姐说过,六年了。”

我想想，我那时在干什么——我离开了塘下涌的工业区，进了台资厂，高兴得到处报喜。一干就是五年。我的人生清晰得可以分割，像是一块块乏味的糕点。那年的柳宣姐弟，却在一瞬间失去了双亲。当我把时间上吻合的两种生活摆在一起端详时，开始意识到这世间不同的经历在某个点上相遇时似乎有着某种微妙的联系。我尝试着理解失去双亲的感受，这正是我所缺乏的情感。我猜想，如果她后来真如朱少吾所言的有些让人错愕和不能理解的举动，是不是也和双亲的突然身亡有关呢？

至于那次车祸，能否找得到当时的资料？

七

阅览室里倒是有订阅本地报纸，不过六年前的，肯定早处理掉了。我在那堆旧报纸里，能找到最早的，也只是一年前的。我问龙尾街那些退休老头，是否还记得六年前的车祸？但是别说是这个城市，就这个社区每年的车祸也要几十宗，一家几口都死了的，也不是罕见的悲剧。况且，我又说不出个具体情况，哪条路，哪一天的事情。他们都摇头，或者有点印象，都不记得了。我又问了朱少吾。朱少吾说："谁记得六年前的事啊，对了，你到电脑上查查看，那么大的车祸，说不定网上有。"

网上也不容易找，百度关键词搜索，没找出相关报道。看来只好用最笨的办法。我准备把那一整年的本地报纸电子版逐一查阅。这是一项浩大的工程，所以那段时间，我几乎就守着电脑，看得眼睛都花掉了。从报纸得知，这个地方每天都在上演着不一样的故事。我寻找的事故还隐藏在它们中间不见痕迹。想起来也真够无奈的，对于某个人来说几乎是灭顶之灾，别说摊在一座城市里，就是放在这么个小小的社区，它也显得平常无奇，甚至微不足道，连查阅都显得荒谬。

我在寻找的就是那么一桩被遗忘的事故。

功夫不负有心人，最终还是有了结果。我既兴奋又失落，兴奋是因为那终究还是一件足够大的事情，不然也上不了本地日报；失落则终究还是不够大，要不也不会只是报纸边角一则三百字不到的交通快讯。

> 国道107，溪缅立交路段，一辆超载泥头车撞翻了一辆本田小轿车。事故原因：泥头车超速超载超车。事后逃逸。时值假日，小轿车一家出行，被撞后翻下立交桥，起火。父母现场死亡；女儿挫伤、骨折、烧伤，幸存。逃逸车辆已经找获，逃逸司机在缉捕当中……

据那则快讯，我所能获得的信息也就这么多。至于那个逃逸司机，估计六年后的今天也还没有缉拿归案。

我试图想象那天他们如何穿戴整齐，上商场采购出行的食物，父亲向她们描述目的地的美好，让人流连忘返；她们，家中一大一小两个女人，想必都很漂亮，母亲保养得好，看起来更像是女儿的姐姐……是的，应该如此。他们的心情很好，是假日出游的心情。谁也不会想到，也就那么一瞬间，泥头车司机争先一步的念头，脚下那么轻便的一踩，便结束了他们所有的笑容和希望，结束了他们的家，和充满想象的生活。就那么一瞬间的事情。

这难免让我难受起来。

我突然又想：小弘呢？那天他怎么没在车上？没在车上，那他在哪里？

这个问题的浮现，一度让我怀疑车祸是否便是柳宣一家所遭遇的事故。当然，报纸无法给我答案，除非我亲自向柳宣求证。

八

有一件事倒是始料未及——柳宣的雀儿，那条狼青狗失踪了。

初冬，天开始变寒。龙尾街上，柳宣的画铺旁边新开了一家狗肉店。街道正在进行人行道的整修施工，一大伙工人，几乎天天晚上上狗肉店吃狗肉，那狗肉炖了药材的气味，还有他们喝酒猜拳的声音，弄得柳宣不堪其扰。狼青狗还没失踪时，柳宣就曾报过警，警察一来，问什么事。柳宣紧张得浑身发抖，深恶痛绝，咬牙切齿地说："他们吃狗肉。"警察差点以报假警的罪名把她带走。

柳宣哭着跟我说雀儿失踪前一天的行踪：它大概闻到了狗肉的味道，开始吠个不断，拴着它的绳子几乎被拧成一大股麻花。小弘便帮它解了绳子，牵到街上遛了一会儿。经过狗肉店门口时，它却堵在门口吠个不停（我能想象当时的情形，跟我那次遇到的应该差不多），弄得店主都没办法做生意。小弘拽不动狼青狗，就又得回去叫姐姐。

柳宣到时，恰好店主举着刀横在门口，与狗对峙，他一边挥着刀，一边喊："小心我宰了你。"这话一下子把柳宣激怒了，疯了一般，和狗肉店店主吵了起来。当时一片混乱，围观者众，最后还是朱少吾出面才算把事情平息下来。小街上的人又一次见证了柳宣的歇斯底里。

柳宣说："我不知道它是什么时候失踪的。总之，我回到铺里时，没见到它，街上，也不见它的身影。"

柳宣再次报了警，她怀疑是隔壁的狗肉店掳了她的狗。她的猜疑和反常举动让警察都感到厌烦。我赶到她的画铺时，警察已经走了，铺里只有哭泣的柳宣和沉默的小弘。如果不是朱少吾告知，我还不知情。朱少吾跟我说："你知道吗？柳宣今天又发癫了。"我把手中正读着的书一扔，便往街上跑。那一刻，我想的是什么，总之不可能是急于看柳宣发癫的样子，好印证我那所谓的研究。真的，不是。我就想及时出现在她身边。

那条我曾经憎恶的狼青狗最终也不知道是离家出走了还是被人炖了吃了，总之它就那样不见了。这对柳宣的打击之大实在出乎我意料。起初我以为再大也不过是一条狗，不至于会怎样。是我低估了他们的感情，或者说，作为一个不养狗的人，我实在弄不清楚养一条狗意味着什么。足足，有一个月的时间，柳宣都没从悲伤中缓过劲来，其情形，如丧考妣也不为过。好几次，我都差点把这话说出口，目的就是想刺激一下她，可能比一味地安慰要有用。

这期间，我发现柳宣的瘾症还不只表现在频繁地咬嘴唇，情绪激动时，她还会不断地抖腿，其速度之快，节奏之和谐，让人惊讶。我见过男人抖腿，我父亲便有这毛病，小时候还曾喜欢坐在他抖动的大腿上，寻求摇晃的刺激，后来便厌烦了，它不停抖动和制造出来的磕碰声响，让我头晕。俗话说，男抖穷女抖贱。我父亲穷了一辈子。当我发现柳宣也抖腿时——她显然并没在意我的注意，她一直滔滔不绝地跟我倾诉她和失踪的狼青狗之间的故事与情谊——我不会觉得她贱，但那一刻，确实没了好心情。

柳宣跟我讲她养了它多少年时，我其实并没在听，我心里想的是，这是不是我第一个见到的会抖腿的女人。显然，是的。

“即使是那次车祸，雀儿也坚强地活下来了。”柳宣说。

“它陪我度过了这六年，我自杀过多次，最后都是因为它，才在迷糊中拨打了120……”柳宣又说。

“没有它，我不知道再怎么活下去？没有它，我不知道这世间还有什么事物曾和爸爸妈妈有过联系……”柳宣还在说。

我猛然回过神来：“你刚才说什么？”

这是一个能进入内心的好机会。我们就此有了一次长谈。关于那场车祸，以及这六年来柳宣的生活。

“当时小弘没在车上吗？”我终于问。

“小弘？他肯定不在。他是我后来才收养的孤儿，一对夫妇把他丢在了医院门口。我是在电视新闻里看到他的，护士牵着他，说他患有先天性心脏病。我突然想收养他。我想让他好起来，仿佛找了件事情做，也找个人来关心。当然，我还想，有了小弘，我就可以一辈子不结婚了。当时细叔非常不理解我的想法和做法，我没有正式工作，在一家培训班里兼职教幼儿园的小孩画画，也就是说，我是没有资格领养孤儿的。我执意要，好像不那么干我就活不下去了。我细叔拿我没办法,是他偷偷代我领养了小弘。最终他除了资助我,还得资助小弘,并让他接受治疗。如今,我还得按时带他去人民医院。他和我一样,都是病人。”

“你为什么不想结婚?”

“我害怕结婚。”

“你没谈过恋爱吗?我是说,连自己喜欢的男人都没有?”

“没有。”她摇头,“我不知道怎么跟你说。我挺害怕的。”

“你这样子,你细叔知道吗?”我指的是她的癔症。

“知道一点,但知道不多,他觉得我只是爱胡思乱想,性格孤僻而已。我也知道我是病了,而且病得不轻。起初我也漠视,近两年我陆续看了一些医生,才知道自己病得这么重。我病情发作时自己并不知情,只是隐约觉得失控了,说着不属于自己的话。清醒后,小弘跟我说,原来我一直在模仿我爸爸妈妈说话,他们生前对我说的话,每一句话,原来我都记得。小弘刚开始也很害怕,后来听习惯了,就不怕了,竟然还很乐意看我发病时的样子,他说,爸爸妈妈好像真的回来了……”

照柳宣这么说,她的癔症确实很严重了。

“马先生,你是研究这个的,又是心理医生,你觉得我会好起来吗?”

“让病人清晰地回忆起事件和唤起与事件相伴发的情感,并让病人尽最大可能用言语把事件的细节和伴随的情感描述出来,如果我们成功地这样做了,那么每个癔症症状就会立刻消失,而且是永远消失。”我又想起了弗洛伊德的话,我把话的意思跟柳宣复述了一遍。

显然,她不能完全明白。也许是我复述得不够准确。我实在没能力复述得更清楚,我也一知半解。在柳宣的身上,我却有一种要深入其中并尝试治疗的欲望。这真是一个很好的开始,于我的职业生涯——如果它确实存在的话。

九

我得把这当个事情来对待。要说我这三十多年遇到过什么大事,仔细一想,还真没有,即使是入职台资厂和后来的无理由辞职,跟眼前的事情比起来,也都显得十分渺小。我这半辈子,浑浑噩噩,终于找回了一点希望。

没过多久,我便遭到了那帮退休老头的投诉。

朱少吾问我:“怎么回事啊?”

我才想起,有几天迟了半个小时开门,还有几个晚上,在柳宣的画铺里,忘了回去了。其实朱少吾早就知道,他懒得说我。我为什么不回去开门,他也知道。他不止一次警告过我,是的,已经不是劝了,他说:“你小子别陷进去哦,你要愿意的话,我给你介绍保安科一个办公室文员,人矮了点,但长得还可以。”我都懒得理他了。

我的事跟朱少吾说不清楚。

事实上,我自己也弄不清楚。这么多年,我可以说都在为别人忙,终于有机会乐意为自己忙一次,我没觉得是在浪费时间,相反,让时间看起来更像时间了。

我替柳宣贴了大半个城市的寻狗启事,尽管知道这是徒劳,偶尔有爱狗人士过来安慰我时，我竟然也能假装出感伤的样子。那是假装的吗？我也搞不清楚了。我开始觉得雀儿不是一条普通的狗，至少它见证过生死。我和柳宣每天都能陆续接到电话，但提供的都不是雀儿的消息，而是另外的城市流浪狗，或者有狗要转让。我倒希望柳宣再养一条，不说别的，至少对她的病情有帮助。我陪她去看过几条主人需要转让的狗，最终都没谈成，并第一次知道原来转让一条狗在他们那个群体里有那么多禁忌。

有一次，我们坐 367 路公交经过创业天虹，柳宣突然说："我们在这里下吧。"

我愕然，这地方离龙尾街可不近。

"我细叔就在附近。"柳宣尴尬一笑，看来做出这个决定让她费了不少劲，"时间刚好，一起吃个饭。"

我没理由拒绝一个女孩子如此的邀请，是有些紧张，也不至于连这点胆量都没有。我们下了车，柳宣带着我拐进一条热闹的街道。我随在她身后，中间隔着一个人的位置。她显然并不习惯在人多的街上行走，时不时因为脚步被堵住而手足失措。她穿着一件高领毛衣，外加一件米黄色的长外套，其实天气并不是太冷，她这么穿有点隆重，尤其是手上还戴着手套——当然，这我能理解，她之所以喜欢冬天，也是因为冬天有戴手套的理由。我紧跟其后，竟看着她的背影入了神。我想，就这么一个女孩，我跟着她，在熙攘的街上，要去见她的细叔。如果可以，我想打个电话给母亲，就为了告诉她这么一件事，不说什么，也说不了什么，就为了让她老人家知道有这么回事，她应该会很高兴。

柳宣在街上停了下来,回头看我,以为我落下了,差点和我撞上。

“到了。”她看了看街对面一家小商场,“我细叔以前是摆地摊的,二十多年了,那时他们叫走街边,经常被城管赶。”

我们横穿过街道,走进了这家叫“隆福”的商场。和所有街上的商场一样,两百多平方米的面积,三五个服务员,一个以整整一面烟架为背景的收银台,油米酱醋,锅碗瓢盆,总之生活上要用到的东西,这里几乎都能提供。

收银台后坐着一个稍胖的妇女,一脸油腻,与所处的环境极为相称,如果没猜错,眼前这位便是柳宣的细婶了。以我的世俗经验,柳宣和细婶之间的关系应该是让人担忧的。然而我的经验出了问题,至少表面上,这位细婶并没把柳宣当外人。听她们说话,才知道柳宣平时很少来,是稀客。

“喂,你看谁来了。”细婶的声音有些激动。

一个矮小秃顶的中年男人从货架那头走了过来,看见柳宣,笑着说:“怎么来了?”显然以为柳宣是有什么事。

“路过这里,进来坐坐。”柳宣望向我,“这位是我朋友。”

我知道,这时候的所谓朋友,指向很明确了,莫非她只是想向细叔一家声明,她已经有男朋友了,哪怕只是骗他们的。这种情况下,我既不能拆穿,又无法配合扮演。只能沉默。

我礼貌地和细叔握了握手,他显然并不习惯这样和人打招呼,我也不习惯,又得装出习惯的样子,好让他觉得柳宣交了一个不错的朋友。我清瘦的脸上架着一副眼镜,对于陌生人而言,是挺有说服力的,这是我在台资企业坐办公室多年锻炼出来的气质。

闲谈间,不时有人过来询问某些货物,有没有,多少钱,或者抱着一大堆杂物过来埋单,一看就是刚到城市进厂的初来者。谈话不得不被打断,这真不是一个适合说话的环境。我想趁机打听一下柳宣的过去,包括童年,等等——这是适合在初次会面被谈起的话题。

我提出请他们吃个午饭。作为柳宣的朋友,我的邀请很符合人物角色此时该做出的决定。

细叔忙说:“不用,我来请。”似乎我是在提醒他该吃午饭了,他面向收银台的妻子,“要不我带他们出去外面吃”。这是一个很温和的男人。联想到他对柳宣的照顾和资助,确实让人感慨。

柳宣却急着说:“细叔,今天就让他请吧,难得有心。”

我忙说是。我是有点摸不透柳宣的心思了。

最后细叔笑着说:“那好吧。”

作为柳宣的朋友,我已经让细叔满意了。如果真是那么回事,柳宣这么做也是合理的,父母都不在了,细叔细婶便相当于她的父母,安排这么一次见面,等同见了家人。

我们在街上一家茶餐厅坐定下来。大厅客人稀少,窗外是橘黄色的冬天的阳光,透过大棕榈树的缝隙,洒落在人行道上青红相间的方块砖上。我们靠着窗。落地玻璃刚擦过,留有水痕。细叔坐我们对面,我和柳宣挨在一起,柳宣故意用各种动作表明我们的关系,已经越来越明显了。她看起来心情出奇的好,所有点心都是她点的,她似乎知道我和细叔都喜欢吃什么。我有些尴尬。我的尴尬应该不会被细叔当作破绽,即便我真是柳宣的男朋友,此刻面对她的细叔,尴尬也是难免的。我觉得细叔其实也尴尬,他不停地抽烟,望向窗外,再望回来，然后故作轻松问一句："画铺生意怎样啦？""小弘呢？身体没什么问题吧？"他的关心并没有得到柳宣过多的回答，她只是点点头，顶多说"是的"、"还行"、"老样子"。我几次想挑起话题，也都遭到柳宣有意阻拦，她总笑着说："吃吧，吃吧，别凉了。"仿佛她真的就是肚子饿了只为了吃而来。

一餐饭没花多长时间，我们就吃完了。离开餐厅，我们在街头跟细叔告了别。细叔看着我们离开。我走出好远，回头看，细叔还站街边看我们，抽着烟。这个矮小的男人看起来很忧伤和落寞。

一上公交车，柳宣朝我袋里塞了钱："你请客花的，我得还你。"

我几乎无法拒绝。我猜出会是这样的结果，她只是拿我当演员，或者道具，在她细叔细婶面前演了一场戏。我早就猜到了。她为什么要这么做呢？为了不让细叔细婶担心，她找到爱她和她爱的人了，可以过一个正常人的生活了？还是其他的什么原因？

"如果我没猜错的话，你是想摆脱一些东西。"我说得含糊其辞。

她突然扭头看着我，满眼是泪。

后来我才知道，我的猜测是对的。柳宣一直在拒绝细叔的资助，她的拒绝又是无力的，她确实离不开细叔的资助。这让她很痛苦。就像恨会让人痛苦，有时爱也会。好几次，她求细叔不要理她了，两人在电话里吵了起来，细叔说，如果你能找个男朋友照顾你，我就不会理你了。细叔的话可能是一时冲动，柳宣却一直记得。

柳宣做了一个错误的决定。别说我不是她的男朋友，就算是，我也养不起她。我连自己都养不起。那一刻，我多想成为一个能养得起任何人的人。然而我不是。

十

我们说起了南京。

柳宣说她每年都要去南京一趟,不为别的,只去朝天宫看一出昆剧。这是她这几年养成的爱好。我们是不是在南京有过相遇?我想事情不会这么巧。我跟她说起她的画,梧桐树下的街道,那个蹲着的男孩。她说那是她的一个梦。是她梦里的场景。第二天一大早,她便把那场景画了下来。没什么深意,就像她不知道梦境的深意一样,她对自己的画也说不出个什么来。我有些失落。

柳宣开始向我讲述她的父母。这是她慢慢接受并信任我的表现。我的工作在往好的方向发展。对于一个癔症患者而言,只要她肯讲述,基本就算痊愈了一大半。虽然,我能感觉到,她还是有所隐瞒。

柳宣最不吝于讲起的是父母的爱情。我不知道那里面是否有自我演绎的成分——这是癔症患者比较常见的症状。她还给我看了她父母的照片,一张合影,时间是在夏天,他们身后是陡峭的山崖,一处风景区,男的格子衬衣女的白色连衣裙,挺平常的打扮,却因各自的清秀面孔,便显出很不一般的美好。确实是才子佳人。照柳宣说的,她父亲是位文学评论家,在圈内还比较有名气;母亲是设计师,两人都是昆曲爱好者,在一次聚会上合唱一曲《牡丹亭》后认识了。但自那以后,两人不约而同地疏远了圈子,似乎怕对方会在得到的地方失去。又或者,他们去参加聚会,目的只有一个,便是认识对方。母亲祖籍南京，每年春节，柳宣的父亲都要携一家大小去一趟南京，看望柳宣年迈的祖外婆。后来祖外婆逝世了，那些亲戚各奔东西，各岗各业，平时也疏于联系，祖外婆在时，就靠一位老人维系着，每年能见上一面，不冷不热说几句，其实各自心里也清楚，只要老人一死，亲戚便也走到头了。那之后，柳宣一家每年还是会去一次南京，已经不是走亲戚，而是去听昆剧。柳宣能唱一口娴熟的昆曲，就是那时耳濡目染深藏在记忆里的东西，绝非朱少吾他们认为的鬼上身。

也就是说，那曾经是一个让人羡慕的书香之家，出入各种文化活动，往来的也都是文化人（我特意在网上了解柳宣的父亲，柳元松：民间知名文学评论家，写过《守望塞林格》、《乡土文学的来路与去向》等作品，2008年因车祸意外身亡，享年49岁。底下还有几篇作家和诗人的纪念文章，写的无非是文坛逸事，与柳宣无关。那些作家、诗人也很陌生，跟柳元松一样陌生，除了百度留有他们一笔，圈外人谁也不会知道）。柳宣生活其中，就像一个小公主，他们为她设想好将来的职业，一位作家、画家，或者戏剧表演者……可以想象，柳宣一家，和她细叔一家，当时是天壤之别的。她在面对细叔细婶、堂兄妹时，肯定会有一种文化上的优越感，这一家，举止优雅，谈文学，唱戏曲，旅游休闲，谈笑风生，非细叔细婶所能比，他们早出晚归，浑身有洗不掉的街市腥味，为几毛钱的差价斤斤计较，整天奔忙，唯一的乐趣大概便是夜深人静时夫妻俩一起盘腿坐在床上数沓那一张张皱巴巴的纸币……不难想象，两家之间应该很少走动，兄弟妯娌间也谈不上有什么共同话题。然而，这一切的改变突如其来。双亲亡故，柳宣重伤，足足躺在医院半年之久，每次睁眼，第一个看见的人，却是细叔。怎么会是这样？柳宣不敢相信，属于电影的情节竟然在自己身上发生了，就那么真确，不留一点余地。她一个弱女子，唯一的结果便是思想的全盘崩溃。

起初，柳宣跟细叔一家生活在一起。幸好有个细叔，否则她只能流落街头。医生说她的双手至少要三五年才能恢复，也就是说，她得三五年做不了事，更别说工作，在细叔家里白吃白喝白住。那三五年是怎么过来的，柳宣不愿意跟我多讲。这是她故意隐瞒的部分记忆，我觉得跟她的病情关系不大，一个孤儿，寄养在叔婶家，孤独、无所适从、缺乏安全感，有时也免不了对一句话一个眼神的过度敏感……这些都不难想象，人之常情，是令人讨厌又无法逃脱的世俗——这恰恰又是柳宣在她原来的家里体会不到的，她缺乏经验，用以应对生活中日渐明显的屈辱和隔阂。

“车祸那年，我二十岁，大学还没毕业，可我已经那样子了，还怎么读书呢？即使出院后，我还是没法提起勇气重新回到学校，我无法面对同学和老师，同情也好，怜悯也好，我受不了他们，再说，我更受不了自己这双手出现在他们面前。在别人眼里，我是捡回了一条命，可在我看来，我在那一刻已经随父母去了，已经死了，我活着，其实已经死了。几年的时间，我刻意回避和所有同学朋友联系，却在暗中默默关注着他们，他们的空间、博客、微博、同学群……我发现我还是离不开，或者，他们不肯放我走。我看着他们毕业，在我所熟悉的大学校园里拍毕业照，看着他们谈恋爱，谁和谁走在了一起，然后又看着他们工作、创业、结婚、旅行……我看着他们活得比上一辈人出彩。可是，属于我们这一代的美好，我却一件也参与不了，我成了一个纯粹的旁观者,像是被人绑了起来。他们已经忘了我,不会记得有这么一个同学的存在,也不会有人去提醒,那年那次车祸跟他们的一个同学有关……没有了,我已经被遗忘了,被遗弃了,我不单是没有了父母的孤儿,我还是这个群体的孤儿,这个世界的孤儿。你明白我的意思吧?马先生。"

我只能点头,我能说什么呢?她说的这些,何尝又不是我想说的。从这点看,我和柳宣是同一类人,我们都一不小心变成了这一代人的旁观者。

"你后来也尝试着改变了。"我指的是柳宣的画铺。

"你错了,这里只是我逃避的地方。"柳宣苦笑着,上牙紧紧咬住了下唇。

三年后,柳宣到龙尾街开了这一家小小的画铺。之所以选择龙尾街,肯定不是为了和我遇上,如她所言,她只是想逃避,离细叔一家远一点,远得可以不用经常来往。这对解决当时的状况,无疑是个好办法。当然,柳宣大多时候还得靠细叔资助,他不定时地往她的账户里汇钱,汇钱时,他不说;收到了,她也不吱声。这样的关系曾一度让柳宣十分尴尬。

"怎么说呢?我有一种被包养的感觉,就像那些被香港老板养着的小女孩。"柳宣苦笑着说。

知道是开玩笑,我还是愕然。

十一

临近春节,柳宣如往年一样,又要去一趟南京。她邀我同往。我想这事得跟朱少吾好好商量,倒不是要征求他的意见,而是求他放我几天假,随便找个人临时看下阅览室。大不了再请他一次北方饺子。我这么想。

“别,你别再请我吃那东西了。”朱少吾显然并不乐意。

想想,我已经有一个多月没见到朱少吾了,为了请假的事,才给他电话,让他到阅览室一趟,有事商量。“什么事这么重要,还得商量。我最近头都大了。”朱少吾看来也遇到了麻烦。

“怎么啦,最近?”我问他。

他端着脸,并不想说,我也就不好再追问。再说了,他的事我可一点兴趣也没有,顺便问问,只是作为朋友有事相求的客套罢了。

“我请你吧。品三湘。兄弟俩再喝一次。”朱少吾把烟一灭,似乎下这个决定很重大。而我对动不动就兄弟前兄弟后的表示很怀疑。

“那我的事,没问题吧。”

“再说。”朱少吾又点了一根烟。他的烟瘾越来越大了。

品三湘离龙尾街还有点远,在隔壁街,繁华地带。朱少吾特意开了他们保安科一辆破面包带我过去。一路上他就显得心事重重。几杯竹叶青下了肚,朱少吾才讪讪跟我说:“我怀疑你嫂子外面有人。”我吓一跳,我说:“你别是多疑了吧。嫂子是老实人,你们孩子都几岁啦?”

朱少吾支起手肘,指间夹着的烟烟雾缭绕。这家伙看起来是憔悴了不少,原来最近操心的是这破事。如果真如他所言,那确实挺丢人的。这么丢人的事,别看他在保安科是个头儿,能找个人说说的,也许就只有我这个不疼不痒的老相识了。

“我就觉得不对劲。她以前不这样的,最近这一两个月,天天寻思着买衣服,打扮得跟个什么似的,还化妆。她从来没化过妆。我也希望是我多疑了。可是,我总觉得不太像。再怎么样,总不能连孩子都忘了接吧。”

朱少吾的妻子我了解不多,他们当初恋爱、结婚,包括后来生子,我都不是见证者。他们结婚时,我倒是去喝过喜酒,第一次见到她,觉得朱少吾这家伙蛮有福气,老婆挺年轻,也漂亮。当然,也可能是我的心态作祟,那时我天天被父母催婚,可我真不想随便找个人谈恋爱。后来,我几乎和朱少吾没了来往,一直到年初来阅览室看门,去过几次朱少吾的住所,才又见着了嫂子,总觉得她和当年那个新娘不是同一个人,体态丰腴,蓬头垢脸,人还算热情,印象不错。所以,要让我相信那么一个妇人出轨,确实有点不靠谱。

但是,人家夫妻之间的事,我也不方便说什么。

“这段时间,我时不时跟踪她,又没跟到什么情况,她可能是发现我跟踪她了,每一次都和我玩捉迷藏。回到家,我跟她吵,最近几乎天天吵。我想我们的婚姻快走到头了。我现在连见她都烦。就算她外面真的没人,我想我们也很难在一起好好过下半辈子了。你说,我怎么就这么衰呢？这种事，偏偏就让我遇上了，我还得憋着，跟谁都不敢说，都快憋疯了我。我真没想到，我朱少吾堂堂正正，这辈子竟然会戴绿帽子。我什么女人没有啊，偏偏就娶了她。她竟然敢背叛我，真是想不到。我不包二奶，她倒先勾搭上小白脸了……”

朱少吾的嘴有点飞了。他喝得并不多。我想这餐饭没办法再吃下去了。朱少吾却死活赖在包间里不走，他说他不想回家，不愿意看到她。

“那你儿子呢？你也不愿意见到吗？”我竟然大声呵斥。这话真不像是我能说出来的。

没办法，朱少吾已经醉得一塌糊涂，我的小身板哪里抱得动他。他醒着时就如同一头牛，如今倒下了，竟跟一头大象似的。当天晚上，我只好陪着他在包间里过夜。好在品三湘的老板和朱少吾相识，没计较。第二天一大早，朱少吾把我推醒：“我们怎么在这儿过夜了？”他很惊讶的样子。我说：“你还敢说呢，你醉成什么样了。”他又问：“我没跟你说什么吧？”我说：“你骂了一晚上领导。”他讪讪笑起来，突然说：“得回去了，要送儿子去学校呢。”我说：“等等，我请假的事没问题吧。”他说：“放心，你去吧。有我呢。”

“你是不是和柳宣拍拖了？”走出餐馆门口，他点上一根烟。

我摇摇头：“什么都谈不上，我也不知道我跟她是什么关系，等我回来，再找时间跟你说说吧。她挺可怜的。”

“我知道。”他压低声音，“不过我听人说，她跟她叔叔关系不一般。我也是听人说的，信不信由你，本来我不想跟你说这些。你最好考虑一下。戴绿帽子还是小事,那可是乱伦啊。”

“胡说八道。”我撇下朱少吾一个人走了。

十二

冬天的南京,显得有些寂寥。时隔两年,我再次来到这么一个冥冥之中似乎有某种联系的城市。重游秦淮河,逛夫子庙,看江南贡院,到小吃城吃得肚子浑圆……当然少不了去朝天宫看昆剧,看的是《游园惊梦》。我没看懂,几次都瞌睡起来。柳宣把我推醒,嗔怪的口吻像足了一个恋人的小埋怨。那种感觉真好。我想这应该是母亲最希望看到的情景。我突然想打个电话回家。

借上厕所,我给家里打电话,接电话的是父亲。

“我叫你妈听。”父亲习惯性地说。他知道,我的电话,没有一次是打给他的。

我跟母亲说我在南京,我有意透露同行是一个女子,虽然没挑明关系,意思已经很明显。我不知道自己怎么这么厚颜无耻,这话要是让柳宣听到,得多尴尬。我接近她的动机便很值得怀疑。母亲很高兴,这是她老人家余生最大的愿望了。

“带回家给妈看看吧。”

“八字还没一撇呢。”

话一出口,我的脸红了。我是一个不会撒谎的人。

回到剧场,演出刚好结束了。柳宣怪我来迟了,结尾多精彩啊,她激动得几乎跳起来。我说我给家里打了个电话。顺着语境，我竟然有种述说的冲动——家人这些年逼我回家相亲，以及母亲患病，而我却躲在远方不敢回去……这时我们已经到了街上，南京到处是法国梧桐，图腾一般的梧桐叶子已经褐黄，落满一街。我想起两年前蹲在大路边上哭的我。

“两年前，我一个人来南京，不知道为什么，就来了。我父亲本来是要骗我回去相亲的，结果没能得逞。那天深夜，从秦淮河出来后，我打不到回宾馆的车，有一种强烈的被世界遗弃的感觉，最后，我竟然蹲在马路牙上哭了起来。后来我问你，那张画，我第一次买你的那张画，我以为你画的就是我。”

“我好像跟你说过，那只是我的一个梦境。”

“是的，我现在想起来，也就两年的时间，不过感觉也恍然梦境了。”

“没想到，你的家里，也这么……”她看着我，接的是我刚才的话。

“很多事，憋在心里难受。说出来会好受些。”我吁了口气。

她沉默着，似乎听出了我的意思。

“有些时候，也不是我们不想说。谁想自己憋着难受呢，还憋出病来，癔症，抑郁症，现代人精神上的障碍已经比身体的疾病严重了。我们看看周围，找不到一个可以说话的人，更别说是值得信任的，又安全的倾诉对象。是不是？没有。所以，这时候，我们都在寻找，如果暂时找不到，我们就会借助某种媒介，更多是精神上的，比如你的雀儿，你的画，甚至你发病时模仿母亲唱戏，学着父亲朗诵经典小说片段,你唱《断桥》、唱《西厢记》,你朗诵《麦田里的守望者》、朗诵《边城》,你借助它们在假设一个对象,虚构一个对象。这是癔症患者典型的症状。所以,请你不要把我想象成一名在医院里拿着手术刀的严肃的浑身雪白的医生,不是,作为一名心理医生,我们不是那样的人,我们甚至不能给你开一颗药或打一针。我们需要做的,就是充当你那个虚幻的对象,让虚幻逐渐变成具体的物件,于是,你只需要对我倾诉,说你埋藏的心事,不能有半点遗留,你挖掘得越彻底,你得到的治疗也就越成功。说到底,其实是你在治疗你自己。而我们,在适当的时候出现,也会在适当的时候消失,我们是安全的倾诉对象,我们守口如瓶,把病人的秘密当作自己的秘密,我们会在病人痊愈之后消失得很彻底。也就是说,我们只做属于我们的事,我们不参与,也不影响与病情无关的生活……你懂我的意思吗?柳小姐。"

"其实我蛮伤感的。就像你说的,我也知道你迟早会消失。我为什么隐瞒呢?我有什么好隐瞒的,这么多年都过去,多少旁人的误会,多少像毒药一样的猜疑。不单是外人,自己的亲人——如果我还有亲人的话。事实上,我还有亲人。这你是知道的。我想我要好好说给你听,我没跟任何人说起过的事情,那些羞于启齿的事情。我知道你是安全的倾诉对象,你的素养,还有你的品性,都是我应该信任的。可是,你知道吗,我为什么会有这样的感觉,我怕我早一天说了,你就早一天在我的生活里消失了。我不怕你笑话我。也许是我太稀罕朋友了。我曾经是多么不信任人,尤其是男人,我甚至难以想象会和一个男性朋友说话,说这么多的话。而且,我们还一起出行,在这个浪漫美好的城市里。这里几乎是我的桃花源。我喜欢这个城市。我那美丽的妈妈就是在这个城市出生的。”

“这些都是很美好的事。想一想,就很美好。甚至包括蹲在马路边上哭泣。”

“对呀,所以,我在想,如果你不介意的话,我愿意充当你的女朋友,哪怕是一天两天,回你的老家,去见见你的家人。你当然也可以看作是我对你的回报。咱们一对一打了个平手。我的病能不能好起来,也无所谓了。”

十三

我跟朱少吾打电话,一直没通,干脆给他发了短信。我说不好意思,我得再请几天假,有事要辗转回老家一趟。

短信发出去之前,我还没有百分百下决定,发出去后,才坚定下来,是要回去了。

一切都显得很戏剧,峰回路转。我怎么也想不到会直接从南京踏上回家的路。昨晚刚跟母亲吹了牛,第二天早上牛不但没吹破,还能继续吹下去,我在电话里跟母亲说:“我要和她回去看看你,对,就今天,我们已经在车上了。”母亲大半天没声音,直到我挂线,才听到她“嘿”的一声抽泣哭了出来。

我情不能自抑,在车里哭得稀里哗啦。周围的人都看着我,乘务员过来问需要帮助吗。柳宣抱住我的头,像是抱着一个小孩。

我们转了三四种交通工具，高铁、客车、三轮车，最终才回到我那躲在丘陵褶皱里的小村庄。我有多少年没回来了。我得掰掰指头数一下。五年了吧。最后一次，应该是五年前的清明。我在祖坟面前和父亲吵了一架，因为什么事已经忘了，也没必要记住，我和父亲甚至能因为一张凳子的摆放而吵起来。关于这点，我母亲是见证者，她曾经偷偷去算过我和父亲的命，算命的人说我应该是投错了胎，我本不应该是他的儿子。如此离谱的说法，我母亲一直坚信不移。当然，她不敢宣扬。

刚到家，我才收到朱少吾的回信。朱少吾回我的不是请假的事，他在短信里说：我终于把他们堵到了，那人竟是我的手下，我把奸夫淫妇都揍了一顿……

我想回拨过去，才发现村里还和以前一样，信号很弱，打个电话得爬上屋顶。我想算了，我也不知道该跟他说什么。

我的病比我想象中要糟糕一些，癌细胞其实没有彻底从她的身体里清除，随时会复发，其实已经复发了——县里的医生说时间拖得太久了，治疗得不积极，癌细胞扩散到了另一边乳房，同样的程序，需要再走一遍。也就是说，割了一个乳房的母亲，还得再割一个。这事我怪不得任何人，我已经有罪，作为儿子。父亲说，是我母亲坚持不复查的。我那脾气暴躁的哥哥一直不说话，我想他要打我一顿的想法已经实现不了了。他已显老态，开始在眉宇间看出我父亲的影子，可以想象，这人到老的那一天就会跟他的父亲一模一样。我真害怕自己重蹈覆辙。我在父亲身上看到一切失败的男人所拥有的特质，小气、多疑、敏感,很多时候却又是那么自以为是。如果说我遗传了母亲的沉默,哥哥遗传的便是父亲肤浅的暴躁和无根据的自我。回家还不到一天时间,我就感觉到了厌烦,我实在待不下去了。倒是柳宣,一直陪在我母亲身边,像个能把戏演得真切的儿媳。我母亲看样子真把柳宣当儿媳了,她开始说婚礼的事情,并频繁提起她的手镯,那是外婆送给母亲的,说是清代祖上留下来的好东西。我母亲把手镯摘了下来,要柳宣试着戴一戴。这让柳宣很为难,她的手戴着手套,她不想让我母亲看见她的手。

母亲也许觉出了自己的唐突,便把手镯又戴了回去。这是她能拿出来的最珍贵的东西了。我能感觉出柳宣的感动,她的眼里含着泪。

晚上,我和父亲、哥哥三人有个类似家庭会议的座谈。我想我们肯定又会吵起来的。我越来越发觉吵架真是没本事的人才会有的本事。我们好多时候并不是真的需要吵架,而只是逃避罢了,逃避理智,让情绪为自己的软弱找到出逃的后路。然而,情况却有点出人意料。哥哥给我扔了一根烟。他把我当大人看了。我们这一家的三个男人,难得有一次彼此都低着声音说话,怕惊动屋里三个女人之间的聊天。哥哥的意思,母亲还是由他照顾,该去县医院的时候,他开三轮车带母亲去。母亲这几年只是希望我能回家,如今我既然回来了,就好好陪母亲几天。

“最好趁早把婚给结了,妈这情况,也指不定是哪一天的,趁她还在,让她了了心愿也好。”哥哥看着我。

我竟然点了点头，好像真能把这事给办成似的。这让我心里腾地升起一股绝望。是的，哥哥提醒了我，母亲是会死了，随时都会死，她的身体里有癌，死神随身，就像柳宣的父母，在十秒钟不到的时间里，从此这世间就没有了他们的身影。

我回到屋里，柳宣和我母亲还在说话。他们沟通有障碍，母亲的普通话都自学于电视剧，听懂没问题，试着说出来，表达意思，还是第一次。她们时而借助彼此的神会，时而借助手势比画，竟然也能做到有效而愉快地沟通。我看着，鼻头一酸，泪水滑了出来。

十四

我们一起在村里过了春节。

那段时间，我们除了跟家人沟通，余下的时间，我陪柳宣探望了村里所有的人家，那些分布在村庄各个方向和角落的神庙、大坝、田野、小河、山岭，从山顶上俯视小如巴掌的村庄，看鹰在村子上空盘旋……我们甚至重温了我小时候所有好玩的事情，野外烧番薯，熬甘蔗汁做软糖，包抄呱鸡并且烤了吃……这些对于柳宣来说都是第一次的经历，她那种面对意料不到的事情时的惊诧表情，总让我觉得好笑。她是城市人。我几乎忘了。我们曾经是不一样的人类。

“我从没想过一个村里的孩子能想出这么多好玩的事情。”这是她的感慨。

事实上，这些统统都是我所厌烦的，我所要逃离的。我们还真不是同样的人类，环境让我们成了不一样的物种。

那天，黄昏，我们并排躺在山下的草地上。草地松软，如一张大床。天上的云似乎是某个画家踢翻了颜料，它们很低，都快要压到山下来了，如无数漂浮的棉衣。不远处是溪水，有块立起来的大石头，像一个固执的人站在那不走——站了多少年了，我不知道，至少我记事起，它就在那里了。等会儿如果下雨了，我们就去石头下面避雨。她看样子倒很希望下起雨来。几头牛，几个掌牛的孥仔，他们窃窃私语，在偷看，他们兴奋地讨论躺在草地上的男女能做什么……更远处，就是我所要逃离的湖村。

“多美啊！”柳宣把这句话说了十遍以上。

如果让柳宣在村里住上一年，或一个月，我想她就不会说出这么不理智的话了。就连孩童都是让人讨厌的，他们的身体和心思都很脏，由此可以预见他们长大后会成为一个什么样的人。但我不能说，我得让她保持美好的幻想。

“你知道吗？我从小就喜欢农村。我在农村住过，时间不长，那时我还小，爸爸有时会带我回到他的村庄，我忘了那个村庄长什么样了。等我记事后，我就没再回去过，听说它因为三峡，已经搬迁，消失不见了。我父亲因此很悲伤，不止一次跟我讲起一个村庄的消失，是多大的一件事。可惜我不懂。我喜欢父亲让我背描写农村的古诗：‘牧童骑黄牛，歌声震林樾。意欲捕鸣蝉，忽然闭口立。’多美好啊。我父亲十分热爱乡土文学，他喜欢沈从文、萧红和莫言，他曾给我朗读《边城》，他说那是中国最好的小说——如果你对我父亲有过了解，你应该知道这些，他写了不少关于乡土文学的评论文章。只是，现在没有人知道，也没几个人会读到了。所以，我一直有个愿望，想在有生之年，给父亲出一本书，把他的文章都收集在一起，给它们一个类似家的地方。”

“那个村庄，就是那个已经被水淹没的村庄，你还能在脑海里浮现出它的样子吗？”

“挺模糊的。不知道怎么回事，我的整个童年都是模糊的。我几乎没有清楚地记得什么，所以，有些事，现在想起来，我也不确定是真实发生过，还是只在梦里出现过。”

“比如……”

“比如……村庄里有一个破旧的小屋子。”

“破旧的小屋子？你是不是进去了？你的好奇心很重，想看看里面有什么？”

“里面什么都没有。不过，有一张木床，很古老的木床，还雕着花。”

“然后呢？”

“然后，我的细叔出现了。”

“你细叔？”

“对。是我细叔。他抱住了我。我吓一跳，回头看是细叔，也就不怕了。他很疼爱我。那时他还在读书，在小镇的学校读中学，他每天踩着单车离开村子。他总是一个人。我和爸爸回去时，他刚好放暑假。他抱住了我。我没害怕，可他却浑身在颤抖。我说这屋子有鬼吗？细叔，你怎么在抖。他没说话。他抱起了我，把我放在木床上面。我竟然没要挣脱下来的意思。我感觉舒适极了。那张木床透着冰冷，在夏天，那种感觉真好。”

“你还记得你细叔接下来干了什么吗？”

“记得。或者说，我记得的是我的梦。是不是呢？我也不清楚。我一直宁愿相信那是一场梦的。你理解我的感受吗？我却没办法说服自己。我心里好像有另一个人在说：不对，那不是梦，是真的发生了。”

“你梦见了什么？”

“我梦见我细叔把我的裤子褪了下去，我瞬间发觉下身冰凉。我没动弹。我不知道他要干什么。隔了一会儿，我才感觉到下身被什么东西磕住了。对，我还斜着身子起来看了一下，我看见细叔也脱了裤子，正把胯间那根小小的香肠一样的东西往我下身拱。当然，我现在知道那是什么东西了。那是我一辈子见到的唯一的阳具，它是那么的丑陋，简直让人厌恶。可我不敢表达我的厌恶。我被压住了，动弹不了。我干脆闭上眼睛。我怕极了，以为细叔要杀了我。可是，接着，他朝我下身摩擦了起来，我感到某种被接触的热乎乎的奇怪感觉。现在我当然知道，细叔其实没干成。可能是他不敢，他还是有顾虑，或者害怕。他只是把那勃起的阳具放在我的胯间，借我的身体自慰了一次。我永远忘不了事后我的下体涂满了黏糊糊的东西，我当时觉得细叔竟然在我的身上撒尿了。他害怕极了，颤抖得更厉害，满屋子找破布，为我擦掉那些黏糊糊的东西。他给了我一大把山楂果。

他叫我这事对谁也不能说。是的,我真没对谁说过。当然,现在,我跟你说了。我终于敢对人说了。

“这么多年,我一直在慰藉自己,没事,他只是接触到了我的身体,他还不算我的男人,这个我应该叫细叔的男人并没有进入我的身体,没有,真没有。我大可以把这事给忘了。或者,我也应该谅解他。是的,他已经知道自己的错误,那些年,他对我的照顾和资助,不正是在弥补吗?他肯定记得比我还清楚,关于那个遥远的下午,在那间小破屋里发生的事。他肯定奢望我会忘了它,或者以为我当时还小,还没有记忆。你知道吗?我也想装作我们什么事也没发生过。可是我做不到,每次见到他,尤其是和他眼神上的对视,便如窥见秘密一般,窥见了当年那一幕。这对谁都是一种心理上的折磨。我没办法正常面对他。他竟然也心安理得,以为对我的帮助,便能消除我心里的记忆,或者减轻我的痛苦了,不可能。我做不到。我也不能让他得逞。我非要找个机会让他知道:我记得那事,而且永远记得,你别想逃脱。

“我故意在他面前讲起那个消失了的村庄,那些古老而悠长的巷子,甚至还讲起那间被遗弃的小破屋……讲起这些时,我看着他,同时在场的还有他的妻子和一对儿女。他们什么都不知道,还蛮有兴致地要听我继续讲下去。只有我们面对面,心知肚明。好吧。我这么做,是不是有点过分。他确实是个好人。他只是做了一件每个少年都可能会做的傻事、错事,他毕竟还知道收敛,最终也没铸成更大的错误。我也心软了,尝试着原谅。我想还是离开吧,那样彼此会好受一些。我提出要出去开个画铺,小小的,希望他能支持。他二话不说就答应了,因此,他和妻子吵过几次大架,我是知道的。这毕竟要花不小的一笔钱。他妻子也就是我的细婶又怎么能理解呢?那属于我们两个人的秘密。最终,这秘密,似乎也成了他的把柄,我的武器,我接受他的资助便多少显得心安理得,像是一种心灵上的赔偿。然而,你以为我想这样吗?我多么希望他能在我的生活和记忆里消失,我多么希望能有另外的一个男人出现,取代他在我记忆深处那固执的影像……”

柳宣伏在草地上哭了起来。

十五

回到深圳后,我删除了手机里关于柳宣的所有信息。我们没再联系,也没再见面,好像不曾认识过。

我找朱少吾辞职,想去一个安静的小城,写我的心理学著作,如果运气好的话,最好能遇到一个可以快速结婚的女人。我需要在母亲去世之前结婚,这个愿望的强烈,让我吃惊。理想与结婚之间的矛盾,似乎也不再存在了,尽管我还是没有做好准备。

朱少吾的手机却一直处于关机状态,我心里隐约有种不妙的预感。

我只好去朱少吾的住处找他,他租住在社区隔壁一个叫香缇湾的花园里。我敲开的却是一户陌生的人家,找保安一问,才知道朱少吾竟然已经在年前搬家了。事发突然,我找社区了解情况,确认朱少吾真的走了,具体说是逃了,畏罪潜逃,警方也在找他,听说他把人都打残废了……看来事情闹得挺大,到了无法收拾的地步。

我跟社区辞了职,社区丝毫没有留我的意思,立马就批了,一来我是朱少吾介绍来的人;二来我的工作遭受的投诉也越来越多,那几个龙尾街的退休老头说起我都咬牙切齿了。

我把阅览室收拾得干干净净,属于我的日常用品都扔进了垃圾桶,唯有书,我一本都没带走,如当初的打算,悉数送给了阅览室。我空手离开。

我的境况倒是一点都不值得惊讶。让我万万没想到的是,一年前,朱少吾在我面前风光无限,如今却和我一样,也落得这么一番境地。甚至比我还惨。这一过程,我竟然成了见证者。他那么好强的一个人,肯定不希望我见证了他的狼狈。即使警察不再找他,我想他也不会想再见到我了。

总之,我们今生可能也不再相见了。我却记得他,记得他给我介绍了一份工作,记得和他吃过两回酒,记得他到了泰山脚下却突然拉肚子,记得他堵住了一对狗男女的房门,把他们都揍了一顿,那男的被打成残废——他最终还是没敢对老婆下狠手啊。这家伙,现在已经是牛哄哄的通缉犯了,也不知身处何地,后悔吗?

鱼生

我的自尊心经不起背叛，我只能更为彻底地背叛。

一

余汉金为新买的鱼缸加了陶粒底砂、基肥,还放上石头和沉木,种阴草、莫丝、水榕、铜钱草……一切都弄妥后,他才把从北门市场买回来的锦鲤、招财、清道夫、红尾剑、金虎皮、彩裙、红剑鱼等,放进缸里,满满的一缸,如高峰期的107国道。余汉金近看一会儿,又站远去看一会儿,这才拿出烟来抽,对妻子段妮秋说:“是不是还少点什么?”

“要不把锅里的福寿鱼也往里放。”段妮秋站在厨房口,手里还拿着锅铲。

余汉金笑道:“那得多丑啊。”他知道妻子对鱼没什么好感,甚至连吃都不吃,趁机冷讽余汉金几句是她乐意做的事。

这些都无所谓。余汉金四十岁这年,终于感觉人生需要点什么乐趣,或者说赚钱不是全部——尽管在深圳这样的城市,一分钱难倒英雄汉。二十年的努力,余汉金觉得自己尽力了,当然也不应该有任何悔恨,有了房子,有了车子,每天该赚的钱只多不少,还有什么可以悔恨的呢?唯一称得上的,便是他觉得这辈子没有一个爱好。商人唯一的爱好不是赚钱吗?不是,至少他觉得不是。他想不出自己还能爱好什么。当然了,最后他想到了养鱼。

余汉金是养过鱼的,不是养在精致的鱼缸里,而是十几亩的大鱼塘。那是很多年前的事了——对了,刚好二十年。

二十年后,余汉金又想养鱼了,能养一大鱼塘更好,不过不可能了，他回不到以前。于是他只能买回一个大鱼缸，养这些多彩绚丽的观赏鱼。他觉得这事可以坚持下去，就像坚持一个爱好。

小区物业有位叫董科平的经理在养鱼方面挺有经验，有一次他们在楼下的客家餐厅聊了起来，听说余汉金也养鱼了，董科平便教他一些养鱼常识，种种经验和感慨，甚至是鱼缸摆放的风水，董科平竟一说就是一夜。余汉金也听得着迷，同样是养鱼，二十年前和二十年后竟然是如此天壤之别。最大的区别是，前者是为了赚钱，后者只是为了清心。

往后，余汉金每在楼下请朋友吃饭，见到董科平，都要唤过来喝两杯，两人成了好朋友，经常歪着头说起养鱼的事。一桌人看着他们，一时还插不上嘴，似乎都没养过鱼。余汉金挺为此虚荣的，就像朋友们有时会讲起书画、高尔夫、陶瓷等，他也一样插不上话。余汉金开始觉得生活有了一点儿小意思。

然而由此带来的麻烦也不少，就别说妻子平时的嘀嘀咕咕，怨声四起，偶尔要出趟远门，住上十天半个的月的，余汉金不放心家里的鱼，还得好声好气求段妮秋帮忙，净水，加热，喂食，等等，是挺麻烦的。平时就余汉金一个人弄，当一件趣事弄，不见得累，需要人帮忙了，交代注意事项时，就显出了麻烦来。段妮秋麻烦，余汉金也麻烦。每次临出门，余汉金还得跑北门市场，找水族门店的梁老板，把该准备的东西都准备好，像在医院里开药一样，每样都标好怎么用。尽管这样，余汉金还是不放心，他知道，妻子段妮秋实在讨厌那一水缸中看不中用的东西，要是能吃的话，她早把它们放锅里蒸煮了。

二

如果有个女儿，或者儿子，跟父亲余汉金同心，便能多一份力量，把养鱼这件事做得像煮菜吃饭一样平常。余汉金确实也觉得小孩更迷恋这玩意。然而，余汉金没有孩子，没有孩子不是他们不想生，他们做梦都想，至少余汉金是这样。已经四十岁的人了，要是在老家湖村，这个年纪的人都快当爷爷了。这是人生一大缺憾，余汉金有时想想也能想开，但终究是想不开，眼看别人家的孩子一年比一年不一样，或听朋友在酒桌上说起各自的儿女时，他就不自在，像是被冒犯。朋友意识到余汉金的脸色不对，通常也会善意噤声，恰恰因此，让余汉金更觉羞辱。人家不用多少努力就有的东西，他反而没有，他就是有了别人没有的，又有何意义？关键是，这样的缺憾还不是暂时的，是一辈子的事——他，余汉金，这辈子，都别想要个亲生的一儿半女了，因为问题恰好出在他身上，不是段妮秋，她好好的，胸高屁股大，一看就是个生仔的好材料。这也是这些年来，余汉金感觉亏欠段妮秋的地方，人家是被他连累了，人家是可以儿女绕膝，当妈妈当奶奶的。

一个没有孩子的家庭注定冷清而空荡，甚至有着一种过分洁净的清净。段妮秋爱干净，在亲朋眼里，也是出了名，这样的好品质在一个没有孩子滋扰和捣乱的家庭里，竟显得一点意义也没有。余汉金倒羡慕起那些看似忙乱的家庭，沙发上堆着衣物，地板上撒着玩具，甚至有一股未及清理的气味，都预示着生活的正在进行时，不像一切收拾妥当宣告结束的样子。所以,当他听着其他父母抱怨生孩子真麻烦不单吃住穿还要幼儿园小学中学大学搞不好一毕业就失业还得父母养着时,余汉金便觉得那是一种炫耀了。余汉金这些年钱是赚了不少,第五大道的房子卖到五万多,他都能买下来,这钱如果没有一个类似败家子的角色来花,它们还真的一点价值都没有,躺在银行卡里就是一堆死尸般的数字。

“还是余汉金和段妮秋好啊,没孩子,两人生活,活似神仙。”有人这样羡慕,其实更像是安慰,真让羡慕的人和被羡慕的人换一换,羡慕的人保证不愿意。

起初,余汉金也努力让自己想开些,真把自己当神仙了,每年五一、国庆,他都会和妻子出趟远门旅游,省内,到国内,再到国外,眼界还真的一天比一天广,尤其是在欧洲的一个叫克鲁姆洛夫的小镇看见满城古朴的瓦房蔚然壮观时,他真有豁然开朗之感,转身跟妻子说:“你看,人家才是懂得生活的,山珍海味,最终养活我们的只需一口饭;高楼大厦,最终供我们休息的不过是一张床……”他把话说得文绉绉的,事实也是从小杂志上学来的。段妮秋听得一愣一愣,没弄明白。

无论走多远,他们还是得回到这个空荡荡的家。即使离开几天,这个家都会变得不像个家,散发着一股新布料的味道,需要余汉金在里面猛抽几包烟,才能找回点人烟气。

三

有了鱼就不一样了,鱼是活的。除了人之外,家里还真的需要另外的活物。

余汉金喜欢鱼，无论是今天鱼缸里的观赏鱼，还是二十年前鱼塘里的食用鱼，他都一样倾注了精力和感情。

说起来，余汉金之所以能到深圳发家，靠的还是在家养鱼时赚的第一桶金。余汉金养鱼是赚过钱的，在当时的家乡，还是一笔不小的钱。如今余汉金养了一缸需要花钱伺候的观赏鱼，难免遭到妻子和其他亲友的调侃，说是因果报应。二十年前还真是，余汉金喜欢鱼，那是因为他得靠鱼赚钱，当然了，他也爱吃鱼，蒸煮煎炖，生鱼片打边炉，他都喜欢。不管是鲩鱼草鱼鲤鱼大头鱼福寿鱼，还是塘虱、泥鳅、黄鳝、蚌壳，都能从他的鱼塘里抓到……那时候，他几乎以鱼塘为生，三餐都离不开。

余汉金高中辍学后在家赋闲一段时间，有人在背后说他无所事事时，他出人意料地承包了村里的鱼塘。鱼塘很大，以前是一个姓徐的外乡人在养鱼，每年的收成都不是很理想，其实也是疏于管理。余汉金觉得自己可以弄一下，也是为了做点事情，不想被人小看。他趁机把鱼塘承包下来，给村里开了高价，答应一年给一万现金，还每家每户都有鱼送，也就是说，不但有钱，还能吃免费的鱼。村主任以为余汉金读书读傻了，赶紧跑去问余汉金的父亲余德民。余德民并不知情，以为村主任找错人了。村主任说："你以为我傻啊。"余德民还真有那意思。待余汉金回家，余德民一问，真有那么回事，村主任没傻，是余汉金傻。余德民问余汉金："确定？"余汉金说："确定。"余德民又问："有把握？"余汉金说："有把握。"

就那样，二十年前，也就是说，二十岁出头的余汉金拥有了村里唯一的鱼塘,先不管事情以后会怎么样,反正村主任,以及村里的每家每户,可都是乐意的,暗下里还不忘说说余汉金那类似可爱的傻气。就连父亲余德民,几杯小酒下肚,也会在桌头上唠叨:崽啊,你是真傻还是假傻。余汉金答应不向家里伸手要一分钱,这事余德民就显得有点管不着。

兴许是傻人有傻福。余汉金不像那个姓徐的外乡人,火燎火急的,一把鱼塘拿到手,就拼了命往里面放鱼,也不管能活下来多少,就算活下来了,又能长多大多肥。余汉金不急,先是请人架了几台泵水机,把鱼塘的水泵干净,又请人挖去塘底的污泥,足足有半人深,挖出来的淤泥卖给东林荔枝园……做好这些,余汉金才开始蓄水养鱼。余汉金在鱼塘边上搭起一间草寮,平时就住在草寮里,伺候一塘的鱼,连饭都是母亲送过来的,没人想象得到养个鱼还需要这么用心,村人算是第一次见识。余汉金晚上也住在草寮里,半夜还拿长长的手电筒,从鱼塘的这边照到那一边,照一圈,顺着丝瓜棚,到芒花丛,一圈下来,没什么动静,他才躺下睡觉。余汉金怕有人偷钓塘里的鱼。他可以亲自上门送,但不允许被偷。

余汉金养鱼那几年,几乎成了一个怪人,逢人必谈鱼,逢饭必吃鱼,村里人都吃腻了,就他一个人还百吃不厌。每到网鱼的时候,余汉金会穿上一身黑色胶衣,蹚到脖子深的水塘里拉网,还没上岸,活蹦乱跳的鱼就翻着白肚子跃在水面上了。村里的孩子都围着看,一边看一边惊呼。余汉金和伙计把一大网的鱼拉上岸,肥大的挑进摩托车的两个大水桶里,剩下的他会让看热闹的孩子每人抱一条回家。于是,那个日子,注定是村里最热闹的日子,孩子们都抱着鱼,鱼在他们的胸口活蹦乱跳，伴随着惊叫，响彻每条巷子。当天晚上，蒸煮煎炸，家家鱼宴。

到了深圳后，余汉金偶尔回家，还是有人怀念他当年的鱼。“回头看，还是你养的鱼好吃。”他们都这么说。余汉金便笑得贼开心，比说他的五金厂能赚钱都要开心。村里的鱼塘后来又承包给了别人，可惜一年不如一年，最后竟荒弃了，塘边长满了野草，面积越来越窄，水也越来越浅。余汉金每次回家都会去鱼塘看看，蹲在塘边抽根烟，后来就不再去了。他说，已经养不了鱼了。

四

余汉金有时会看着鱼缸出神，多好看的鱼啊，这世间原来还有这么色彩斑斓摇曳多姿的鱼，它们的名字也好听，接吻、猪仔、清道夫、红尾剑、神仙、金虎皮、彩裙……这些哪像是鱼的名字啊。二十年前，余汉金觉得鲤鱼草鱼已经是最好看的鱼了，至少比起黄鳝塘虱要好看吧，就像当年他作为“成功人士”，到了深圳，才见识到什么是有钱人一样。如今，他才知道鱼原来可以美得如此炫目。

有一天晚上，余汉金从附近的体育馆跑步回来，他最近一两年每天坚持晚跑，据说晚跑比晨跑好。年轻时，他懒得锻炼，人到中年，突然觉得上了年纪，像是机器老化，他意识到应该锻炼一下了，论起晨跑和晚跑，其实也是一大早起不来。余汉金大汗淋漓，正要上楼冲凉，却被董科平叫住了。董科平正在楼下的客家餐馆喝酒，看样子已经喝得差不多了。余汉金走近一看，在座的人竟然都认识，有妇科医生，有派出所的干警，也有城管局的领导，个个都是酒鬼。以前余汉金也经常和他们一起喝，没日没夜地喝，把白酒当白开水喝。

“余老板，现在怎么很少见你喝酒了?”那个长得肥头大耳的妇科医生脸色铁青，看样子已经喝了不少。余汉金难以想象这样一个男人怎么当上街道人民医院的妇科医生。

余汉金摆摆手，笑着坐了下去。

“老啦，身体不行啊。”

“喝死拉倒。来，干一个。”

余汉金知道说话的是城管局领导，有一次喝酒，他们还就城管和小贩之间的矛盾吵得差点打起来。

余汉金也不是那种可以被人吓住的人，他脱掉湿透的运动服，立马摆出要喝起来的架势。

服务员拿来新酒杯，发现剩下的酒不多了，问要不要再来一支。

这时董科平才说话：“算了，今晚差不多了，老余啊，我是有事跟你说，咱们改天再喝个痛快。”

其他人歪歪斜斜，陆续起身离去。最后只剩下余汉金和董科平，和另一个不认识的年轻人。董科平才说：“老余，我认识一位道士，真正的高人。你家里的鱼缸放哪呢，风水如何？请人看过吗？要不要请他去看一下？这事说小小，说大也大啵。”余汉金几杯酒下肚，性子也开了，随口就答应了董科平：“行啊，哪天你带他过来再给我电话。”

本以为是酒后的玩笑话，几天后，董科平却真的把道士给请了过来。听说道士住在南澳莲峰道观，深山老林，有缘人才能请到。余汉金也算是阅人无数，一眼见道士满身肥肉，心里怀疑山林深处养不成这样的身材。出于礼貌,余汉金还是请道士到家里一趟,笑脸相逢的样子至少让道士觉得他足够虔诚。

道士一进门,说了一句让余汉金倒吸一口凉气的话——后来余汉金对道士的信任这话起到了关键作用。道士说:“财旺人丁薄啊,先生。”余汉金猛地回头看董科平,意思很明显,董科平摇摇头,表示他可一点都没跟道士说起余汉金的情况。董科平再看着道士点头微笑,意思是道士的厉害还在后头。当然,后头的厉害余汉金没办法当即验证,比如道士要余汉金把鱼缸放在家门口,不能放在阳台边上;比如鱼缸的灯不能太亮,鱼缸的水不能太满,鱼缸的鱼不能太多,等等,余汉金都会照做,但他并不明白其中的理由,道士也三缄其口。倒是妻子段妮秋在厨房里噼里啪啦摔着碗筷,以示抗议,这让余汉金觉得很难堪,在外人面前丢了脸。

整个过程道士都很少说话,似乎也是故作深沉,一直到晚上,余汉金请道士用餐,特意到了前进路一家素菜馆。落座坐定,道士这才开了金口,说:“观先生面相,不像是无子嗣之人。”余汉金一下又被点到了软肋,一时竟不知道说什么好,只等着道士继续说下去。道士却不说了,一个劲地吃东西。待吃好抹嘴时,道士才小声说:“问题肯定不在你身上。”

余汉金事后想,这道士还真不靠谱,竟敢挑战科学。十年前,余汉金和段妮秋一起到的医院,经过一系列检查,最终得出的结果就是余汉金的问题,白纸黑字就那么写着。反过来想,就算是段妮秋的问题,那又能怎么样呢?难道余汉金还能离婚再娶啊。余汉金可做不来那样的缺德事,不说段妮秋已经嫁给他快二十年了,就说这些年来，风风雨雨，磕磕碰碰，一起走过来，也算是患难夫妻吧。段妮秋刚认识余汉金时，余汉金还只是湖村的养鱼户。

五

认识段妮秋之前，余汉金的鱼塘发生过一件大事，也导致余汉金放弃了养鱼。

那天晚上，余汉金拿手电筒照了一圈鱼塘，并没发现有什么大动静，芒花丛里倒是有些声响，余汉金以为是夜归的呱鸡或翠鸟，就没怎么在意，倒头大睡。

第二天，有人把草寮里的余汉金叫醒："出事了！""什么事？""大事，死人了。"余汉金起来一看，鱼塘中央，确实漂着一具浮尸。余汉金吓破了胆，承包鱼塘几年来，头一回遇到这样的事情——当然，有一回就够呛了。打捞，报警，验尸，侦查，初步确认死者是溺水身亡，根据现场遗留的钓具，推断死者还是个偷钓者。死者年纪不大，二十岁左右，外乡人，派出所贴了几天告示，尸首都无人认领，听说是个孤儿，没办法，余汉金花钱消灾，帮忙处理了后事。事情过去大半年，村里人都快把这事给忘了，余汉金却突然见鬼了，所谓见鬼，其实也没见到，只是经常在深更半夜听见哭声，哭声时而来自鱼塘中央，似乎发自水下，闷闷的，嗡嗡响；时而来自鱼塘对岸的芒花丛，抽抽泣泣，令人毛骨悚然。要说真是半年前的死者变成了鬼，那鬼也应该是个男鬼，偏偏半夜哭泣的却是女声，这就奇怪了，莫非这鱼塘的鬼还不止一个。余汉金本不信鬼神，这下也弄得将信将疑，都不敢在草寮睡觉了,渐渐也失去了打理鱼塘的兴头。有一天早上,余汉金到塘边一看,傻眼了,白茫茫的一池死鱼,甚为惨烈。看来真让鬼缠上了,余汉金觉得这鱼养不下去了。没过多久,余汉金就向村主任退了鱼塘的承包权。

余汉金去深圳之前,又在家里闲了一些日子。段妮秋便是这时候找上门来的。段妮秋是来买鱼的,她说家里来了客人,一时找不出菜肉招待,一想,想起了湖村的养鱼大王余汉金,听说他养的鱼又大又肥,远近驰名。段妮秋踩着一辆单车,停在余汉金家的门楼口,还没进门就喊:“余汉金家吗,有鱼卖吗?”余汉金出来一看,是个陌生女孩,长得不错,笑了,问:“姑娘,没鱼了,我不养了。”段妮秋诧异,问:“怎么不养了?”余汉金说:“鱼塘里闹鬼,养不成了。”段妮秋还是诧异的样子:“那怎么办?我家里来客人呢。”余汉金说:“我家还有咸鱼两条,要不你先拿一条去。”段妮秋倒是不客气,跳着就进了余汉金家。余汉金的父母以为来的姑娘余汉金认识,可能还是余汉金的女朋友,便起身相迎,一路笑脸跟着。段妮秋一点怯生的意思也没有,进屋就找鱼,还差点把余汉金家的煤炉给撞翻了。多年后,余汉金只要一说起那天情景,还能博段妮秋难得的一笑。

段妮秋提着咸鱼,要给余汉金钱,余汉金摆手说不用了当是他请客。余汉金那会儿人高马大,完全不像高中辍学时的样子,换句话说,挺吸引女孩子眼球。段妮秋趁机多看了余汉金几眼,两人竟相视一笑,大概就是在那时,彼此埋下了好感。自那起,段妮秋几乎天天来湖村找余汉金说话。一个月后,余汉金要去深圳,跟段妮秋道别,谁知段妮秋竟要跟余汉金一块走。这让余汉金一时不知道怎么办,他一个人闯深圳,心里都没底,何况还带一个女孩,更没底了。余汉金犹犹豫豫,不知道该不该带上段妮秋。段妮秋坚持要跟着余汉金的样子,又让余汉金十分感动。那时他们已经相爱,谁也舍不得离开谁。余汉金还是带上了段妮秋,临走时,余汉金要去向段妮秋的家人告别,带走人家的女儿,总得表下态让人家放心。段妮秋却跟余汉金说不必了,她从小父母就双亡,如今跟着叔叔一家吃住,叔叔还好,就是婶子老希望她离开,突然消失正合他们一家的意。一直到后来,余汉金和段妮秋在深圳结婚,也没见到她所谓的叔叔一家或任何一位亲人,连个收礼金的娘家人都没有。这么些年过来了,段妮秋隐瞒不提自家事,余汉金也不便刨根问底探个究竟。

六

余汉金没敢把道士说的话如实告诉段妮秋。他有些小心翼翼,仿佛背地里瞒着妻子干了什么对不住她的事,即使她无理在先,挑衅争吵,余汉金也没像以前那样接口,而是主动认输,软下来。这样的软弱似乎也不是因为道士的到来,早在养鱼之后,余汉金的心性便开始这样了。余汉金的脾气确实好了许多。

倒是听从了道士的劝告把浴缸挪到大门口镇住门口开阔漏财之嫌后,余汉金还真是事事顺心起来,好几年前五金厂被拖的一笔大款,屡次要不到,都当是没了的,突然又接到电话,说欠了这么久真不好意思明天就打款过来。果然,第二天余汉金就收到了对方的款项,不多不少,正好把当年的欠款给还了。余汉金做梦一般,禁不住和段妮秋分享喜讯。夫妻俩难得就同一件事情发表了一番感慨。

他们这些年,彼此一年比一年冷淡,段妮秋曾怀疑余汉金外面有女人,吵吵闹闹一段时间。余汉金始终没承认,段妮秋也没见着抓着。段妮秋连私家侦探都请上了,跟踪余汉金长达两个月之久。余汉金那时总感觉被人盯着,他怀疑有人要绑架他,或是生意上跟谁发生了什么纠纷。他努力想,怎么也想不出来,开五金厂这么多年,还真只有被人欠款没欠过别人的款,似乎也没得罪过什么人。有天晚上,余汉金正跟警察朋友喝茶谈事,话说一半,余汉金突然说:“有人一直跟踪我,都一个多月了。”警察朋友忽地站了起来,吼道:“谁?”侦探者突然推开服务员,夺门而出。那个倒霉的侦探后来被带到了派出所,几番讯问后才说是有人花了钱,至于顾客的姓名,得保密。余汉金便知道了大概。

关于这些,余汉金也没找段妮秋挑明,他有时为夫妻俩走到这一步感到伤心,又找不出是哪一方的原因,甚至都没有一个具体的事由,导致他们的婚姻如此一步步往下滑。他真的想不明白。他在乎一个家庭和和满满,尽管遗憾已经注定。他也怀疑过段妮秋,是不是有了更喜欢的人,否则没办法解释她的所作所为。同样,余汉金也找不到任何证据,当然他不会无聊到去找什么私家侦探。段妮秋外出日渐频繁,她在外面结交了一大帮朋友,有一起打牌的牌友,有研究美容化妆的容友,还有瑜伽塑身、户外徒步的朋友……总之,余汉金难以想象段妮秋到底有多少朋友,乱七八糟,他也懒得去管。尤其是余汉金喜欢上养鱼后,更是把大部分精力都投到了鱼缸里,仿佛一下子找到了生活的趣味,一条鱼的死,或者一大早起来看见它们无精打采，会比发现段妮秋在外过夜更让余汉金伤心和焦虑。

七

关于段妮秋的家世，余汉金也打听过，尽管如此，知道的也不多，且和段妮秋说的基本相符，只有一点，她隐瞒了，不知道是否刻意，就是段妮秋还有一个哥哥，已经不在了，十多年前溺水身亡。余汉金吓一跳，想起当年鱼塘里那具苍白的浮尸。余汉金一直没去证实两者之间是否有联系。尤其是人到中年，余汉金只想好好过日子。虽然夫妻感情不再完好如初，余汉金还是离不开段妮秋，就像一个人不会轻易把伴随多年的东西随手扔掉。

余汉金带着段妮秋刚到深圳那会儿，坐了一天的破中巴，跑的是低速，一路上尘土飞扬。段妮秋晕车，吐得不行，有时趁着塞车，余汉金就把段妮秋带下车，坐在路边树下喘口气，路一通，司机在车上大叫："走不走啊？"他们俩又连忙跳上车。到了深圳，人生地疏，两人睡了两天大马路，就睡在路肩的草地上。刚好是夏天，夜里挺凉快，第二天露水也重，两人的衣服都湿了，太阳一起来，天热得发烫，露水浸湿的衣服很快又被汗水浇透了。

辗转几天下来，余汉金都不知道做什么好，他笃定一个信念：绝不打工，要做生意。家乡倒有不少到深圳打工的朋友，有在工厂里，也有在工地上挑沙土绑钢筋，余汉金一个都不投奔。他那时很犟，以为深圳再大，混起来也不过像是如何养好一塘鱼。现在想起，余汉金会惊出一身虚汗，分分钟都会死人，如果死了，还不只余汉金一个人，还有段妮秋。段妮秋二十岁不到,皮肤跟早上的露水一样光滑,余汉金拉着那么一个姑娘在深圳的大街小巷到处跑,弄不好人家还以为他在拐卖妇女。说起来,也是余汉金运气好,鬼使神差,每一步似乎都预定好了,恰好踩在对的位置上,一步一个脚印,十多年下来,一帆风顺,最开始是街边走鬼,卖水果,在五区市场,时刻提防城管;后在西乡开了间水果店,经营几年,全靠附近几家工厂的员工帮衬,赚了点钱,还想继续赚下去,再开个大商场,却又因为消防隐患,水果店被拆了;一次偶然的机会,他承包下了一个濒临倒闭的五金厂,没人同意他这么做,包括段妮秋。五金厂在别人的手里都快死了,到了余汉金的手里却慢慢活了过来,情形有如当年他从姓徐的手里承接下的鱼塘。其实也不是余汉金多懂经营,他一个养鱼、卖水果的,能懂多少五金,关键还是运气好,一接手五金厂,便接到了一笔大单,宝安广场一家刚建的豪华酒店,竟然把所有五金业务都给了余汉金。余汉金喜出望外,亲自到酒店找老总道谢,不去不知道,酒店老板竟然是南溪镇上卖鱼苗的方大枪,是余汉金的老友。方大枪五年前就不卖鱼苗了,离开南溪镇,跑深圳收购废品,租了间大仓库囤存电子厂都当垃圾处理的锡渣,几乎是一夜之间,锡渣变宝,方大枪囤起来的垃圾都成了金子……短短五年时间,方大枪就成了千万富翁。

这些年下来,余汉金和方大枪合作愉快,可以说,余汉金的发家离不开方大枪的帮衬,否则五金厂终究难逃倒闭的结局。余汉金是应该感谢方大枪的“救命”之恩。

余汉金倒是一直对方大枪心存感激。不过有一件事,使他们之间的关系变得尴尬。几乎也是公开的秘密了,方大枪喜欢余汉金的妻子段妮秋,朋友都知道。也奇怪,方大枪尽管喜欢段妮秋,却一直对段妮秋敬而远之,没有半点非分之想。方大枪直接当着余汉金的面说:“老余啊,你真是幸福,娶了小段,真羡慕你啊。”估计方大枪见谁都这么说过,才弄得圈子里人尽皆知。方大枪是那种貌似坦率实则口无遮拦的有钱人,这点余汉金颇为反感。和方大枪不一样,段妮秋从未在余汉金面前提及方大枪一个字,仿佛刻意回避,彼此又心知肚明。余汉金隐约能感到段妮秋暗藏心底的欢喜,有那么一个优秀的男人在默默喜欢着她,还到处公开宣扬,太能满足女人的虚荣心了。在余汉金看来,段妮秋表面平静,内心早已汹涌。

余汉金怀疑段妮秋和方大枪私下有往来,当然只是怀疑。余汉金甚至猜测方大枪早就认识段妮秋,段妮秋有个哥哥的事就是方大枪酒后告诉余汉金的,这些事情前后一合,似乎都不是凑巧所能解释得清。余汉金越想越害怕,尤其是医生说他患有先天性睾丸畸形不育症后,他最为担心的就是段妮秋的肚子有一天突然隆起来……方大枪咬着 Z 形烟斗笑着露出两排牙齿的样子也像是一种无声的羞辱。

八

余汉金和董科平特意跑了一趟南澳,亲自去拜访道士。道士深居南澳海湾山林之中,远离城区。余汉金坐在副驾驶座上,一路还在遐想,那得是一个怎么与世隔绝的世外桃源……同行的还有一个女孩,是董科平带上的,坐在后座上,说话嗲声嗲气,让余汉金很不习惯。

车子足足跑了半天，像是跑了半个地球，越跑越荒野，高楼大厦全成了崇山峻岭，倒不是路途真那么遥远，是路途不好走，弯弯曲曲，绕着山腰缠，像条红背带。董科平看样子早是道士的门下熟客，一路上喋喋不休，似乎想告诉余汉金：别看路途坎坷，绝对不虚此行。

余汉金之所以答应董科平的邀约，一是为了散散心，早听说南澳海湾有一处莲峰道观，香火旺盛，求之必应，尤其是求子——余汉金曾经还想过带段妮秋一起来求子，段妮秋非但不愿意，一时还情绪激动，骂余汉金愚昧，检查报告白纸黑字在那儿摆着，还能篡改吗？余汉金只好作罢，他也是敏感之人，面对现实容易，暗地里还做无谓的抗争，怕是有人会在背后耻笑了；再者，余汉金对道士还真有点感兴趣，觉得不全是弄虚作假，似乎还真能看出点什么来。

莲峰道观位于山腰峭壁之上，背靠山体，面朝大海，堪称胜景。山脚有路盘旋而上，路修得不错，据说由一位求子成功的大老板出资修筑。董科平把车开上山腰，轻车熟路，直接开进停车场，停车位似乎也专属于他。道观的规模还不小，俨然一处别墅，山腰呈 L 形，恰似一把交椅，端坐着，目观千里沧海。余汉金尽管心里早有设想，还是被眼前的景象吓一跳，他想象中的道观应该偏僻幽静，谁知道迎面扑来的却是张扬的气息，嘈杂热闹。时下已是黄昏，落日半含在海水中，蛋黄色的阳光铺过海面，直接就砸在山腰上。到来的车和人不少，看来都准备在道观过夜。

董科平来之前就跟余汉金说得很清楚，莲峰道观虽说是个道观，其实更像一家别出心裁的旅馆，观里有房间，木板房，桌凳床也都是木质的，很古朴，雕了花鸟的门窗面向大海，诗情，画意……不少艺术家，如作家、画家，一年中总要找一段时间租住在道观里，写字画画，看看大海，出门走走山路，体验与城市的喧哗不一样的生活。租金不高，一天都用不了一百块，还包三餐，当然不可能大鱼大肉，都是观里人自己种植的山味素菜，比大鱼大肉要绿色多了。董科平跟余汉金说这些时，声音激动，恨不得马上动身。

董科平说："我先打电话订房，那里的房子可比方大枪的豪华酒店还紧俏，天天有人排着队去，有人一租就是一个月，不是观里人撵还真不走了。"

余汉金当时呵呵笑着，说我们都是生意人去那儿不写作不画画干什么啊。

董科平把头伸了过来，凑近余汉金的耳边说："嗨，你糊涂啊，知道那地方求子为什么灵吗？他们都把女人带上了，面朝大海，石肚子都能怀上孩子啊……嗨，你还真应该带上嫂子去试试看。"

不知怎么，被董科平这么一说，余汉金还真有些蠢蠢欲动。余汉金倒不是信了此说，知道董科平也是开玩笑，但一想到能在那样的环境里做爱，还真是不一样。

董科平又趁着酒劲说，当然了，也不一定非要带自己的老婆，嘿嘿，你懂的……这么说来，那地方还真成了男人搞外遇的理想去处了，难怪往来客络绎不绝，预定个房间还得候上个把月。

余汉金知道叫不动段妮秋，他又不像董科平，有使不完的女人。余汉金一个中年人却成了董科平的电灯泡，这事还真尴尬。进到观内才知道，来人还真是成双结对。董科平和带来的女孩瞬间就融入人群,倒是余汉金单独一个男的,显得突兀。而且,房间紧缺,余汉金独住一间房,有些奢侈了。

吃过斋饭,一直到晚上九点,余汉金和董科平才见到了上次的道士。所谓道士,到了城区是稀罕物,在道观里,就显得平常,有十多位,都穿着同样款式的灰色长衫,布鞋,布帽,走路悄无声息,会突然从人们的背后蹿出来——道士看上去比上次舒朗,心情不错。三人促膝长谈,喝茶,看海,观月,谈生活,说人生,道士话语不多,说的却句句在理。余汉金似有茅塞顿开之意,如果不是董科平在一边挑明,他都不好意思说出此行的目的竟是求子。

余汉金把十年前的检查结果向道士坦白。道士没说什么,只是说:“余先生,你下次带你夫人来散散心吧,就当是度假,看看山看看海,心情都会好很多。”

余汉金似有意会,点头答应,他心里也知道,那是不可能的事。

九

方大枪有一次酒后曾向余汉金说起一件往事。

那时方大枪还在南溪镇北苑路贩卖鱼苗。有一天,来了一个小伙子,小伙子高高的,长得帅气。小伙子一直站在方大枪的店门口,看着鱼缸里的鱼苗样品发呆。方大枪忙问:“老板,要什么鱼苗?”

小伙子不开口,给人的印象是斯文秀气,一开口,才知道,脑子有点问题。

小伙子吞吞吐吐,目光游离,说:“我,我想买,买两条鲤鱼。”

方大枪开的虽是小店，但两条鲤鱼苗的生意还真没做过，他本想把小伙子赶走，看他固执的样子，似乎赶不走，便随手捞了两条鲤鱼苗，算是送的，打发走人。

小伙子没走两步，突然回头，问方大枪："我，我把鱼放在鱼塘里养，养大了，再把它，把它钓回来，可，可以吗？"

方大枪想笑，说："可以，你能把它们钓到就可以。哈哈。"

小伙子说："不管，反正我放，放进去两尾，到时，到时钓起来，也是两尾，不多钓，也不少钓。我，我妹妹，喜欢吃鱼，鲤鱼，呵呵。"

单纯这事，其实也不算个事。方大枪说。

方大枪一口又喝了一杯五粮液。

"两个月后，是两个月后吧，我记得。我看你好长时间没来买鱼苗了，那次刚好路过，就去你们村问问，才知道你的鱼塘淹死了人，那人半夜三更去你的鱼塘偷钓，是吧？我当时就觉得巧，淹死的人不会就是那个小伙子吧，他把我送的两尾鲤鱼放进你的鱼塘寄养了，两个月后，他想去要回来，结果鱼没要回来，半夜却被你的手电筒吓到，滑进了塘里。我想是这样的。当时我没跟你讲这些，你正烦着呢。我可不能讲太多。后来我一直打听，才证实了当初的猜想。淹死在你鱼塘里的还真是来我店里要了两尾鲤鱼苗的小伙子。他是一个孤儿，脑子也有问题，一直寄养在叔叔家里，他叔叔自然觉得是个大累赘，死了一了百了。

"但是，老余，你可知道，我说出来保证吓你一跳，这么多年了，我一直想告诉你，起初是找不到你，后来遇上了，我又说不出口了。因为，因为，我也喜欢她，对，就是段妮秋，我不想她受到任何伤害。然而,事情已经这么多年了,我不知道段妮秋当时是怎么和你走在一起的,总之你们已经在一起了,或许你们双方都不知道的秘密,就我一个人知道。是的,就我知道,段妮秋就是那个向我讨了两尾鲤鱼苗寄养在你鱼塘里后来溺水身亡的小伙子的妹妹,小伙子说过,她喜欢吃鱼,尤其是鲤鱼。是的,就是这样,我有一段时间经常看见她骑着单车从乡里到南溪镇上学,每次都从我的店门口经过,那时她应该读中学吧,那时她多好看啊。不过很快我就没见着她了,她叔叔不让她读书,要她进深圳的电子厂,她不肯,跟叔叔一家闹,被婶子一巴掌打出了家门,之后便不知去向了。我也是打听了很多人,才知道她竟然跟着你来到了深圳,我不知道她知不知道她哥哥就淹死在你的鱼塘里。这些年,我渐渐知道,她什么都知道——多么可怜可怕的女人啊。没多久,我转让了北苑路上的店面,也跟着来到深圳,那几年,我一直在寻找你们……这事说起来很悲壮,哈哈,其实也蛮悲惨的,是吧,老余——”

余汉金拍拍方大枪的肩膀。

“老方,你喝多了。”

十

从莲峰道观回来后,余汉金有点坐立不安,心事重重。他瞒着段妮秋,一个人去医院做了一次全身体检。他想再次确认十年前的诊断。这事做得有点偷偷摸摸,他怕在医院遇见熟人,这些年医院里出入的熟人还真不少,朋友们都上了年纪,渐渐成了医院的常客。余汉金想如果遇上熟人了就以体检作掩饰。他觉得挺妥当。

余汉金医院没少进，母亲的白内障和父亲的糖尿病，都是余汉金接到深圳陪上陪下，就是来探望朋友，也是三五成群，再不济也要带着段妮秋，一个人来，还真没有过。余汉金急匆匆穿过医院大厅排队挂号的人群，福尔马林的药水味由淡变浓，他不敢到处张望，像是要去干什么见不得人的事。体检科就躲在医院的角落里，门庭冷清，正合余汉金的意。

一系列检查下来，倒是很快，只是检查报告要一个礼拜后才能拿到——余汉金这几年烟少抽了，酒也少喝了，还天天绕着体育馆晚跑三圈，出一身臭汗，自知身体还是不错的，应该没什么大毛病。余汉金心情轻松，离开医院，回家，还去北门市场买了鱼食和一天的菜。

几天后，余汉金因为急事出门，只记得吩咐段妮秋照料鱼缸，倒忘了要去医院取报告的事了。医生把电话打到了家里，余汉金当时也是随便留的号码，就留了家里的电话，他想不到医院还真的把电话打家里了。问题是，接电话的不是余汉金，而是段妮秋。

电话那端问："请问是余先生吗？"

段妮秋说："我是他太太，请问您是哪位？"

电话那端的语气突然严肃了起来："我是人民医院的医生，余先生的检查报告出来了，不过有点问题，请尽快过来确诊一下吧。"

段妮秋一惊，她担心的事情还是发生了。

余汉金真瞒着她去医院检查了。十年前，段妮秋花尽力气买通医生，让余汉金一个好端端的男人成了不育症患者。这是段妮秋嫁给余汉金后做出的重大决定，段妮秋不想为余汉金生孩子，为余家续香火。十多年来，她一直暗中服药。可以说，她嫁给余汉金就是为了让他绝后，以至于愿意用一生作为赌注。段妮秋曾经有一个那么喜欢她的哥哥，他才是她唯一的亲人。当年段妮秋十七岁，还是个读初三的小姑娘，她却把一生都视作复仇之旅，她埋伏在余汉金的鱼塘边假扮鬼魂哭泣，她用一瓶乐果毒死了余汉金鱼塘里的鱼……她没有更多的力量报复，唯有选择接近余汉金，甚至不惜跟他恋爱、结婚。二十年来，彼此青春散逝，段妮秋还在坚持着复仇计划，涓涓细流，她持之以恒，中间也有过迟疑和犹豫，只是一想起哥哥因她而死，她就觉得这个世界上应该有人要赎罪。

段妮秋几乎把余汉金的所有资产都归到自己名下，银行存款、房子、车子，都是段妮秋的名字，这点余汉金完全信任她，甚至以此博取段妮秋的欢心。段妮秋完全可以精心策划一场完美的意外，让余汉金死于非命。然而，这个计划却迟迟没有实施。在此过程中，段妮秋既担心余汉金外面有女人，那样她的谎言便不攻自破，她不惜请私家侦探，调查的结果让段妮秋放心；段妮秋还担心余汉金起疑心，自己去医院检查——这个担心看似多余，这么多年过去了，余汉金打心里确定自己是个不育症患者，根深蒂固，且亲朋尽知。谎言说多了就成了真理。

如若不是莲峰道观道士的点拨，余汉金还真不可能动摇心思。

老天有眼，余汉金的检查结果又掌握在段妮秋手里。段妮秋得尽早赶到医院，处理妥当这一切，花再多的钱，她都得把白的变成黑的。

段妮秋匆忙的神情让人以为是某个亲人正在医院里抢救,实际上,她在抢救自己。

医生第一时间安慰段妮秋:“余太太,别太紧张,还需要复查确诊。”

段妮秋欲开口。医生又说:

“不过也凶多吉少,发现得太晚了,估计是晚期了。”

段妮秋一惊:“什么?”

医生说:“我们怀疑余先生患了肝癌。”

段妮秋大脑嗡的一声,不知道接下来该说什么。

十一

这不正是她想要的结果吗?

段妮秋回到家,分明又感觉难受。她想给余汉金打电话,一时却不知道怎么跟他说。她想,余汉金显然对身体已经察觉出问题了,否则不会跑医院做全身检查。这些年,余汉金待段妮秋是真不错,段妮秋觉得一切欺骗和阴谋,到这最后关头,才真正是不可原谅的东西。如果余汉金真的有罪,那么这二十年来对段妮秋的照顾,也应该偿还清了,哥哥在天之灵,大概也会原谅余汉金。余汉金接替哥哥照顾了妹妹段妮秋这么多年,没什么意外的话,还将继续照顾下去。倒是段妮秋,一直以复仇的名义制造更多的怨恨。

段妮秋大哭一场,睡了过去,梦中,她见到了哥哥。哥哥微笑着,还和当年一样,问妹妹,要吃什么鱼,哥哥这就去钓。哥哥几乎钓遍了全镇的大沟小溪,到后来,大沟小溪都钓不到鱼了,哥哥才会想到余汉金的鱼塘。哥哥从没想过偷钓,他往余汉金的鱼塘放了鱼苗,照他的逻辑,他钓的是自己的鱼。哥哥湿漉漉的,说他冷,他依然笑着,又说:“妹妹,你其实跟对了人,你那么喜欢吃鱼,就应该嫁一个养鱼的男人。”哥哥其实不知道,自从他溺亡后,段妮秋就再也不喜欢吃鱼了,一见到鱼就紧张、恶心。当余汉金把一缸观赏鱼放在家里时,她怒火中烧,恨不得把它们都扔下楼去。她害怕见到活生生的鱼。

一觉醒来,段妮秋恍如隔世。那一刻,她竟然很想去看看鱼缸里的鱼,仿佛它们成了余汉金的替身,她想最后看他一眼。段妮秋趿拉着拖鞋走出房间,老远,她看见了镇在家门口右边的大鱼缸,让她诧异的是,色彩斑斓的鱼竟都翻开白肚子浮在了水面上……不会吧,一时之间,所有的鱼都死了,锦鲤、招财、清道夫、红尾剑、金虎皮、彩裙、红剑鱼……都呈现死色,显得十分可怖,就连鱼缸的水也浑浊了不少。怎么可能?段妮秋捂住了嘴,不敢相信亲眼所见。她待在原地,突然浑身一阵战栗,全身起了层鸡皮疙瘩。

肯定是某种不祥的预兆。

段妮秋觉得余汉金也会和这些鱼一样,从此在这个世界上消失。段妮秋以前巴不得发生的事情,如今真的要实现了,她却感觉像是天要塌了。

段妮秋立马给余汉金打电话,要他马上回家。她第一次这么急切地想见到他,这个跟随和算计了二十年的男人,一下子显出了珍贵。

十二

余汉金知道,鱼的集体死去,可能是因为段妮秋喂养不当,把它们撑死了。不过事发之巧,还是让余汉金顿生绝望,知道冥冥中已经有命数左右,不是人为可以改变的现实。经过确诊,肝部的癌细胞已经多处转移,现状不容乐观。医生的建议当然是积极配合治疗。余汉金觉得没必要,无非也就化疗放疗,经受头发一根根掉落,人一天天枯黄下去的痛苦,最终人去财空。

余汉金决定放弃治疗。似乎在一夜之间,余汉金整个人都垮掉了,从活蹦乱跳变成了病怏怏的癌症患者。余汉金有时会想,如果那天不去体检,是否就一点事情也没有。仿佛那病,就像一个魔鬼,守候在医院的某个角落里,伴随着福尔马林的气味伺机钻进了余汉金的身体。余汉金看着已经空空如也的鱼缸,沉木无声,水草拂动,却不见一只游走的鱼了。

消息很快便散开来,余汉金患癌症并放弃治疗的事实,亲朋尽知,说什么的都有,有惋惜的,有同情的,也有不理解的。放弃治疗本是余汉金果敢的决定,人们却让段妮秋来承担过错,说她不顾余汉金的死活,想保存家业。没错,余汉金是想把能留下的都留给段妮秋,存款、房子和车,他不想因他而弄得人亡了家也破了。余汉金的决定让段妮秋心如刀挖,又不好拿出来作为解释的说辞。在亲朋看来,倒是段妮秋见死不救了。

生时不多,死期将近,余汉金却出奇的平静,除了傍晚出去跑几圈,他几乎做到足不出户,有亲朋来家里探望,带了补品和水果,他笑脸相迎,把水果留下,将补品退回,并说:“已经晚了。”如果有人给钱,他更是拒绝,说:“我自己都放弃了,你还坚持什么。”听者无不黯然。

方大枪也来了。虽是多年朋友和合作伙伴,方大枪还是第一次走进余汉金的家。方大枪倒是明说:“老余,闲话我就不多说了,你要我帮你什么。”余汉金扑哧一笑,心里想,老方啊,难道我还得求你帮我照顾段妮秋不成?那也太便宜你了。余汉金转而又想,自己走后,方大枪还真是照顾段妮秋的最佳人选。余汉金说:“老方啊,倒是有件事要你帮一下,就是我那五金厂,多少也值点钱,你看能不能帮我处理了。”方大枪说:“这个没问题,包我身上。”方大枪出了一个绝对出乎余汉金意料的好价钱,收购了五金厂,款项当天就打进了段妮秋的账户。

似乎一切都安排妥当,余汉金可以上路了。他每天都等着死神从正大门进来,倚在那个没有活鱼的鱼缸旁,一手撑着玻璃,一手朝余汉金招引:“哥们,可以走了。”余汉金会从客厅的沙发站起来,朝死神走去,经过鱼缸时,他或许还会回头看一眼,看鱼缸,看客厅里的布置,看这个家,看在厨房做饭的段妮秋……

十三

死神似乎杂事缠身,迟到了几天。余汉金等得有点不耐烦,开始唠唠叨叨,唠叨死神不讲信用,人家都等它多时了,它竟然迟迟不露面,太不像话了。

"要不出去走走？"段妮秋说。

长途不敢跑，怕死在半路上，说不定死神就守在离家千里之外的路上。段妮秋其实想再去一次欧洲的克鲁姆洛夫小镇，余汉金也怀念那个美好的地方，已经七八年了吧，不知它现在变了没有，起了高楼了吗，还是保持原样？只能想想。附近有什么地方呢？段妮秋提不起兴趣，为了余汉金，她还是尝试着想一个稍微好点的地方，可以让余汉金的心情舒展片刻。

"你上次不是说过，南澳的莲峰道观，真那么好玩吗？"段妮秋问。

"对哦。"余汉金说。

夫妻俩对视，一瞬间似乎都读懂了彼此的心事。

道士曾有话在先，当时余汉金还觉得不可能，原来命运无常，余汉金竟然在这样的时刻来完成道士的谶语。好吧，那就去一次莲峰道观吧，在生命的最后时刻。他们也都知道，不是去看风景，风景再好还不是过眼云烟。余汉金在生命的最后倒成了一个虔诚的人，说是迷信也罢——如果余汉金求子成功，也就是说，即便死了，他的生命还将以骨肉的形式在世上延续，多么美好的事情。余汉金期待奇迹发生，尽管这样的期待带着悲壮的情绪。余汉金跟段妮秋说过莲峰道观的求子盛况。"真的很灵吗？"段妮秋语气中有疑惑，心思却已动摇，这完全不像她一贯的作风。或者，她本来就是温和之人，只是复仇心理让她选择了佩戴面具。

夫妻俩决定去莲峰道观，无他求，求子。

余汉金亲自给道士打电话，预留房间。道士说，你们来啦。仿佛已经等候多时。余汉金说，是的，我们来了。

一样的路程，这次开车的是段妮秋，余汉金还坐在副驾驶座位上，一点都不像癌症晚期患者，甚至和董科平一样，路上喋喋不休，说起莲峰道观的好，这好，可以想象，在每一次复述中被无意识地夸大了。

到达莲峰道观，同样是在傍晚。夕阳沾在海面上，像是要把海水都吸进身体里去。余汉金先带着段妮秋跟道士打了招呼，竟然脚步铿锵，说话的声音比正常人还大。他像个主人，引领着段妮秋，关心，呵护，看样子，把段妮秋当成了新鲜的小情人。确实，两人最近一次结伴外出，都已经是好几年前的事了。

吃晚饭时，余汉金的胃口奇好，竟然连吃了三碗黑米百合枸杞粥。段妮秋在一边开玩笑："照你这样吃，这道观迟早得倒闭吧。"

董科平突然来电，说，老余啊，我也在道观里。

余汉金说，这么巧，你怎么知道？

董科平说，嗨，你的微信在百米之内。

余汉金问，还是和上次那个吧。

董科平笑着说，不是，另外一个，我们物业新来的文员，才二十岁。要不，见一面，你在哪个房间？

余汉金说，不用了，我和老婆一起。

董科平说，哦，那好，你最近身体如何？

余汉金不说身体的事，他只是说，我要在这里住一段时间，就挂了电话，顺手把微信也关了。

段妮秋问打电话的是谁。余汉金骗了她,说是一个朋友,结婚准备到这里度蜜月。余汉金这么说,其实也想引起段妮秋的兴致,让他们此行也像是度蜜月。余汉金订了一个礼拜的房间,也就是说,他和段妮秋要在这荒山野岭生活一周。一周的时间本来不长,要是在以前,余汉金甚至都懒得去理会这样的周期,只知道日子一天一天过,仿佛遥遥无期,可如今,一周的时间仿佛成了余生,一周就是七天,七天就是一百六十八个小时,一百六十八小时就是一万零八十分钟……余汉金的日子细化到了分,每一分钟都值得好好过,好好珍惜。

余汉金出去逛了一圈,回到房间时,发现房间已经被段妮秋布置成一个家的样子了。段妮秋有这样的能力,这点余汉金承认。余汉金像在家里一样出入房间,他想要是一辈子都这样,也没什么不可以。余汉金先在桌台上写了满满一张 A4 纸的周计划,一边写还一边和段妮秋商量。其实再怎么商量,一天能做的事都很有限,除了绕着道观散步,倚着窗口看海,和道士喝茶、聊天,剩下也就是吃饭洗澡睡觉了。余汉金刻意加了其他几项:一是每天下山一趟,游泳,或者钓鱼;二是每天爬到山顶,到更高的地方看海。下山难度不大,有山道,也有车道,上山对余汉金却是一种考验,需要段妮秋的鼓励和帮助。

"还有一事我没写。"余汉金看着段妮秋,像是小年轻看着一个小女孩。

"什么啊?"段妮秋的语气也轻柔。

"每天晚上,咱们还得鱼水交欢。"余汉金嘿嘿笑了起来。

段妮秋的脸竟然唰地一下红了。

是的，这才是最重要的事情，也最美好。第一天晚上，他们做足了充分准备，彼此也都在对方的身体上获得了高潮的欢愉——很久没有这样好过了，身体和身体像一块泥揉进了另一块泥。

第二天一早，余汉金就带上钓具去海边钓鱼，他钓鱼当然不是为了吃，是想把鱼养在房间里。这事做起来不是很顺利，一直到快吃午饭了，余汉金才钓到一尾不知名的小鱼。小鱼当然没有观赏鱼漂亮，但余汉金喜欢，他把它养在一个残缺的瓯钵里，搁在房间门口。也就是说，这一周，余汉金夫妻俩必须与这一尾素昧平生的鱼共处一室。

余汉金和段妮秋很快便适应了这里的环境，或者说，一开始，他们就以接受的姿态到来，适应和融入并不难。每日的生活按部就班，有时段妮秋陪着一起，有时各自干各自的，再约个地点会合，这种合作很愉快。段妮秋难得的笑容，在这里，时时刻刻可以见着。两人说话的时间不多，眼神示意或者笑容，代替了言语，即使说话，他们也只说现在，和想象中的未来，他们不说过去，刻意回避也好，善意遗忘也罢，他们达成默契，闭口不谈。

段妮秋看着满眼的青翠和绿波，突然低声说："真想一辈子都住在这里。"

余汉金只是在一边微笑，轻声问："不打麻将啦？不练瑜伽啦？不做美容啦？"

段妮秋说："你不说我倒忘了，还真有点手痒。"

两人笑成了一团。

十四

在莲峰道观没几天，余汉金就和道士成了无话不说的好朋友。道士的名号叫“玄真”。缘分这东西是存在的，尤其是在一个将死的人看来。他们有时约在一起喝茶，散步，看院子里的花草。甚至，玄真道士还送给余汉金一套道士服，让他假扮成道士在观里行走。余汉金很开心，几乎天天穿着那身衣服出入，像是五金厂里那些整天穿着工作服的员工。初来的游客都把余汉金当道士，他也以一个道士自居。

这天早上，余汉金约了玄真道士一起到山下沙滩走走。两人走了半个钟，皆无话，有点累了，找了一棵木麻黄树，在树下盘腿坐着，开始说上话。

余汉金一直觉得玄真道士是个有故事的人，至于何来这种感觉，他也说不清楚，只觉得一个人有着过人的容貌和才智，却隐居于此，总得有个能说服人的理由。余汉金想问，一直不便开口。当然，旁敲侧击，余汉金和玄真道士分享了不少往事，包括他在家乡养鱼为生的岁月，以及进城，街边走鬼，开小档，承包五金厂，生活由苦到甜，由简单到繁杂，人生的脉络似乎已经清楚，再也不会有任何多余的枝杈了。余汉金说得哀伤而消极，没顾及玄真道士的感受，忘了应该掩饰的情绪。玄真道士也看出余汉金的反常，他只是听着，并没多说。

“今天是第四天了。”余汉金无不感慨。

“你才四天，我却在这里生活了十年。”玄真道士回头看山腰上的莲峰道观。

“十年啦。回想起十年前的事，感觉十分遥远了吧。”

“人一无心，十天都感觉遥远。有心，十年却恍如眼前。”

余汉金不知如何应答，看着玄真道人，若有所思。

“十年前，我的妻子离开了我，那时我还是一名大学教师，我蛮以为我足够优秀，没人会背弃我，尤其是自己的妻子。当然，你或许可以想象，一个搞学问的人是何等的乏味和苦闷。我可能忽略了她，或者说，她需要的不是一个安静的人。她跟一个卖烟酒的老板好上了，真可笑，她跟着我时，竟然过了八年无烟无酒的生活。是不是难为她了？”

“你还想念她吗？”

“谈不上。现在都已经有点想不起她的容貌了。有时我还会假设，如果她突然出现在莲峰道观，我能否一下子认出她来？不一定了。她能认出我来吗？我这十年的变化也不少啊。”

“你是因为她才来这里的？”

“算是吧，其实也不全是，我是因为我自己。我的自尊心经不起背叛，我只能更为彻底地背叛。现在想想，我的所谓背叛，就是一种无意识的皈依。”

“凡人或许会在生活里获取更多的物质和女人，你在走一条不一样的路。”

“我也是凡人。某种角度上讲，我是更为自私、软弱、退避的凡人。”

余汉金看着脚下厚如棉被的木麻黄叶子，似乎还在消化玄真道士的话。

“你有烦心事？”玄真道士问。

“我一直犹豫着该不该说。”

“你觉得怎么样的决定让你更轻松呢？”

“说实话，我不想看到人们同情的眼神，那样我会更绝望，比什么都痛苦。”

“你连你的爱人都瞒着吗？”

“那样当然最好。但已经晚了，命运安排她比我还更早一步得知它的残酷。”

“哦。我能理解你心里的痛苦。就像我当年无法面对现实，脱离至此，也是一样的煎熬。”

……

段妮秋打电话来，催他们回去吃早餐。余汉金和玄真道士这才起身，各自拍拍屁股，沿着上山的路往回走，一路鸟鸣不绝。

十五

两个月后，段妮秋确定怀孕。死神还没有来到余汉金面前，死神会不会已经忘了有此差事呢？但愿。总有一天，死神会想起来的，忘了并不等于没有这回事。余汉金正在一天天消瘦下去。倒是段妮秋怀孕一事,像个奇迹一般,至少余汉金应该表现出遇见奇迹的样子,将死之年,一个确诊为不育的男人竟然在莲峰道观求得一子,还能比这更奇迹的吗?身边人知道的,不管是真心还是假意,都前来祝贺,一起渲染莲峰道观的灵验。

一时之间,这事在亲朋间有些沸扬。余汉金没亲耳听闻,也知道人们都议论了些什么:莲峰道观再灵,也不可能让一个不育的男人突然就能了吧,骗谁啊?段妮秋在外面有了别的男人,这事看似千真万确,如今还怀上了别人的孩子,余汉金临死前还得戴上绿帽子……

余汉金能干什么呢?只能将错就错,趁有生之年,他还得为此事高调起来,请了亲朋好友,一起聚餐,庆祝将死之人终于在世间留下一丝血脉。宴会当天,所有亲朋都到了,唯有方大枪借故未到。大伙都注意到了这个细节,余汉金更是没办法忽略。看来,段妮秋和方大枪之间,果真有事啊。余汉金舒了口气,心里有痛,也释然。毕竟,方大枪那么深爱着段妮秋,为了段妮秋,他一个条件那么好的男人,竟然至今未娶,似乎就为了等待这一刻。

段妮秋成了唯一掌握真相的人。她比谁都清楚,肚子里怀的不是别人的骨肉,正是余汉金的。在莲峰道观期间,她停止长达十多年的服药,故意让余汉金在其子宫内留下血脉。段妮秋不能说出真相,不敢说。至于方大枪的躲避,在段妮秋看来,与其说是躲避不如说是绝望吧。方大枪知道段妮秋已经妥协了,或者说放弃了,既然走到了这一步,他便一点希望也没有了。

一个月后,余汉金安详地去世,没有受到更多苦痛的折磨。这点段妮秋感到欣慰。

年底,段妮秋产下一子,取名余生,母子平安。

过了年,人们没再见到段妮秋。方大枪几乎也是在同一时间销声匿迹了,亲友哗然,都以为段妮秋携子和方大枪私奔了。

突然有一天,董科平在酒桌上说,那天他带人去莲峰道观,见一道姑,匆匆一眼,很像段妮秋。

不会吧,董科平肯定是看走眼了。

不可能啊,真像。

董科平后来特意向玄真道士求证,才确信,那道姑还真是段妮秋。原来段妮秋变卖了所有家产,带着儿子余生到莲峰道观当道姑,起名“青水”。

再后来,据董科平讲,余生那小子,像条鱼一样,天天在海里游,嘿,奇了怪,竟越长越像余汉金。

天桥

秘密本身不觉得自己是秘密，它会往外冒，如润土里的草芽，它是背叛者，最想出卖自己，将秘密公之于众。

王一单

王一单正犹豫着要不要开个电单车去机场接郝荣,手机就响了,不用看都知道是郝荣。郝荣说他已经下机了,好不容易转出了机场,正在停车场的公交站等王一单。深圳机场可真气派。郝荣最后说了一句。王一单应好,他马上到。骑电单车怕是来不及,王一单叫了一辆出租车。

机场离王一单住处不远,要不是宝安大道横贯其间,花个十多分钟就可以走路过去。王一单住陉尾村,从住处的阳台便能望见机场,那些模型一样的飞机起起落落,像是一个大鸟窝,鸟儿飞来,鸟儿飞走,场景十分近似。刚搬到陉尾时,王一单一天没事就喜欢看飞机,一个人租下这么一个大房子,看中的还不就是阳台刚好面向机场方向的空旷处。后来,他就不太喜欢了,也谈不上不喜欢,就是趴在阳台看飞机的时候少了,见惯不怪是一回事,主要是嫌吵,一架飞机,甭管是起飞降落,都像是给陉尾村带来了一场地震。

王一单一眼就认出了背着个双肩包站在人群之外抽烟的郝荣,不需要任何费劲的辨认和询问。网上当然是见过照片的,不过如果凭照片,还真认不出来,照片里的郝荣是长头发,眼前的郝荣剪了一个飞机头,两鬓和后脑勺都剃得精光,毛茬发青,只留下头顶一巴掌那么大的头发,齐刷刷地往一边梳,应该是打了发胶,否则不可能长时间保持竖立的姿态。

郝荣继续抽烟,他的脚边已经丢了几个烟蒂了,一会儿埋头,一会儿拿眼四处张望。王一单紧张兮兮地站到郝荣面前时，把猛一抬头的郝荣吓了一跳。

“是你？”

“你是？”

像是接头暗话，两人随即一前一后离开了公交站台。走出停车场还有很长一段路，走的是行车道，他们还得不时躲避路上进进出出的小车。天气又热，王一单的脖子和后背全是汗，他不敢回头看郝荣，悄悄掏出格子手帕擦额上的汗。出了停车场，王一单故意放慢脚步，和郝荣并肩，他觉得应该说点什么。郝荣还在抽烟，他一路抽过来，几乎没停过。王一单不反感人抽烟，他有时也抽一根。王一单说，要不打个的回去。郝荣问远吗。王一单说，不远，过了坙尾天桥差不多就到了。他们已经站在宝安大道边上，阳光下的水泥路面翻起一层层热浪，王一单抬手指向不远处一座天桥。走吧，反正也走这么远了。郝荣说着又点了根烟。王一单瞥了一眼郝荣的烟盒，抽的是红色硬壳的南京。王一单没去过南京，对南京的陌生有如此刻对一包来自南京的香烟，当然，也包括这个从南京过来投奔他的网友。

清明刚过，深圳就热得不成样子。王一单越来越不适应这个城市的气候，一些东西开始让他感到无趣甚至厌烦。一滴汗水落在王一单的眼镜上，他正踩着台阶上天桥，一抬眼，看见郝荣已经上了天桥。郝荣站在天桥上看底下如梭的车流。王一单没事干时也喜欢这么做。天桥上有风，王一单站在郝荣身边，用手帕把栏杆上的灰尘擦掉，才把手握上去。他看起来比郝荣要矮一个头。大道两边的木棉花都开了，暗红色的花瓣落了一地，被车辆碾成了印泥状。隔一天，就会干枯成牛屎皮一样的东西,风一吹就像叶子一样飞到路肩,环卫工人会把它们清扫到铁皮斗车里去。王一单清楚一朵木棉花的命运,或者说,如他所工作的车间,遵循着某种一成不变的流程。

王一单和郝荣在天桥上站了一会儿,一个看车一个看花,找不到可以继续说下去的话语。这是王一单害怕遇到的场景,最终还是遇到了。他看郝荣倒表现出一副无所谓的样子,似乎除了抽烟,这个世界上再无其他事可以让他分心。也许过几天就好了,吃个晚饭,情况也会有所改观。他们在网上聊得可好,几乎无所不聊,可能是网上聊得多了,真遇到了反而找不到可以说的话。

下班时间到了,天桥上来往的人开始多起来。这一高一矮站在天桥上发呆的男人有点引人注目。王一单可不想充当被注意的人,就像他凡事宁愿当观众,也不愿被抬上舞台中央受人瞩目。他抬手看表,已经五点,写字楼的人开始下班了,从西边,越过SSI尾天桥去东边的租房区。大道像是一条分界线,把这群人工作和生活的空间井然有序地隔开了。王一单不想再待下去,很快车间也要下班了,人群里会混着他的工友。王一单不想被工友误会,他请了一天的假原来就为了站在天桥上看木棉花。

一辆印有航空字样的大巴停在桥下的公交站台。隔了一会儿,下来一个穿红色制服的女孩,身材高挑,头上挽着好看的发髻,拖着一个黑色结实的拉杆箱。看样子,是在等人。

"空姐。"郝荣看着桥下,他显然被大巴吐出来的女孩吸引住了。

王一单没坐过飞机,不过每天在天桥上下,空姐倒是见过不少。每天这个时候,航空公司的大巴就开始排着队把员工接走。王一单不知道它们开往哪里，一辆接着一辆，如这个城市一道独立出来的风景。

“我好像见过她。”郝荣突然扭头看王一单，不知道什么时候，他又抽上了一根烟。

“她们不都长得一个样。”王一单有点见多不怪的意思。

下了天桥，王一单问郝荣晚上吃什么好，他说楼下刚好有一家火锅店。王一单知道郝荣是四川人，大概喜欢吃辣，王一单就一点都吃不了，倒也不是广东人的缘故。事实上好多跟他一个地方的人，在深圳待久了，口味就混了，吃起辣来比外省人还要吓人。王一单是纯粹反感辣，酸甜苦，他都能接受，唯有辣不行。他想象第一个吃辣的人肯定以为自己中毒了。郝荣说，先回家吧，叫外卖就行了，我想休息一下。

他们走在宝安大道的另一边，木棉树从下边看要比从上边看高大许多。人行道上到处是红得发紫的花瓣，下班的行人一路踩过去，如踩着红地毯。这情形让王一单很想写首诗。

一架汽车般大小红白相间的飞机从对面树顶上斜斜地往下降落，声音很大，像是出了事故，马上就会掉下来，砸在大道上，或者像少时去山坡放风筝，风筝挣脱了线，飘了出去，卡在树梢上面。王一单想象一架飞机如果卡在木棉树桠上面，那情形一定很滑稽。

抬头看，郝荣走到前面去了，俨然带路的人。

江小野

江小野把红色帽子放进行李箱里,她起身往车门方向走。上车前就跟司机打过招呼了。临近陉尾天桥时,车速便慢了下来,紧接着,车门嗞的一声,打开了。江小野刚要下车,几个平时比较熟的同事明知故问:“小野,今晚不回宿舍啦?”江小野朝她们微笑,招手。她宁愿她们什么都不要问。不过也没关系,她们都是开玩笑。她是这么跟她们解释的,父母住在陉尾村,时不时得过去看看。她们哪里信哦,起哄着说,不可能吧,这么勤快,看男朋友吧。好吧好吧,就是看男朋友。江小野看似承认了,实际上模棱两可,她藏着的秘密,不想轻易和人分享。

人行道上落满了暗红色和橙黄色的木棉花。江小野印象中木棉花是红色的,暗红,红得发紫那种。前几天在车上看了,远远的,有红有黄,便诧异,怎么会有黄色的木棉花呢?兴许是看错了,如今看地上的落花,还真是橙黄,这黄的花和红的花还长在同一棵树上。

江小野弯腰捡起两朵木棉花,一朵橙黄一朵暗红。

江小野记得老家的院子里就有一棵木棉树,比三层楼还高,躯干布满了刺人的疙瘩。她和弟弟小时候喜欢用铁锤砸木棉树干上的疙瘩,一颗颗砸出来,给树干留下好多新鲜的疤,以至于一米高的地方,木棉树干上找不到一颗刺人的疙瘩,只剩下疤痕。过不了多久,那些疤痕就老了下去,像是人身上的疤,一模一样。江小野看着倒怜悯了起来。如果不是大道两边都是木棉树,江小野想不起这些,好多事情她都忘了,不是故意的,是时间自发的筛选。她故意靠近临近站台的一棵木棉树,并不高大,碗口粗,看起来像是个青少年,躯干上的疙瘩尖细,能刺人,密密麻麻,估计一碰就得流血,看着都怕。城市又不会有人无聊到拿铁锤来砸了它们,它们便越发肆意。江小野想伸手去触碰,她的手指纤细而白皙,看样子一碰到粗锐的东西就会破掉并流出血来。

江小野的手指离木棉树干还差 0.5 厘米,陈孟隽就把黑色商务车停在站台边上了,摁了下喇叭,打着双闪。江小野用余光瞥了一眼,有那么一瞬间,她埋怨他来得可真不是时候,再慢个几秒钟,都好。江小野抽回手,转身拖上行李箱朝车子走去。后备箱已经开了,她把箱子放进去。陈孟隽这才下了车,笑嘻嘻地绕过来,怎么还自己动手呢?他的港式普通话听着别扭,不过江小野早习惯了。江小野径直上了副驾驶,立马就闻到了一股烟味,不是普通的烟味,是万宝路,呛人。陈孟隽喜欢抽万宝路,挺瞧不起黄嘴烟,说什么乏味单薄,像是内地人被洗刷一空的表情。江小野听着反感,又觉得有几分道理,她也讨厌内地人,不过,香港人她也不喜欢,拿腔拿调,看似挺有规矩,实则就是刻板,是另一种形式的乏味。江小野当过这么些年空姐,什么人没接触过,其实都一个样,相互讥讽是最不高明的心态。江小野不会跟陈孟隽讨论这些,觉得没必要。她会和他谈包、谈美食、谈旅游、谈艺术,甚至于直接谈钱,也不会和他谈人种歧视。

江小野把两朵木棉花放在中控台上。它们还算完整,没有经过车辆和行人的碾踩,因为从高处摔落,也有一些残缺,不是很完美。

这对如患有强迫症完美主义的江小野来说,是有些遗憾。木棉花大概并不喜欢寒冷,天寒时,它们会掉光叶子,天热了才开花,开花时,几乎每棵树上都不见一片叶子。这倒像是态度决绝的人。江小野对陈孟隽说,把空调关了吧。陈孟隽说,你神经啊这么热。江小野竟然笑了,一是陈孟隽说"神经"二字时语态的怪异;二是笑自己幼稚,似乎关了空调,就可以给木棉花"保鲜"了。

像不像我们,它们?江小野指着两朵木棉花问陈孟隽。

陈孟隽正要在第一个路口掉头回陉尾的星都豪苑,车子一斜,两朵花都掉到了江小野的短裙上。江小野重新把木棉花放了上去。

开什么玩笑?陈孟隽在路口掉了头,开始往回开。

下班高峰期,机场方向这段路堵得厉害。车子好不容易回到天桥底下,右拐离开大道,进入陉尾村。场景一下变得世俗而混乱起来,推着板车的小贩和横穿马路的行人,都能让陈孟隽破口大骂,不是"扑街"就是"丢你老母"。如果不出意外,二十分钟,便能到达陈孟隽位于凤凰山下星都豪苑的家。江小野已经熟悉这一路的风景。所谓的熟悉,也只是作为过客坐在车里一路看过去,看工厂大门汹涌的下班工人,看步行街的烧烤摊,烟雾缭绕,看城中村密密麻麻的阳台上晒满了色彩单调的工作服和皱巴巴的胸罩……她知道陈孟隽的工厂也在附近,她不知道具体位置,也没去过。陈孟隽自然没敢带她去,甚至他们都不敢同时出现在众人的视野里,怕被熟人看见。江小野无所谓,她对车外的一切并不是太感兴趣,还有些害怕,如果置身其中,她会如误入荒野,没有一点安全感。

江小野一路都把目光投向车外,像是小时候和弟弟到街口看露天电影，一刻都不愿把目光移开那张大银幕。

路过菜市场时，江小野突然说，下去买两条鲫鱼吧。陈孟隽可不想在这地方停车，他怕一停下来，就走不了了。下班时间，人们会像潮水一样往菜市场和出租屋涌。他说，阿姨已经做好饭了。江小野坚持要下车，确实有点心血来潮，她说在朋友圈看到一条帖子，鲫鱼煲木棉花汤可好喝了。

陈孟隽苦笑，他算是明白她为什么要带两朵木棉花上车了。他看了一眼中控台上两朵颜色各异的木棉花，点头一笑。好吧。他把车停在路边。你去还是我去？他问。江小野在车上犹豫了一会儿，最终决定自己去。这个决定对她而言可谓悲壮，跟了陈孟隽三年了，她从未中途下过车，更别说去菜市场了。眼下，他们的关系看似走到了末路，她反而想下车走走，哪怕就买两尾鲫鱼，来回一趟，十分钟的事情，却成了她最迫切想做的事情。仿佛现在不做，以后就再也做不了了。

江小野推门下车，她绕过车头，穿过马路，朝菜市场的大门走去。她尽量收敛起来，像是一只缩起了毛刺的刺猬。不过因为一身显眼的工作服，她还是成了人群中的焦点，几乎街上所有的人都盯着她看。她不知道是继续往前走，还是中途退回，回到车里去……她竟然停下了脚步，如临深渊。她想起弟弟有一次骗她，说你爬上墙头，就能看见河对岸县城的百货大楼了。她信了，费了好大劲爬上了墙头。她骑在墙头上却什么也看不见。她都快哭了，不敢挪动身体一下。弟弟在底下笑。

江小野回头看陈孟隽，他降下车窗玻璃，也冲着她笑。

郝　荣

离开南京前,郝荣给姐姐留了一条语音。他没说要来深圳,只说和朋友出来走走,也许几天,也许个把月。为了让姐姐不起疑心,郝荣尽量让语气显得轻松。

姐姐没回他。郝荣知道姐姐那会儿正在上班,她上钟时间得把手机锁到柜子里。姐姐工作的会所,郝荣也去玩过,当然是在她休班的时候。他跟领班的瘦猴认识,瘦猴答应帮他保密,还给他打了折。郝荣知道瘦猴在打姐姐的主意,当然不是想娶姐姐,是想免费睡姐姐。姐姐跟郝荣说她卖艺不卖身,她不想让弟弟误会,以为弟弟还是一个屁事不懂的小孩。郝荣点点头,说他知道。他相信姐姐说的,并不是每个在会所上班的女孩都卖身。

郝荣第一次坐飞机。他连飞机票都不知道怎么买,他想过坐高铁,或者汽车,那样又可以省钱。他能用的钱不多,买个机票几乎就花掉了一半。郝荣只想快点离开南京。至于去哪儿,都行,最好离南京远点。他把全国去过的十多个城市都过了一遍,发现没有一个愿意重新踏入,尽管那些地方还有一些可以收留他一时半会儿的朋友。最后他干脆把去过的城市都排除掉,不予考虑,只找没去过的城市。问题也跟着来了,没去过的城市,对于他来说,等于白纸一张,不要说熟人,到了估计连路都不知道怎么走。

郝荣决定来深圳,倒也不是对深圳有什么特殊感情,非要说有原因,可能仅仅是姐姐到过的城市。姐姐第一次出门打工就是深圳,待过两个月，在一家台企当质检员，没干多久，受不了一位台湾科长的骚扰，辞职回家了。郝荣曾开玩笑说，姐姐你当年要是接受那位台湾人的骚扰，哪怕是二奶三奶，你弟弟现在还能多个台湾亲戚，说出去多牛啊。姐姐举手给了郝荣肩头一拳。事实上，郝荣之所以选择深圳，主要原因还是王一单。

王一单说，来吧，反正我也是一个人住，客厅给你安个铺位，住多久都行。王一单还在微信里说，他每天下班，面对自己的影子，老幻想那个影子会跳出来，坐在他对面和他说话……

郝荣心想王一单还真是个诗人，诗人的臭毛病他都有，敏感、抑郁。郝荣读过王一单贴在博客上的所有诗歌，正是那些诗歌，郝荣才冒昧留了纸条。应该是四年前的事了，那时还兴博客，相互串门并在对方的窗口留下小头像，趣味相投的，可以点个赞，留下只言片语的评论，能够鼓起勇气发纸条的，对方自然倍加珍惜，一来二去，便互留了 QQ 号码。微信是这两年的事，几乎每个周末，郝荣都能收到王一单发来的一组新写的诗歌，要郝荣提提意见。郝荣自己不写东西，多少却知道是怎么回事。说实话，郝荣挺欣赏王一单的。他也知道一位诗人给他发诗歌并要他提意见，实际最想听到的不是什么狗屁意见，无非是需要赞美。郝荣的赞美一点都不违心。王一单也挺在意郝荣的赞美，那些诗歌可能没有一家刊物看得上，没有一个业内人赏识，就只等着郝荣一句好话。隔着浩渺空间，郝荣都能看见王一单落寞而隐忍的表情。

南京飞深圳，用了两个小时。郝荣感觉比实际时间要短一些，就像时钟在空中会走得比地上快。倒也谈不上怕，除了起飞时有些紧张，手心冒了点汗，他刚好又坐在靠窗的位置，眼看大地一点点被抛弃，高楼街道成了模具，江海山川都渺小得像是沙盘。他那间歇性发作的恐高症也就乘机发挥了点作用，不过作用不大，顶多也就有些心慌，耳鸣很严重。他把空姐发放的榴梿糖含完了，又找她要了一颗。她没拒绝，还有些乐意，笑起来跟他姐姐前几年一样好看。很明显，姐姐这几年在迅速衰老，女人就这样，到了一个年龄分界点就会走下坡路，至少容颜上是这样，无论结婚还是单身。他想象那位空姐应该就是前几年的姐姐，二十岁上下吧。他当然不知道她的名字，甚至一转眼就想不起她长什么模样了。在她看来，所有空姐都长得大致相同，高挑，肤白，浓妆，笑容甜美。待飞机上了云层，便一点在空中的感觉都没有了，像是坐地铁。他整个行程都盯着窗外看，云层跟棉花糖似的铺至天际，这让他想起小时候看电视剧《西游记》，那只猴子一蹿上天，天堂也是这般模样。他感觉离太阳近了，阳光也强烈了不少，倒是云层给他致命的错觉，仿佛就算飞机真的往下掉，人往下跳，云层也可以把他们都接住。

下了飞机，郝荣迫不及待开机，姐姐的信息早就发来了。姐姐还是怀疑了，她让郝荣去她工作的地方一趟。姐姐是什么人啊，火眼金睛，姐弟相处这么些年下来，郝荣再清楚不过，只能先斩后奏，跑了再说。郝荣回了一句：姐，我已经到深圳了。郝荣拿着手机一边等着姐姐回复，一边在浩大而迷乱的机场里找出路。姐姐没再回复，要么她又开始上钟，要么生他的气，不再理他了。郝荣顾不上这些，他得赶紧给王一单打个电话。

郝荣没想到王一单比想象中要单薄、矮小。看照片时，王一单五官开阔，给人高大挺拔的错觉，如今那张开阔的脸却配在一个一米六左右的瘦小身躯之上，显得很不协调，像是一个牛头长在了一头羊身上。原谅郝荣想到了这么一个不合适的比喻。

只剩下抽烟能缓解初次见面的尴尬——待到了王一单位于九楼的住处，郝荣把身上带的一盒南京烟都抽完了。烟是在南京禄口机场买的，比外面贵了一倍。登机时火机被没收了，到了深圳机场，郝荣又花了两块钱从游走的小贩手里买了只火机。坐趟飞机可真不容易。郝荣坐在客厅的床边，显然是王一单新置的床，被子和枕头都是新买的，整齐地叠在一边。郝荣感觉到屋里出乎意料的干净，任何物件都井然有序，包括一个口杯的摆放和书架上每一本书的排列。郝荣想起王一单外出还随身带着手帕呢，也就能联系到一块了。郝荣一时不知干什么好，故意翻包，希望能翻出半包被遗忘的香烟，他也知道不可能。除了几件衣服，还有一些平时就躺在包里派不上用处的零碎杂物，再没其他东西。离开南京时走得匆忙，几乎没带一件多余的物件。退掉南京那边的房子时，房东说合同期不到不能退押金。郝荣说我屋里的被子桌子还有一台旧的联想电脑都给你了押金就退了吧。房东说你带走带走我不要你的东西也不值几个钱。好说歹说，房东最终答应退一半押金。

屋角的电脑正开着，显示着百度的页面。郝荣急想用下电脑，否则整个心是悬着的，担心事情会比他想象的还要糟糕。不过他又打消了念头，反正都离开了，一时半会儿事情还不会找到头上来，待住下来后，王一单白天一上班，郝荣大可就把这里当自己住处了。

郝荣想下楼买包烟，他不知道深圳能否买到南京牌的香烟，在南京两年，就抽一种牌子。不过想到要上下九楼楼梯，又懒得动身了。郝荣不明白王一单为什么要住这么高，从阳台望出去，视野倒是一片开阔，低矮的农民房、步行街、菜市场的铁皮棚顶，延伸至宝安大道，大道那边，则是另外一番天地。

王一单叫的快餐还没到，郝荣侧身在床上睡着了。

陈孟隽

陈孟隽下车买包烟。回来时，发现江小野已经拎着一个湿淋淋的袋子在车旁候着了。陈孟隽说，不知道的，还以为你拎着的是条蛇呢。确实，江小野不想让鱼水弄脏了工作服，故意把袋子提出去，和身体保持了距离。两条鱼还是活的，在黑色的袋子里扑腾，随时想挣脱出来，这让江小野显得异常紧张。

第一次见江小野，她也很紧张，她把整杯咖啡都倒在了陈孟隽的白衬衣上——事实上也不能全怪她，她刚把咖啡递上，请他帮忙给靠窗的客人传一下，“先生您好”的话刚落音，他就站了起来，像是梦中惊醒，便以高大的身躯去接了那杯咖啡，瞬间一股热辣辣的灼痛，胸口湿了一大片。江小野都快哭了。后来她跟他说，那是她上班的第七天，一切好像是命中注定。

陈孟隽记得那次飞北京，谈的是一单比较大的生意，尽管换了衬衣，整个会议下来，整个人还是沉浸在咖啡浓郁的香味里，让他不得不想起那位慌张得快哭了的空姐。几天后，回深圳，坐的是同一航班，陈孟隽隐约觉得还可以遇到她。要说人有第六感，他那时候开始信了。飞机刚起飞,他便看见她推着饮料车,缓缓地走了过来。他暗下决心,三个小时的机程,足够他要到她的手机号码了。

回家的路果然塞死了,像是灌满了肉末的香肠,车子寸步难行。陈孟隽知道,来往的行人里,也许有他的员工,发展最好的那几年,他的厂子一度拥有两千多名员工,似乎全世界都爱上了煮咖啡,他研发生产的咖啡机销往全球各个角落。近两年效益下滑,甚至有点车子走了下坡路刹车又悲剧性的失灵了。他是坐在车上的人,自然惶恐,他没敢把这种惶恐告知任何人,包括江小野。幸好还留下一套房产,是认识江小野之后买下的。几年下来房价已经翻了十倍。谁也不知道他在深圳还有房产,尤其是一直住在香港的妻儿。不过,他也做足了准备,害怕留下后患,房产登记用的是江小野的名字。如今看来,当初的决定,又恰好给今天留下了后患。当然,陈孟隽有信心能处理好这件事情,这么些年下来,信任还是有的,江小野也不至于那么贪心。

话说回来,陈孟隽还摸不准江小野的心思,有时感觉是个不谙世事的小女孩,有时又突然觉得她比香港的老婆还不好对付。事情到了要坐下来好好谈谈的地步了。上次见面,陈孟隽坦白他已经被怀疑了,或者说早就谈不上怀疑,只是到了摊牌的时候。他说,你知道的,我不可能离婚。江小野毫不示弱,当即便回答,我也不可能和你结婚。那不正好吗?他当时还心中一喜,好聚好散,毕竟在一起也好几年了。他不想耽误她了。

好好谈谈吧。陈孟隽先给江小野的微信留言。

江小野回复,见面再说。

见了面，江小野却什么都不说了。她在查朋友圈，她忘了木棉花煲鲫鱼汤的帖子是哪位朋友转发的，一天，或者两天前了。总之，她得一条条那么往下找，微信里有好几百个好友，几乎每一秒钟都有人发朋友圈，两天下来，早把鲫鱼和木棉花埋在深深的土层里了。江小野乐此不疲，反正没其他事，就像专门来喝木棉鱼汤的，和往常无数个日子一样。陈孟隽手握方向盘，都握出了汗，车子像蜗牛一样在街上挪着，为了避让一辆电单车，差点把路边的水果摊子给刮了。

陈孟隽甚至有些后悔，倒不是后悔跟江小野相处的这几年，这事他没资格，人家小姑娘还没后悔，他一个五十岁的中年人闹后悔就矫情了。他只是觉得应该给自己留下后路，至少也要事先设想到有这么一天的到来。注定是没结果的恋爱，他为美色，她为钱，爱情当然可以存在，只是无法冠冕堂皇被摆上台面，彼此也没勇气把它摆上台面。他完全可以潇洒一些，像身边那些把玩女人当游戏的朋友，即使遇到棘手的人，手机一关，凭空消失了，就像从来就没出现过，城里人不都这么玩么？唯有他还冒着傻气玩爱情游戏，撒得太远兜得太深，场就难收拾了。

江小野终于把木棉煲鲫鱼汤的帖子找了出来。

陈孟隽把车停好，他故意迟疑了一会儿，让江小野先下车。他给家里打电话，让钟点工先回去，不需要了。钟点工说，你们吃了我还得收拾呢，房间也没擦……他说不必了。阿姨还想说什么，她大概知道自己被炒掉了。他抢着又说，放心，钱我会打你卡上。然后挂了电话。下车时，陈孟隽远远看见江小野一手拿着木棉花一手拎着鲫鱼，鲫鱼明显已经消停下来了，不再动弹，或者已经死了。江小野就站在小区花园的鹅卵石路上，侧着身子等他，可能也不是等他，她只是在看路边花丛里新开了好多细碎的马缨丹。她看起来还是那么青春有朝气，和三年前在飞机上遇到时一样年轻、美丽。

王一单

王一单很早就意识到身体的异样，他不知道问题出在哪儿，不过肯定是出问题了。

这些年，他尽量避免和人交集，患有严重的社交恐惧症，害怕参加三人以上的聚会，拒绝和人面对面说话，甚至害怕接电话，只要电话一响他就紧张，像是有什么可怕的事物等着他亲手摁下接听键来开启释放的开关。几乎没什么朋友，流水线上的同事，换个厂基本就全忘干净了。他宁愿在网上，在微信里，伪造出一个不一样的自己，认识一些喜欢诗歌的人。不过他不愿意露面见人，也不接受某个人的来访，不想把自己好不容易亲手戴上去的面具摘下来，呈现出多么不堪的面容和苟且的现实。是的，他一点都不愿意。所以，面对郝荣的介入，王一单不是没犹豫过，犹豫不是因为不喜欢郝荣，恰恰是因为喜欢郝荣。

不知从什么时候开始，王一单对异性不感兴趣了，无论是拉线上面容枯槁的女同事，还是步行街巷子口整夜站着的性感女孩，这事发生起来竟像删掉一句多余的诗歌一样自然，它可以无限大，大到面临崩溃，回归到身体本身时，又小得可以忽略不计。守住秘密当然不难，一人一生要守住的秘密还少吗？关键是，秘密本身不觉得自己是秘密,它会往外冒,如润土里的草芽,它是背叛者,最想出卖自己,将秘密公之于众,哪怕告于对方,就像此刻面对郝荣,王一单就感觉身体里出现了两个意识,一个在隐藏,一个在探头。隐藏者更接近于他本身,探头的家伙则像是一个入侵者。他试图打破,颠覆,实际上还抱着一种自以为是的希望,像是一声呼喊等着山谷的回应——入侵者也希望竭尽全力的探头会得到意外的安抚,像是小孩期待一只温暖的手能安放在他的头顶上。

浅睡在床上的郝荣,侧着身子,一边手肘抱头枕着,一只手还搁在双肩包上,像是护着什么贵重物品,由于腿脚太长,致使他不得不曲起小腿,七寸裤脚露出浓密的脚毛。他睡觉的样子看起来还像个小孩,高大的身材便显得有些突兀。王一单坐在不远处看郝荣,他不敢挪动一下,怕制造出了什么声响,吵醒了眼前的小孩,他连呼吸都谨慎地收敛着。王一单似乎想起了什么,对,他想起了表哥,像是某种条件反射,不由意志决定,或者说,他越像端详一样器物来看郝荣,就越觉得躺在眼前的是他年轻时候的表哥。事实上,这是明显的错觉,王一单的记忆里,表哥首先没有郝荣高大,更没有郝荣的帅气和痞气。王一单并不愿意再谈及表哥的任何事情,甚至不愿意再想起他。好多年了,他们之间也没有联系。表哥后来在家乡成了一名油漆工,结了婚,生了一堆儿女,酗酒,一喝大了就打骂老婆。王一单偶尔回家,经常听母亲以嘲讽的口气说起表哥的落拓。王一单不知道母亲的用意,隐约有一种报复的快感,还是他过于敏感了。他突然间理解了表哥的痛苦,他们都过着错位的人生,不一样的是,表哥妥协了,试图在伪装成一个每一项都卡在正确位置上的人。王一单拒绝进一步探询表哥的近况，就像他躲避回忆。记忆又是实实在在存在的，避不开，除非王一单患有失忆症。更要命的是，当王一单把那些记忆当作伤痛去定义时，却发现对记忆本身充满了依赖，无法自拔。

有一种心理疾病叫斯德哥尔摩综合征，当年王一单受困于表哥的侵犯，大概也是这种症状的表现，以至于最后他自己都渴望被表哥侵犯，期待表哥能在他家多住几天。那时王一单十二三岁，读小学五六年级，他每天都要骑单车去邻村上学。有段时间，他实在难受，单车都骑不动了，母亲把他强行带去医院检查，医生脱了他的裤子，然后把他关在屋里，他听不见屋外的医生和母亲说了什么。总之，回家的路上，母亲的眼睛是红的，她一直试图从他嘴里获知事情的缘由。他紧张得浑身发抖，一句话也没说，就像他第一次被表哥强行抱上床脱去裤子并往他的屁眼抹口水，表哥让他不许叫，他同样一声不吭，咬着牙任其摆布。母亲没再逼他，只是再不同意他单独睡一个房间。也就是那时候起，表哥再也没来过他们家，事情谁也没说破，又都清楚是怎么回事。

王一单似乎能看见身体里每一个细胞的变异过程，一场匪夷所思的杂技，顺畅的过渡，几乎能瞒住最为挑剔的目光，连他自己也察觉不出异常，仿佛他厌恶的只是一道不太喜欢的菜式，一条过时的裤子，而不是异性。当他在大街上开始不把目光往女孩身上放时，这本身似乎也并不代表什么，难怪他还是个无知者。某一天，一个赤裸着上身露出黝黑而有劲的胸肌的人却让他产生了生理反应，他觉得自己完了，他已经被正常的世界所抛弃了。第二天一早，他写了一首诗，起名叫《有人敲打着死亡的窄门》——

怎样的体验，当六月的墓园响着
五月的铃铛花。这灰色的傍晚，我万念俱灰
我进入爱情的城堡
还要打一场内心的战争
向镜子求得容颜凝固
过往的陌生人，我爱你们到我的五脏六腑
伤我皮肤的膏药。这命中下的咒语
我怀疑。一切中我产生了模糊的意识
我从外面回来，这房子的主人
在欢叫着。他得了时代的爱情病
发病的期限，就在我回来的这一天
我的恐惧来自四面八方的墙
有人敲打着死亡的窄门
这界限的边境证。一张黑色警察的签署
这地狱般的法律。命中的小鬼带我去何处
他跟死亡有了某种关联
提着生命和药片。他带着十字镐寻找
一片安宁的地盘。大地上的灵魂安静
大地下的灵魂沉睡不起
该是何种体验。我们生命的尽头
无限地展开。我们要生，我们要活
并享受爱情。这珍贵的人间

王一单把诗歌发给郝荣看，他希望郝荣能说点什么。结果让他失望，郝荣并没有点赞，甚至吝啬到不为它说上一句话。可能是忘了，王一单又觉得不可能，郝荣从来没忽略过任何一首王一单写的诗歌。唯独对它沉默，这分明是故意的。

不管怎么样，王一单试图过接受不一样的自己。王一单特意看了一些有关同性恋的电影和书籍，最喜欢的是台湾作家邱妙津的《鳄鱼手记》和《蒙马特遗书》，作者二十六岁就用一把水果刀结束了生命。王一单没想到文字在一些人的笔下可以那么繁复而通透，死而无憾。他当天就在微信里跟郝荣分享了阅读感受，并把一些在文字下画满了加粗线条的页面拍下发过去——他暗下决心，要写出一系列诗歌，可能不会发表、出版，有生之年也看不到它们被人接受，更谈不上大红大紫，例如伟大的诗人海子，面朝大海，春暖花开，他想象自己也可以成为那样的诗人，死后，所有人都在讨论他，都在读他的诗，都觉得他是个英雄，时间为他驻足停留，整个世界对他深感亏欠和冒犯，应该向其致歉……

江小野

鲫鱼去鳞，剖肚，洗净，沥干，姜切片下锅，热锅下小许油，把鲫鱼煎熟；木棉花洗净，用开水烫三分钟，去涩味，捞起；胡萝卜切条，手指一样大小，眉豆花生蜜枣洗净备用。把鲫鱼、胡萝卜、木棉花放陶煲里,加水四升,武火煲开,转文火煲一个半小时……

江小野严格按照帖子的步骤,算得上是全神贯注,终于把一道木棉煲鲫鱼汤给做出来了,起锅,加盐调味,撒下一把碎葱。这是她人生最完美的一次尝试。她端出陶煲,放在实木餐桌上,有些迫不及待,尝了一口。

江小野隔着客厅与餐厅的红木玄关招呼陈孟隽,发现他已经歪在沙发上睡着了。嵌挂在电视背景墙里的大彩电正播着深圳卫视的黄金档爱情剧,沙发背后挂着陈孟隽的现代派画作,其实也就是泼上一堆颜料,再画几个瞪着的眼睛和吐出来的血红的舌头。陈孟隽喜欢画画,他说他从小就喜欢,江小野第一眼见他时也能感受得到一股商人所缺乏的艺术气质。不过说实话,江小野实在欣赏不了陈孟隽的画作,在她看来,那简直就是涂鸦。江小野不会有话直说,她总是能恰当地在每幅新作诞生之后给予应有的赞许和期望,谈论起毕加索时,她还能说出马蒂斯和达利。

江小野走过去,弹了一下陈孟隽厚实的耳朵。他们都说,耳朵厚实的人非富即贵,看来还真是这么回事。她喜欢玩他的耳朵,有时一兴奋,她可以把他整片耳朵都含进嘴里。他哇哇哇直叫,她于是知道,这个男人的敏感区竟然藏在耳朵背后。江小野笑着说,汤煲好了。看样子像是小女孩在跟父亲邀功,作业做好了。陈孟隽睁开眼,猛地坐起来,他一时还没反应过来,好了?他说,哦,汤好了,好喝吗?她说,好喝,我刚试了一口。他跟着她来到餐厅,一桌子菜为了等一锅汤,全凉了,泛白的油花浮在上面,只有陶煲里的汤水在冒着热气。江小野把凉了的饭菜用罩子罩到一边,摆出两个瓷碗,把两条鲫鱼和两朵木棉花平均舀进碗里，陶煲里的汤水也刚好分成两碗，像是之前就精确地计量过。刚刚好，谁也不便宜谁，你说是吧？江小野放下汤勺，把陶煲推向一边，笑着看陈孟隽。他没说话，在她对面坐了下来，也并不急于喝汤吃鱼，先是低头看了一会儿，很明显，木棉花经过热水的蒸煮，早已失去了鲜艳，呈现出一副耷拉的腐熟的姿态。

喝了这碗汤再说吧。江小野也坐了下来。

陈孟隽抬头看了她一眼，埋头喝了起来。显然，他并没有喝出意外，也许是等得有些久，期望值高了。他甚至有些失望，只喝了一半，就把汤匙放下了，鲫鱼和木棉花被拨到一边。

江小野却把一碗汤都喝完了，一尾鲫鱼被吃得只剩下骨架，木棉花的花瓣，她也一片一片嚼进了嘴里。她没这么好胃口过。工作的原因，她一直很节食，每天要称两次体重，身体加重了一两一厘她都能清楚地算计出来。

她一直对自己的身体和容貌抱有自信，不敢说是完美，至少也算是女人里的上品，就说是完美的，也没有人会提出质疑。这么完美的身体，在最富足的青春里，抽出了三年的时间，给了他，肥胖的中年男人，有妻室的中年男人，看电视永远会睡着在沙发上并同时响起鼾声的中年男人……好了，三年过去了，他突然说，分手吧，你开个价。她还真不知道怎么来开这个价，怎么样的一个价能卖掉这三年时光？

可惜了，江小野起身收拾碗筷，我并不喜欢吃人家剩下的。

他坐着抽烟，是回来路上买的万宝路，烟盒上的骷髅看起来十分瘆人。江小野发现他近来的烟瘾越来越大，两人一起泡在浴缸里，都能闻得到他身上独特的万宝路烟味。工厂的事，她一向不过问，是过客的命她就从来不给自己当主人的错觉。他周末的时间是属于家人的,她也慢慢识趣了,以前还会发个莫名其妙的微信过去,制造惊险、刺激,两人一来一去像是对暗号。后来她懒得那么干了,有种羞耻感,甚至于还进行过角色调换——假设有一天,她的老公也在周末的时间跟另一个年轻女子对暗号,她却浑然不知,现实对她是何等残酷。她多次想说,算了,散了吧。可她说不出口,倒也不是不舍,说起来还是怕伤害人。当他提出分手时,她才突然醒悟,原来没有谁会被伤害,都是一厢情愿的寡柔。

江小野想过开价。这是最简单的办法,从此两讫。当然,对陈孟隽来说,最重要的是她得答应把房子还回去。他自有他的办法,只要她点头。这仿佛也是她最后一张牌子,当初之所以能抓住这么一张牌,并非她贪心,只是大家都没想到,如同斗地主,谁也不知道那扣起来的三张牌是好还是坏。

房子可以还回去,她不是贪得无厌的人。当然了,她需要一笔钱,一笔不知道具体是多少金额的钱,总之得是笔大钱。她现在还不能估算到底需要多少钱,就迟迟没有跟他提出具体数额,她知道他在等着她的答复,像是买卖双方,私底下比画着手指,亮明意图。好吧,就连这样,她都感觉羞耻了。当初跟了他,并不是为了钱,虽然也知道他是个有钱人。如果不是弟弟在这时候横一杠子,她大可以和他一样潇洒——她不差那么点可以把生活过得摇曳多姿的能力。

江小野上网查过,弟弟得的是一种罕见病,百度上说,威尔森氏症是自体隐性遗传疾病,因第十三对染色体上的两个基因异常,造成血浆中携带铜离子的蓝胞浆素缺乏,使得铜离子代谢产生异常,让过多的铜离子在肝、脑、角膜、心脏等处沉淀……江小野看不懂，医生也确定不了，家乡的医院几乎没有临床可以参考，需要花费多少钱，能不能治，都是未知，面对弟弟的病，医生也如小学生面对超乎经验之外的数学题。

得知弟弟的病时，陈孟隽还没提出分手。江小野请假回家，在家乡的医院里，她看到了一个既熟悉又陌生的弟弟。这些年，她跟弟弟每年也就见一次面，大学毕业后，他留在厦门当建筑工程师，混得不错，一度成了家族里的骄傲，大小事都是他当着。你弟弟为家里付出不少，母亲哭着跟江小野说，你一定要想想办法，帮帮你弟弟。江小野也哭得一塌糊涂，当着家人和其他一些近亲的面。她把身上的三张银行卡都给了父母，加一起也就十多万元，面对大疾，自然不算什么钱，但她尽力了吗？江小野知道，还有陈孟隽。

就在这时候，陈孟隽提出了分手，像是串通好了一样。突如其来的变故，让江小野不知道怎么跟陈孟隽说弟弟的病，怎么说都有为了钱财而蓄意杜撰的嫌疑，她又羞于干这些事情。她犹豫再三，最终还是没打算和陈孟隽坦露实情，什么都不说，不是要分手吗？不是让她开个价吗？这话听起来十分伤人，有种赤裸裸的羞辱，江小野能接受，也能理解。三年了，她知道陈孟隽是什么人，坏吗？并不坏，他只是有着港人的实在。他也知道要她开个价是种粗暴的行为，可除此以外，也找不出更好的办法能弥补一个女孩三年的青春啊。江小野甚至有点感激陈孟隽，如果他不让她开个价，以她的性情，她还真不敢觍着脸去要钱，到头来，她有可能一分钱也得不到。

好吧，不是为钱开始的爱情，最后还得用钱来结束。

那就谈谈吧。

江小野坐在沙发上剥一只柑橘,陈孟隽动手泡了两杯黄山毛峰。电视里的泡沫剧还没播完,哭天抢地的,实在有些吵。陈孟隽关了电视。一下子,世界如初创般安静。

郝 荣

郝荣在步行街的拐角处找到了一家士多店,他在一面香烟展板上犹豫了半天,没看到南京烟,最后买了包红色的好日子。买了烟,郝荣却不想往回走。刚睡了一会儿,醒来吃了个快餐,有点闷,他想到处走走。

郝荣沿着步行街走到底,他走过的城市不少,每个城市的步行街大抵如此。多年的流浪漂荡,使他到哪座城市都不会有强烈的陌生感,或者说,他得对每一个陌生的地方自来熟,脚一落地,马上就能分辨出东南西北,走过的路途街道,经过的一栋楼,一个门店,一棵树,一个指示牌,他都能一一记住,并牢记它们所在的位置,以至于往回走时,他还能按顺序预知它们的出场。

步行街的尽头像是被切割下来的木头,前面横着的便是白天从上跨过的宝安大道。如果不是大道的强行介入,它还能延续得更远。郝荣觉得越走越荒凉了,街灯下站着几个面目模糊的女孩,她们在光线下抽烟,更里面的,那些隐没在阴暗里的角落,也藏着人,同样抽着烟,烟头一亮一灭,像是动物的眼睛。郝荣见过不少城市的深夜,他并不憷于此景。这么些年,他和姐姐走南闯北,别的没学到,不怕人的勇气足以让他应对来自城市角落里的威胁。怎么说呢,郝荣更愿意相信一个地方的夜晚,更乐于晚上行走,像是一个人在梦中,最好还能发出些呓语,秘密便暴露无遗。郝荣能感觉到,深圳和他刚刚逃离的南京一样,白天呈现的面貌不一,晚上基本也是一路货色。

郝荣回到了胫尾天桥,也不知道为什么,他喜欢站在天桥上看底下来往的车流。车流一到晚上便呈现另一番景象,因为灯光,它们显得更加绚丽,捉摸不定。桥上一个人也没有,或者说,一个驻足观看的人也没有。郝荣半弯着身子,他确实有点高,曲着双肘趴在栏杆上,他的皮肤能感觉到灰尘的存在,不像王一单随身携带手帕,每到一个地方,只要和他身体有接触,他都得拿出手帕擦一擦。王一单有洁癖,这点郝荣从他住所就看出来了,整齐、干净,如女生宿舍。郝荣有些看花了眼,一抬头,似乎车流也上了天,在夜空中形成了对称的景象。郝荣对车流的执迷由来已久,大概是十年前,他跟随姐姐到了新疆,寻找他们已经改嫁的母亲。他们也不知道那是母亲第几次改嫁,总之那次嫁得有点远,竟然跑新疆去了,一个叫吉木萨尔的小县城。郝荣那时还小,由姐姐带着,姐弟俩看起来不像是去寻亲,倒像是沿途乞讨的流浪者。母亲当然是找到了,在此之前,母亲告诉过姐姐地址,小城也不大,不难找。当然,他们也没在母亲的新家庭里待多久,那一家子嘈嘈杂杂,光是院子里就玩耍着不只五个孩子。他们不可能留下来给母亲添麻烦。姐姐带着郝荣离开吉木萨尔那天,他们在县城迷了路,具体是姐姐迷了路。这让郝荣打小就意识到,在城市,千万不能迷路。他们最后不知怎么就走上了一座天桥,大概是觉得天桥高,容易看清楚方向。他们站在天桥上,姐姐四处张望,寻找方向。郝荣就盯着往下看，他看到了美丽的车流，他对车辆不感兴趣，是车的灯光，让他觉得神奇，像是童话传说里的一些什么东西。郝荣后来想，吉木萨尔的车流其实并不多，这是跟后来他们姐弟到过的其他城市对比得出的结论，比如他们去过北京，去过成都，还有更多的小城市，以及最后落脚的南京，每一座城市的天桥都要比吉木萨尔的壮观。

郝荣不知道在天桥上站了多久，一包好日子几乎抽掉了一半。他故意把每一个烟嘴子都往下丢，想象着一个人如果往下跳，大概不会轻易死掉，却会被车流吞噬——郝荣更愿意想象成是被灯光吞噬，像是被巨蟒吞进了肚子里。

远在南京的姐姐，肯定给突然出走的弟弟打了不少电话。

郝荣这才记起他把手机关了，不单是姐姐联系不到，王一单也会联系不到。他下了天桥，开始往回走，街灯下的女孩不见了，几个喝醉酒的年轻人从大排档出来，歪歪斜斜，一路摔着酒瓶子。郝荣看了他们一眼，他们其中一个朝郝荣喊：看什么看啊，想死啊？

回到住处时，王一单已经睡下了，他问，怎么关机啊，打了你好几个电话。郝荣谎称手机没电了，他看茶几上有一碗烫菜，上面架着一双还未拆开的一次性筷子。

桌上有吃的，都快凉了吧。王一单说。

郝荣突然有些感动，这让他想起姐姐，只要有吃的都不忘给弟弟留一口。

郝荣坐在脱漆的排骨椅上吃起王一单为他烫的青菜和墨鱼丸子。墨鱼丸子没烫熟，咬开有一股粉末的味道，他还是吃完了，连汤都没留下一口，竟吃出了一身汗。他抬头抹了一把汗，发现对面小柜上放着一台14寸的老旧电视，看样子坏了有些时日，却擦得发亮。郝荣这才想起要用一下电脑，他不确定王一单是否已经睡熟。他起身到阳台站了一会儿，夜深了，外面还是灯火通明，尤其是机场方向，远远看过去，竟像是在空旷地举行某场赛事。他悄悄开了手机，紧张得像是到街边开一把属于别人的锁。果然，手机一通乱响，表示被遗忘多时的抗议，挤进了好几条短信和微信，几乎都是姐姐发来的。姐姐问他，是不是发生了什么事？姐姐说："你不说，我明天就去深圳找你。"郝荣鼻头一酸，他知道姐姐说到做到，走南闯北，对她来说是稀松平常的事。郝荣现场拍了张照片，还自拍一张笑脸，发了过去，并说，他在朋友家里，一点事也没有，姐姐不用担心。发过去后，他又关机了，怕收到回复。几乎从小到大，郝荣都与姐姐形影不离，姐姐不让他离开身边半步，他也产生了依赖，可他终究还是长大了，好几次被人误以为是姐姐的男朋友。一男一女租住在一起，有些时候就说不太清楚。他还记得刚到南京时，时不时有制服上门核查，问他们要结婚证和计划生育证明，他们就得尴尬半天，跟制服解释他们的关系。制服们通常又不信任，以为他们在编造借口逃脱检查，属于非法同居。郝荣后来决定搬出去一个人住，找了一份商场的工作，当内保，每天的工作就是假扮成顾客逛商场。

世界静得只剩下飞机起飞和降落的声音。

郝荣开了王一单的电脑，幸好没设密码，他在百度上输入关键词，几页搜索下来，并没有相关的只言片语。倒是有不少和他同名同姓的人，要么是著名律师，要么是科学院士，没有一个和他的信息相符,也就是说,郝荣虽然在世上活了二十年,这世上其实也没留下他任何蛛丝马迹。他终于舒了一口气。好多事情,其实是自己吓唬自己,甚至都犯不着跑路。那个被他盯住的商场行窃的女人,本身就不干净,怎么可能报警呢?事实上,郝荣已经注意她多时了,她假装成大肚婆,每次进商场都形迹可疑。郝荣跟过她几次,眼睛却不及她的手快。直到有一次,一瓶洗发水哐当一声从她的肚子里掉了出来。郝荣其实也没立刻上去,他突然有些想法,继续跟着她,眼看她拿了更多的物件往肚子里塞,她以为已经顺利过了安检,正要轻松离开。郝荣才上去把手搭在她的肩上。郝荣把她带到了地下仓库,她苦苦哀求,求他放过她。那一刻他有些心软,也许她家里真的很穷,丈夫无能,或者像母亲那样,丈夫早早就去世了,有儿女需要抚养,像郝荣和姐姐的小时候……可他并没有因此客气,这份工作没有给他带来多少愉快,他每天都恨不得抓个小偷暴打一顿,就像他没工作时和那些街头混混在一起,看谁不顺眼就围上去揍。然而他遇到的是个女小偷,如果不是她说了那句话,他都准备从后门让她滚的,只能怪她自己犯贱。她竟然对郝荣说,你放我走吧干什么都行。他一时也是昏了头,把她带到了仓库的暗间,脱了她的裤子。郝荣并不是第一次碰女人,那种情形却让他抑制不住兴奋。事后,他就被动了,后悔已经来不及。女人提起裤子的第一句话就是:你强奸了我。

陈孟隽

陈孟隽其实舍不得和江小野分手。

三年前在飞机上一见钟情后，他一直穷追不舍。他也毫不隐晦，直接就跟江小野说，他是有老婆孩子的人，不过老婆孩子都在香港，不愿意和他到内地做生意，他周末才回香港，工作日全在深圳。江小野问他，你告诉我这些，想怎么样啊？陈孟隽笑着说，如果你愿意跟着我，我陪你的时间会比陪老婆的时间多。江小野被逗得大笑。常言道，爱情使人失去理智，陈孟隽想想还真是，遇上江小野后，他当真像是被人当头一棒，给打晕了，甚至打傻了。没遇着江小野之前，陈孟隽觉得全世界都是商场，商场如战场，退出战场后，他的全世界又只剩下家人。后来就不一样了，后来的他觉得就算全世界都是战场，也剩下有那么一个角落，站着江小野，盈盈笑着，问他，先生，您需要喝点什么？

机场的咖啡多贵，陈孟隽几乎隔天去请江小野。江小野问，你就特意来请我喝咖啡。陈孟隽那会儿倒像个小伙子，羞涩一笑，说他就住机场附近。江小野问，机场附近，哪儿啊？陈孟隽总不能说是毗邻机场的胫尾第一工业园吧。事实上他那时就租住在胫尾村，跟工厂园一路之隔。陈孟隽支吾着说，星都豪苑，知道吧，我住星都豪苑。陈孟隽当时还算急智，想起了一个星都豪苑，胫尾村山脚下一处崭新的楼盘，房价高，差不多要一万，后来翻了十多倍——陈孟隽一个谎撒出了工厂三年的盈利。为了圆谎，他当真在星都豪苑买了套房子，又花了不少心思，把房子装饰一新，简约的中式现代风格，让他很得意。香港的房子完全是老婆在拿主意，浮夸的欧式装饰俗如酒店大厅。陈孟隽第一次接追到手的江小野到新家过夜，感觉人生豪迈，领着江小野参观完客厅参观餐厅，参观完餐厅参观厨房，参观完厨房参观卧室,参观完卧室参观衣帽间,参观完衣帽间参观阳台,参观完阳台参观书房……他特意腾出一个大房间当书房,整面墙的实木书架,几乎全套的金装版名著,宽大的写字台,颜料笔墨,檀香炉子,陶罐里插着莲蓬和松果,瀑布一样垂挂的葫芦,镶在实木相框里的艺术家照片,常青藤、吊兰、绿萝、铜钱草和水仙……一面墙上是特意装饰的展览板,上面挂满了他得意或随意的书画作品。在香港家里,面对患有洁癖症的妻子,他被明令禁止许多事,其中最被反对的就是在家里搞画室。江小野不一样,江小野喜欢他这么干,这是他喜欢她的原因,可以说是真爱,否则也不会把房产证改成江小野的名字。那是作为一次生日礼物送给江小野的,当时把她感动得啊,足足在他怀里哭了五分钟。他的衬衣都被哭湿了一大片。

厂子快维持不下去是这一两年的事,陈孟隽回内地办实业差不多十年,眼看就只剩下星都豪苑一处房产。这丢人现眼的事,他怎么好意思说。好多事情他瞒着江小野,只是觉得没必要说,不是不好意思。从下班到晚上,陈孟隽陆续接到香港那边三个电话,问他事情处理得怎么样?他谎称处理得差不多了,在厂里加班呢。隔了一会儿,工厂前台文员又打电话来问,陈总,有个姓何的女士问你在不在厂里加班……他表面平静,心里都快崩溃了。那位姓何的女士,也就是陈孟隽的老婆,谁也想不到她竟然请了私人侦探,都调查老公一年多了。一大摞照片摔在陈孟隽眼前时,他都看傻了,连他们在卧室里亲密的照片都有,该死的窗帘竟然没拉上。

于是,像是一个人被当众扯光了衣物,没什么好隐瞒的,摊了牌。离婚还是分手?任由陈孟隽选择。陈孟隽抽掉了半包万宝路,最终疲软下来,选择了分手。主意是何女士出的,既然妥协了一切就得听她安排,她可以不计前嫌。陈孟隽要做的就是,收回房产,卖掉,滚回香港,至于二奶(何女士这样称呼江小野)的精神损失费,封顶五十万。这在何女士看来,是给多了,不过为了尽快解决,她也算豁出去了。

五十万,怎么样?五十万,你觉得合适吗?陈孟隽看似在叹气,他没有直视江小野。

江小野并没急着表态,这是她当了空姐后养成的习惯,工作时唯恐怠慢客人一秒,一下班,便凡事都宁愿慢一拍。她继续剥手里的柑橘。

陈孟隽又把烟吸上了,整个客厅都是万宝路的味道。江小野起身起去开阳台的玻璃拉门,风灌了进来,似乎还下起了雨。夏天来了,雨季也快到了。这几年,每到雨季,她就喜欢在清晨醒来,披着睡衣站在阳台的蔷薇藤架下看小区花园上的雨幕。她知道,那样的场景再也不会有了,心里难免有些怅然。

江小野重新坐回座位时,陈孟隽把烟掐灭在烟灰缸的湿纸巾里。他想说什么了。

小野,我好像从来没有跟你讲过我年轻时的事吧。

我可不想听你讲什么罗曼蒂克恋爱史。

陈孟隽笑了笑。怎么会呢?我这一生一点都不罗曼蒂克,认识你这三年除外。

江小野也笑了。

对了,你喜欢香港吗?

陈孟隽这么问,江小野有些诧异,她经常去香港,从罗湖口岸也就过个关卡的事,这对全国到处飞的人来说简直都不算出门。不过她从没跟陈孟隽去过,陈孟隽不敢她也不愿。她都是和同事去的,也没什么紧要事,逛逛街,吃个煲仔腊肠饭,大多时间就是购物,买配饰和化妆品。要说喜欢吧,也喜欢,毕竟打小就看惯了香港电影,镜头晃来晃去也就那几条街,港味十足的街边牌坊和双层巴士,《暗战》里的刘德华就是在巴士上和女主角相遇的——说不喜欢,也行,尤其是近段时间,港灿们上街头排斥内地人,江小野一口闽南普通话都不敢在香港街头大声说了。

还没等江小野回答,陈孟隽说:

其实我也不喜欢香港。

我可没说我不喜欢。

你犹豫了,犹豫就是不喜欢了,至少不是那么喜欢。

好吧。

我是个香港人,是的,当然是,我有香港户口三十年多了,在此之前我一直觉得是个荣耀。至少在大陆人眼里我是个成功者,成功地偷渡过了香港。我记得小时候,那时你还没出生呢,村里的年轻人没事就去水库练游水,然后成群结队,趁着夜色,像群海豚一样游水过深圳湾。当然啦,最好别遇上边防巡逻队,否则只有死路一条,他们借着月光敢往水里游动的波纹开枪。

等等,你是说你其实是深圳人。

是的,十六岁之前,我是深圳人,十六岁那年,我偷渡到了香港,就成了香港人了。现在想起来,还是蛮幸运的,我并没有冒着生命危险去游水。我有一位同学的爸爸当时是边防保长，我知道这是个可利用的资源，就故意和那位同学走得很近，经常上他家，吃饭喝酒，总之混得很熟，像是一家人。于是机会来了，保长利用职务之便，要送儿子过香港，顺带也把我送过去。我都还来不及跟家里人告别，当天晚上就匆匆赶路，和我同学抄了一条山路，到了香港，没多远，记得也就半小时的路程。同学说，到了，我们到香港了。可我看到的还是一片荒芜的山体，和一河之隔的深圳没什么区别。我不敢相信，就那么轻易到了香港，怎么可能呢？难道我看到的不应该是高楼大厦灯火通明么？

后来呢？

后来，高楼大厦当然是看见了，灯火通明也看见了。

你们靠什么活啊？

我同学在那边有亲戚，投奔亲戚去了。我没有，我靠画画活了下来。你想不到吧，我当时帮画廊画不署名的油画，一张能赚五十块钱。

你怎么就没当上画家？

要不是遇上她，我还真说不定成了艺术家，她不喜欢我没出息，在她眼里画画的写文章的都是没出息的人，尤其是男人。她是香港人，祖籍上海，从爷爷那一代开始就避难到了香港。我认识她时，她跟你一样大，不过她可不是空姐，她在游乐园卖票，家住九龙格子楼。她一辈子没什么愿望，就是想住干净的楼房，她答应我的条件很简单，也很苛刻，要在香港买套房子……

江小野打断了陈孟隽。

我还真不想听你们的爱情故事,患难之交是吧,后来发达了,你做到了,实现了她的愿望,又把事业做回内地,在内地买房,包二奶——我并不喜欢这么称谓自己,不过事实如此,也没办法——老婆在香港带孩子,你最后良心发现,或者东窗事发,你不忍心跟结发之妻离婚,只好选择跟情人分手……是这样吧,电视剧演的就是这些套路,你不用说我也明白。

是的,五十万是她开的价。陈孟隽又点了根烟。不过这房子她得要回去。

不是你想要回去吗?

也可以这么说。

房子我当然可以还你,也不是还你,是卖给你,以现在的价格,房价还在涨,实际上你也亏不了,耐心的话,你可以再等三年,绝对又翻十倍。

小野,你知道现在这套房子要多少钱吗?陈孟隽站了起来。

八百万。我只要五百万,也就是五十后面加个零的事,这对你们来说不算太难。

江小野,你要这么多钱干什么?陈孟隽把吸了两口的烟掐灭了。

江小野扭过头去,她不想回答,也回答不了。她剥橘子的手在抖。

王一单

王一单再次跟郝荣提起那首诗。他在郝荣面前朗诵时,像是在宣读自己的遗书,满城都是开放的木棉花,任何一朵都不希望坠落得无声无息。王一单希望郝荣能听懂。

郝荣的到来,是王一单意料之外的插曲,这段插曲不会影响他事先做好的决定,也有不妨安静下来先好好享受一段曲子的想法。确实,王一单的生活开始变得彩色起来,这彩色比木棉花还要丰富,类似一个少女心中的万般情绪,绵软而多汁。他每天早早就起来准备早餐,煮一小锅粥,或到楼下买两份包子粉肠。他乐于干这些琐碎的事情了,要在以前,为了多睡一会儿,都不愿意起床吃早餐。

郝荣的突然到来,王一单也不是傻到没怀疑过。郝荣不像是那种能踏踏实实在一个地方工作的人,这点王一单凭着在工厂做事多年,见过各种在车间进进出出的年轻人,他一眼便能看清一个人的品性,工作上能否尽心尽责,至少能不能在一个板凳上长时间枯坐。郝荣显然不是,他看起来更像是一位诗人。王一单这么想时,感觉还蛮惭愧,作为一位写诗者,他一点也不像诗人,世人该有的有关诗人的想象,他都不具备——身材瘦小,谈不上匀称,说是病态的畸形也不为过;每天换洗着两套被洗得发白的蓝色厂服;脱皮的黑头皮鞋;开始秃顶的板寸头,每次理发,他都得交代,短点,短点,越短越好,倒不是因为好看,他拥有一个前凸后突的脑袋,一点也不适合剪短发,就为了方便,一年可以少理两次头;上班下班,能不说话就不说话,能不来事就不来事,能不出去就不出去……同事间,他早已落下一个孤僻、怪怪的坏名声了,这又有什么关系呢?他的内心比谁都丰饶,这点他从没有怀疑。

王一单和郝荣倒像是约好了一般,每天傍晚,郝荣先到陉尾天桥，等着王一单下班，远远看见一堆人乌压压地涌到桥下时，郝荣就知道王一单矮小的身躯混迹在那中间了。两人趴在天桥栏杆上，一个看车一个看花。不同的是，王一单要先用手帕把眼前那一段栏杆上的灰尘擦干净，郝荣咋咋呼呼的，抽着烟，不管上面有多脏，整个身子就靠了上去。每次郝荣做这一系列动作时，王一单都得皱一下眉表示无法忍受，不过他也知道，他改变不了他。王一单发现大道两边的木棉花正在逐日减少，这让他有些伤感。他羡慕郝荣，郝荣眼里的汽车，每天都一样拥挤，像是雨后的墙面爬满千足虫。

航空公司的大巴准时从天桥下面驶过，一辆接着一辆，看起来齐整而壮观。大巴里坐满了空姐，从一格格褐色的车窗能看见她们，一个个面容类似，如一个模子刻出来的。王一单知道吸引郝荣来陉尾天桥的无非就是那些空姐。王一单对女人的美有种近乎怀恨的冷漠，究其缘由，大概跟他的童年遭遇有关。忘了是一九九几年的事了，王一单读小学一年级，老师教他们查字典，班里只有村主任的女儿有一本新字典，她还长得漂亮，是唯一的女生。这让王一单很嫉妒，嫉妒不是因为她漂亮，是她有一本字典。王一单回家央求母亲，母亲觉得字典没必要买，跟同学借用就行了，这让他很绝望，转而告诉时常来家里的表哥。意外的是，没过几天，表哥来他家，变戏法般从背后晃出了一本黄色胶皮的新华字典。他高兴坏了，当天就带到班上。巧的是，那天女生把字典弄丢了，正哭着找老师。老师把全班同学都当成了嫌疑犯。王一单没敢把新字典拿出来，他憋出了一身汗。老师挨个搜书包，从王一单的书包里搜出了一本新字典，老师问女生，这是你的字典吗？她看都没看，就点了点头——可能在她心里，没有人配得起拥有一本新字典吧。老师回头瞪了王一单一眼，把字典“还”了回去。

王一单跟郝荣讲过这故事，他说在那一刻，他觉得人生好绝望，第一次有了死的冲动。郝荣却一副不理解的表情，他说要是我就过去给她一巴掌。王一单相信郝荣的话，郝荣干得出来，至少看起来像干得出来的人。王一单对郝荣也不是一无所知，电脑百度搜索栏下面多出来的“南京强奸”的关键词字条，他早就注意到了……

郝荣突然说，你看，她又在这里下车了。

王一单顺着郝荣的眼神往下看，确实，那位空姐又出现了。

郝荣把吸干净的烟嘴子丢下天桥，烟嘴子在空中旋了几下，被风吹出好远，落在一辆小车的车顶上，随即又掉到路面，被后面跟随着的货柜车碾了过去，再也寻不着了。

郝荣说，要是有个望远镜就好了，那样能看得清她的脸。

王一单像是配合郝荣，两手把五指屈成筒状，放在眼上往下看。

你是不是喜欢她？

郝荣格格笑着，他又点了一根烟。他看起来似乎有些紧张。

王一单说，不过，接她的人到了。

一辆商务车在女孩的身边停了下来，摁喇叭，打双闪。

郝荣说，那是香港的牌照，你仔细看，蓝色牌下面还有一张黑色的，看见没有？

王一单还真没注意，他明白郝荣的意思。正如郝荣想象的那样，在深圳再寻常不过。

王一单说，这不奇怪，我们厂的老板也是香港人，你把烟头往街上一弹,估计也能弹到一个香港人。

郝荣用手捂着头上那巴掌大的头发,生怕被天桥上逐渐大起来的风吹乱。他回头看着王一单,表情竟一本正经。

车里是个老头,至少也是个四五十岁的中年人,他肯定有钱,是个老板,开公司,办加工厂,他在香港有房子,老婆和孩子,在深圳,他又泡了个空姐,他会给她不少钱吧,空姐可不像一般打工妹,这么小的钱她可看不起——郝荣伸出一个小指头,他看起来洋洋得意,像是刑侦探长在分析手头的案情。

江小野

江小野没想到陈孟隽会答应给她五百万。五百万是什么概念,她没想过,她只知道如果真有五百万,家里人就不担心钱的事了。当时一时心急提出了五百万,事先并没有经过打算,说白了,她只是想激怒他,报复一下,凭什么,在离婚和分手之间,他选择了后者,尽管让她来选,她也会做出同样选择。陈孟隽一答应,江小野反倒不好受起来,羞耻感陡然变成罪恶感,也许那一念之间,就毁了他一切。

江小野可顾不了那么多了。

第二天,江小野跟公司请了长假,急匆匆回一趟厦门。从深圳回厦门,高铁要走三个小时,足够她静一静。江小野感觉自己还像个小女孩,这些年顺风顺水,上有父母挡着,下还有弟弟宠着,没遇到过什么烦恼,更别说变故了。三年前遇到陈孟隽,明知道没什么好结果,她也是小孩心态,觉得既然喜欢,就在一起,算是人生体验,几年后,分手了，再找个人恋爱，也不缺块肉。她真是那么想的，自然不敢告诉家人，否则肯定遭家人反对。那时家人怀疑她交男朋友了，她知道瞒不了，女孩一恋爱，就会完全不自觉地变个人样。她骗家里人说是在谈恋爱了，至于对象，还不好公开，只透露说是同一家公司的，飞机驾驶员。家人听了，自然高兴，开飞机的男人错不到哪去，无论是相貌还是收入。倒是弟弟一度蛮怀疑，说姐姐这么漂亮，在深圳那种地方，可别经不住诱惑哦。弟弟当然是开玩笑，江小野也当玩笑听。打小，他们姐弟就要好，一起在院子里玩，一起到街道学校上学。记得上中学时，她被班上的男同学欺负，弟弟还纠结了几个伙伴去威胁人家。那男同学比他们都高一个头，还真被吓着了，问江小野是你们什么人啊。弟弟一时心急，没敢说是姐姐，脱口而出，是我女朋友。弟弟回家把事情说给家里人听，父亲喝在嘴里的茶全喷了出来……

多么阳光的小伙子，如今却躺在医院里生死未卜。江小野一想起就心口一凛，像是被铁线网从胸口直生生地拉过去。坐的刚好是靠窗的位置，她一路把头靠在车窗玻璃上，脸朝外，看着外面往后移动的树木走禽、田野山川。清明刚过，山上的坟头都撒满了白色的冥纸，像是某种寓意。江小野的泪水没停过，她哭是因为弟弟突遭大疾，也是因为陈孟隽，尽管事先知道没有什么好结果，可真是到这一刻，该接受的苦痛和落寞，一样也少不了。

江小野没有事先跟家里人通气，她这时倒有些专横独断，回厦门，目的就是要把弟弟接来深圳，接受更好的治疗。途中，她先给母亲打了个电话，让她别担心钱的事，她会想办法，无论如何要治好弟弟。这么一通电话下来，她感觉悲壮起来。为了救弟弟，她真可以不管不顾，哪怕在陈孟隽眼里，她从此成了一个贪图钱财的蛇蝎女人。

江小野没有为家里做过什么，也不需要她做什么，她像个公主一样被宠爱着，被保护着。没来深圳之前，那时他们一家还在老家县里，父亲是化肥厂工人，母亲是小学教师。她放学回家，想做点家务都不被允许，母亲什么都不用她和弟弟干，她是个里里外外都一样凌厉的女人。考上大学后，江小野每月都能接到家里的电话，第一句就是，别舍不得花钱。她喜欢花钱的习惯大概就是那时候养成的。毕业后，江小野不想回城，姐弟俩总有一个要回到父母身边。这时弟弟又表现出男子气概来，他跟姐姐说，放心，家里有我呢。弟弟也是争气，没多久就把父母接到厦门，买了房，也有了车，不需要江小野多操一点心。在家里人看来，江小野只需要负责找个靠谱的男人嫁了就行了。

途径汕尾时，江小野才想起同事的老公好像是深圳北大医院的医生。她连忙给同事打电话，平时还算友好的关系，此刻要开口求人却如临大敌。江小野是第一次求人帮忙，她之前大概以为这辈子也不需要求人。好在同事还算热情，立马就和丈夫联系上了，回复说，科室刚好对口，入院手续能省即省，赶紧转到深圳，立马组织专家会诊。江小野挂了电话再跟父亲联系，让父亲先办理转院手续，请个救护车，待她一到就立马返回深圳。处理这些事情时，江小野表现出少有的干练，不再是以前的那个她，甚至都不再是一两天前的那个她。

江小野又托朋友在北大医院附近租了间大房子，一家人过去好有个安顿。以前她要么在宿舍，要么去星都豪苑，除了机场，基本上日常生活就在那两个点上移动。至于怎么租房子，怎么上市场买菜，对她来说都是一个大考验。好不容易,江小野途中睡了一觉,醒来时发现对面的男人一直盯着她看,她下意识地把衣领往上一拉,报站声响起,厦门站到了。下了高铁,江小野当即打车去医院,救护车已经在门口等着她了,她上了救护车,看见疲倦的父母和插着氧气管的弟弟,父母各坐在一边,弟弟躺在中央。她挨着母亲的身边坐了下来……江小野知道这时候一家人更想大哭一场,可他们都强忍着,伪装出一副干练的样子,像是刚开始参加工作时刻意在领导面前表现其出色的工作能力。

他们连夜返回深圳,中途父母都眯了一会儿,他们太累了。江小野没敢睡,她得照看弟弟,偶尔把目光投向车外,途经某个城市或者小县城时,窗外远处亮着或稠或稀的灯火。灯火下无不是各自惨淡或平凡的生活,这么多的家庭,要么参与变故,要么持续繁荣与寡淡,都让江小野心生悲悯,觉得活着也不过如此,如车驶过,匆匆一瞥;车过荒野时,江小野特意两眼盯着窗外,除了黑暗还是黑暗,黑暗里又隐藏着什么,无人能知,也许黑暗本身也不自知。她想着这一路回深圳,跟白天时一路到厦门,所经过的应该也大同小异,不过,因其白天和黑夜的区别,一切就又显得如天堂与地狱的差别了。她甚至设想,如果中途把她给丢了下来,车子扬长而去,她留在黑暗里,她应该怎么办?她是奋勇奔跑,还是待在原地,抖索着身体,以巨大的恐惧等待黎明?即便是奔跑,为的不也是以奔跑的方式驱挡恐惧的侵袭么?到头来,似乎以任何方式都逃不开恐惧带给人心里的深深的不安全感啊。好吧,她承认自己想多了,这么些年来,她养尊处优,无忧无虑,从没想过如此复杂且充满宿命的东西。她是否在一夜之间长大啦？如果是，那么长大原来是要付出如此惨痛的代价的，太划不来了。

到达深圳时，已是第二天早上。江小野一夜未眠，紧接着，还得办理入院手续，并和主治医生进行初步交流，她大致也就明白了弟弟到底处于一个什么情况。简单来说，弟弟在未来的几十年里，有可能都要靠药物维持，这过程中，病症的突变，会随时要了他的命。这多少让她绝望，绝望来自往后的漫长日子一家人该怎么过，与此相比，她宁愿弟弟患的是癌症，三五个月，彼此都能解脱，或许她不应该这么想，弟弟如果能决定生死，他也不会反对。

晚上，江小野特意请父母吃了餐饭，点了很多菜，明知道都吃不下，还执意要点，似乎只有这样，才能表达她的坚决。安顿好父母在出租屋住下时，已是深夜，江小野发现手机没电关机了，充上电，打开一看，短信提醒陈孟隽来了差不多十次电话。打开微信，也都是他发来的语音，江小野逐一点开来听：第一条，他需要江小野和他去房产局办理过户手续；第二条，他想请她吃餐饭，算是最后的分手仪式；第三条，如果她愿意（不愿意就算了），他冒昧请求，陪他最后一晚——是的，最后一晚。

郝　荣

有一点倒是可以确认，出现在陉尾天桥下的空姐，正是郝荣坐飞机来深圳时，给了他两颗榴梿糖的女孩。榴梿糖的味道还能在嘴里回味，空姐却几天没见了，自然那辆有着黑蓝双牌照的商务车也消失了。

出于无聊，郝荣几乎每天都会去陉尾天桥待一段时间，他数着过往的公交车，航空公司的大巴一共有十二辆，一辆不少一辆不多，他盼着其中一辆能在桥下停步，可它们都不停了，径直从桥下驶过。郝荣就是想多看那位空姐一眼，他心里有股涌动的情绪，致使他每次一看到航空公司的大巴驶过，就紧张得手脚发麻，不是及时吸上一根烟，他连呼吸都控制不好。郝荣大概是喜欢上人家了，这有点不可理喻，要说近距离见过面，也就是在飞机上那一次，他恨不得啐自己一口，没出息的家伙。何况，人家十有八九是被人包养的情妇，转而又想，情妇怎么啦，作为一个年轻人，郝荣对这些看得很淡，姐姐上班的会所还有不少女孩是出来卖的呢，他不也同样喜欢她们，见着她们和见着姐姐没什么区别。

面对一个陌生人的突然消失，郝荣一点办法也没有，他想过一个人到陉尾村里寻找，念头一起，就又恨不得给自己一拳，真是个傻瓜。算啦。郝荣突然想离开，和最初想象的不一样，深圳并不是他喜欢的城市。王一单工作的厂子似乎也出了什么状况，听说老板已经几天不露面了，本来效益就不好，三个月工资未发，线上的工人都在闹罢工了，正策划着去堵宝安大道讨薪。王一单说了，厂子估计维持不了多久。再说，几天百度查下来，网上并没有和郝荣相关的任何信息，看样子那个商场偷盗成瘾的女人并没有报警，说不定此刻又开始她的疯狂之旅了。郝荣想趁着姐姐还没起疑之前，他得赶紧动身回南京，像个没事人那样出现在她眼前。

郝荣开始想姐姐了。

这让他很难为情。这么多年来,他一直依赖着的也最想摆脱的不就是姐姐么？小时候他像烦母亲一样烦过她,不,比母亲还烦。姐弟俩坐着绿皮火车去新疆寻找母亲之前,郝荣对母亲还存有幻想。在吉木萨尔小城,当母亲冷着脸塞过来两百块还斜着眼睛怕被她改嫁的男人看见想尽快打发他们姐弟俩离开时,他算是对什么骨肉情深彻底失望了,不,绝望了。他想过一走了之,像街边的乞讨者,同样可以自由自在过一辈子,不就是脸皮厚一点么,可他没那勇气,他还需要姐姐保护。他们一路东移南下,没钱,只能住同一间旅馆。夏天还好,姐姐睡床,他睡地板。冬天了,实在没办法,姐弟俩只能睡一个被窝。其实也没什么,那时郝荣也就十多岁,在姐姐眼里自然还是个小孩。他不那么认为,他觉得自己长大了,撒尿的家伙正在逐日粗大,周边布满了胡须一样的毛,墨黑而卷曲。他害怕碰到姐姐的身体,又渴望碰到姐姐的身体。通常他一夜都没能睡好,憋得像只被烤熟的僵硬的虾。偶尔姐姐一个翻身,会把一只手伸过来,那只手便大如如来佛的手,把他整个人都给覆盖了。好不容易,他熬到了可以离开姐姐的年纪。他刻意躲着姐姐,尤其是姐姐开始成为会所的按摩技师。他明知道姐姐卖艺不卖身,一想起姐姐穿着裸露的工作服骑在一个个肥胖的中年男人身上,那些男人都不老实,他们的手没有一刻会消停,姐姐在给他们按摩的同时,他们也会给姐姐“按摩”……他就受不了。他再清楚不过,他又不是没体验过,他在别的技师身上做的事其他男人也会在他姐姐身上重演。

郝荣幻想过要成为英雄,至少能保护姐姐,他刻意把自己装扮成一个街头混混的形象,说到底也是一种自我欺骗。他毕竟还是犯了错，魔鬼总是在某些时候进驻他的身体，如果让姐姐知道，无论如何也没办法原谅他。

即便事情风平浪静地过去了，郝荣估计这一辈子都没办法安心面对，仿佛背负着卸不下去的包袱。当他重新听王一单朗诵那首《有人敲打着死亡的窄门》的诗歌——我的恐惧来自四面八方的墙/有人敲打着死亡的窄门/这界限的边境证/一张黑色警察的签署/这地狱般的法律/命中的小鬼带我去何处/他跟死亡有了某种关联……王一单写的不是别人，正是此时的郝荣。他承认是听出了一身冷汗，不敢言语。他怀疑王一单已经知道了他的底细，否则不会三番四次重提这首有着恐怖寓意的诗歌。

除了诗歌，郝荣对王一单终归是不了解的，无端的造访并且生活在一间屋子里，这本身就已经够荒唐的了。

王一单当然是个好人。这点郝荣毋庸置疑——至少是个诗歌写得很好的人。尽管还没人愿意欣赏他的诗，文坛也不知道有这么一个会写诗的工厂小技工，他没有加入任何一个作家协会、诗歌学会，作品除了在博客上发布，也没有在任何文学刊物发表过。不过诗人总有诗人的怪癖。一些让人略感突兀的细心照料和肌体接触，以及郝荣睡觉时总能感觉到一双软趴趴的眼神投掷过来，如水母一般直接黏贴在脸上……这些都让郝荣浑身不自在。还有王一单的洁癖，那随身携带的格子手帕，只要出门在外，和身体即将接触的物体，他都得先用手帕擦拭一遍。“外面太脏了。”王一单时不时念叨。回到屋里的第一件事就是放一脸盆水，提一袋洗衣粉到阳台，蹲在角落里搓洗他的手帕。至少得半个小时，直到他确认已经把手帕洗干净了，才把它夹上阳台的不锈钢架上,面对机场飞机的起起落落,用夕阳晾晒他的手帕,以备第二天继续使用。

郝荣不知道王一单是真觉得外面肮脏,还是诗人特有的矫情,诗歌里表达不尽兴,还得在生活的细节里表现出来。他也喜欢诗歌,自然了解一些诗人的习性。他知道和王一单不可能走得太近,因文学而结识的友谊,本身就脆弱而敏感,它的美好需要距离来显示,一旦暴露在生活的苍白与琐碎当中,很快就会灰飞烟灭。

陈孟隽

陈孟隽把江小野的尸体藏在冰箱里。

做好这一切时,陈孟隽就不知道下一步该做什么了。他的手脚一直在抖,不听使唤。实际上他已经没那么紧张了。对了,得把地上的血迹擦干净。能见的血迹并不多,有点出乎意料,陈孟隽以为会像影视里那般狼藉。擦了血迹,他顺带把全家都洗了一遍,直至满头大汗,浑身酸痛。这么多年,他第一次干家务。事实上,早在几天前,他就已经把钟点工辞退了,像是做好了一切准备工作,可他并没有动过杀江小野的念头,不存在事先谋划。

陈孟隽把江小野的死归结于她的贪婪,她要是不这么贪婪,后面的事情就不可能发生。陈孟隽给江小野打电话,让她陪他最后一晚上时,他还心存侥幸,以为自己能说服她,让她改变主意。他们还是约好在陉尾天桥。江小野只能在陉尾天桥下等陈孟隽,这些年习惯了，让她直接去星都豪苑，估计认不得路。陈孟隽说，要不我去接你吧。江小野拒绝了，且不说她不愿意让他知道她的住所，以前是怕同事闲话，如今，父母都到了深圳，弟弟还在医院躺着呢，她怎么可能要陈孟隽过去接呢。陈孟隽先到，他把车停在天桥下，打着双闪，路边的木棉花差不多掉光了，有些地方还抽出了新叶。陈孟隽第一次这么认真去看路边的树木，他粗枝大叶好多年，一直觉得自己活在抽象的世界里，毕加索和凡·高的线条和色彩里，闭起眼睛时，他所能想象的世间的事物除了一张张模糊的脸孔，就是数据和图案，他想象不起一朵花、一棵树的具体形状。比如他能想起江小野好看的脸蛋，却怎么也想不起她眼睛的形状。几天前，江小野捡了两朵木棉花回家煲汤。木棉花煲出来的鲫鱼汤，陈孟隽还能记得那味道，只是再也喝不到了。如江小野所说，一年只能吃一次。名义上是这样，实际上，各种原因，或者说缘分，错过的时候总比拥有的时候多。也就是说，如果不出意外，陈孟隽是再也喝不到江小野煲的木棉花鲫鱼汤了。

陈孟隽在星都豪苑待了三天。也就是说，他三天没吃东西。冰箱清出来的肉和菜在厨房里烂掉了。厨房门关着，如同全家的死角，陈孟隽不敢靠近一步。江小野冻在厨房的冰箱里，三天了，此刻她的形状和一尾被冻僵的鲫鱼没什么两样。陈孟隽把自己关在书房，他特意从里面把书房锁上，似乎害怕被人打开。没什么事干，陈孟隽只能画画，三天时间，他没日没夜，画了几十幅画，如同凡·高附体，他倒是在这时候找到一个画家的禀赋和感觉。他有些惊喜，逐一把画挂上墙，挂得满书房都是，使之看上去不像一个书房，倒像是丧葬道场。意识到这一点时，陈孟隽又把画作都扯了下来，撕掉，撕得满地都是纸屑。他躺在纸屑之上，想睡一觉，却怎么也睡不着。

在房产局办理房产过户时，江小野中途接了个电话。电话过后，她就反悔了，不同意签字。她要陈孟隽先把五百万给她，如果不放心，可以先给三百万。江小野语气坚决，面容变得狰狞，完全换了个人。陈孟隽不知道给她电话的人是谁，教唆她这么干，或者提醒了她这么干。陈孟隽也没办法，只好离开房产局，直到这时，他还尝试着劝江小野，他想带她去蜀香城吃点东西。车过宝安大道时，江小野突然跟陈孟隽说，她要下车。陈孟隽没说话，如果让江小野下车，一切计划就都泡了汤。你答应我的。陈孟半天才说话。江小野把安全带解开了，车里提示系安全带的滴滴声持续在响。陈孟隽问，你想干什么？江小野没表现出激动，事实上她浑身都在抖。她说，停车吧，放我下去。陈孟隽笑了笑，他丝毫没有停车的意思，反倒加踩了油门。停车停车我叫你停车。江小野喊，歇斯底里。陈孟隽像是疯了一般，加速超过道上的每一辆车。江小野这时做出了一个错误的举动，她伸手去抓陈孟隽的方向盘。车子一个急转，撞上了大道岔口的木棉树。待陈孟隽晃过神来时，他看见江小野已经趴在中控台上不动了。陈孟隽推江小野，没动静，再推，还是没动静。血哒哒哒地从她的脖子往下滴。他有些慌乱，不知道怎么办才好。他想送她去医院，可是刚把车子倒出，他就反悔了，他打定主意，把江小野送回了星都豪苑的家里。

陈孟隽事后承认，这是个错误的决定。一切都晚了。回到家时，陈孟隽发现江小野死了，或者早在撞车的那一刻，她就死了。

陈孟隽不敢开手机，更不敢开江小野的手机。两部手机就像两个沉默而对峙的人，被陈孟隽高高地放在书架上面。陈孟隽在地上躺了一会儿，他在心里算了一下，大概过去三天了吧。是啊，这三天，竟然像三年一样漫长。他真不知道接下来该怎么办。他没这方面的经验，谁会有这方面的经验呢？不过，他也不是没打算。一切都能如他所愿的话，他还得像个正常人那样过日子，去工厂，回香港，装作什么事都没发生。没有第二个人知道他有个情人。至少，短时间内，事情不会暴露。万一事情暴露了，他反正也不是凶手，顶多也就是见死不救。那么他为什么要这么干呢？他也无法想象事情会落到这步田地。

陈孟隽把手机拿在手里犹豫了半天。他知道，此刻有无数的信息堆积在他的手机里，只要他一摁开开机键，那无数未知的让他恐惧的信息就如汇聚在埡口的洪水，瞬间就可以将他湮灭，直至尸骨无存。陈孟隽早没了那股横冲直撞的勇气，在与江小野的尸首同居一屋的这三天里，他完全崩溃了，内心无数洪水把他淹没无数遍，只是在这最后关头，他还是如落水者，紧紧抓住最后一根稻草不放。陈孟隽打开了书房门，下这个决定让他痛苦不堪，仿佛此刻一扭开房门，江小野就会站在门口逼视着他，要他给钱，不，要他还命了。

客厅里空荡荡，当然只能空荡荡。这点理性，他还是坚信的。整个家似乎蒙上了一层不知名的尘埃，或者雾霭，又或者什么都没有，只是一股诡异的气氛。陈孟隽猛吸了几口鼻子，没闻到什么异味。

他知道江小野蜷缩在冰箱里,臭不了,一百年也臭不了。那么就放她一百年吧。陈孟隽像个孩子一样这么想。他竟然坐在茶几前泡起了茶,跟往常带江小野回家一样,他都会先泡茶喝,一千块钱的桂花香单枞,他一直喜欢的茶,平时能喝出千百般滋味,此刻自然像白开水一样寡淡。

陈孟隽打开电视,故意把音量调大,好盖住一切异样的声响。

电视的频道正好停留在本地台上。他喜欢看本地新闻,生意人的秉性,总想在新闻里捕捉一点政府的蛛丝马迹,好在商场上有所应对。生意人的习性陈孟隽都有。此刻,电视里刚好也在播放新闻,一起本城的突发事件,某工厂,因为老板跑路,几百名员工聚集讨薪,竟然把附近的主干大道给堵截了起来。陈孟隽随着镜头,看见路上黑压压的都是人,天桥上也都是人,他们像蚂蚁一样占据了大道和天桥,密集得让人恐惧。陈孟隽不知道那儿是哪儿,影像里的事物总有一种陌生的疏离感。

大半天,陈孟隽才反应过来,镜头正好拍到一架起飞的飞机,他这才知道,大道就是宝安大道,天桥就是每次他在那接走江小野的臣尾天桥。他意识到这些时,电视里的一切就都熟悉了起来,堵路的员工也是他厂里的员工,那身厂服他再熟悉不过。甚至,他还能认出人群里几张比较熟悉的面孔,经理、秘书、车间主管、前台文员……陈孟隽一点都不觉得慌乱,像是在看别人家的事情。他喝掉了最后一杯茶,一抬头,看见天桥上有个身影立了起来,高高在上,看样子,他站到了栏杆之上。他张开双手,一手拿着一块类似手帕的东西,像架正要起飞的飞机。奇怪的是,一阵风吹过,他竟然真的飞了起来,手帕被扬上天空。可惜,他没飞多高,就开始往下扎了,速度极快,像根箭镞,桥下的人约好了一般,迅速躲开,留出一块坚实的路面。啪的一声,他扎到了地上,扎成了一团泥……

陈孟隽吓了一跳,天桥上飞人落地的声响,竟奇迹般地传到了他的耳边,像是家里有什么东西正在被用力地撞开。

注:文中诗歌《有人敲打着死亡的窄门》为诗人程鹏作品,他慷慨允许我使用他的作品,在此致谢。